韓國龍神創寺說話의 歷史民俗學的 研究

韓國龍神創寺說話의 歷史民俗學的 研究

李準坤 著

용신창사설화연구는 불교적인 성소인 사찰이 들어앉는 과정에서 용신신앙과의 상호영향관계를 주요내용으로 한다. 서로 다른 종교의 상호영향은 종교문화적인 면 뿐만 아니라 정치사회사의 제 분야가 종합되어 이루어지고 있다는 섬에서 역사석인 의미를 포함하고 있다.

文現 도서출판 문현

머리말

    불교적 사유가 엄혹하면서도 유연하다는 것을 느끼면서 사찰은 찾으면 찾을수록 가고 싶은 공간이 되었다. 으스스하기만 하던 법당 안의 풍경이 새롭게 보이고 사람들의 온갖 번뇌와 희망이 함께 녹아 있다는 것이 조금씩 보이기 시작하던 때는 언제부터였는지 모른다. 아마도 도선의 일생에 관한 이야기를 들으려고 영암군 구림의 마을과 도갑사, 곡성의 태안사, 구례의 화엄사 그리고 광양의 백계산 옥룡사 등을 찾아다니면서 사찰에 대한 낯가림이 서서히 친숙함으로 바뀌어 갔던 것 같다.

    설화에 대한 관심을 기반으로 창사설화를 접하면서 불교가 한국에 뿌리를 내리는 과정에서 한국의 중생들에게 맞는 방식으로 변용되어 가는 것을 볼 수 있었다. 처음에는 한국의 해안가에 있는 사찰들이 바다에서 들어오는 불적을 맞이하여 창사하게 된 이야기들로 꾸며져 있는 것을 보고서 "불적도해창사설화"라고 명명을 하고 검토하는 과정에서 도서지역들의 당신화와 흡사한 서사구조를 발견할 수 있었다. 민속신앙의 신이 어느 특정한 공간에 정착하여 주민들로부터 신격을 부여받고 새로운 성역이 만들어지고 제의식이 베풀어지는 당신화의 서사구조와, 불적이 해안에 유입되어 절터를 점지받고 사찰이 세워지는 과정과 동일한 구조의 이야기가 전승되고 있었다. 이를 바탕으로 창사설화의 다른 유형들도 찾을 수 있었으며 이 책에는 용신창사설화라고 명명하는 창사자료에서 역시 민속신앙인 용신과 불교의 상호영향관계를 분석할 수 있었다.

한국의 민속신앙과 불교가 접하면서 이루어지는 상호영향관계를 구전자료와 기록을 통해서 조금이나마 볼 수 있었던 것이 창사설화에 대한 본격적인 천착으로 이어졌던 것이다. 거기에는 일연스님의 『삼국유사』가 절대적인 자리를 차지하였다. 함석헌 선생이 기독교로 본 한국의 역사를 썼다면 일연스님은 이미 800여년 전에 태어나 불교로 본 한국의 역사를 썼던 것이다. 일연스님은 한국의 불교가 우리 민족의 마음속에 자리 잡게 되어 가는 과정을 기록과 구비전승을 수집하고 채록하여 아름다운 시와 산문으로 엮어 삼국유사를 남겼다. 경북 군위의 인각사에서 일연스님의 체취를 찾으면서 그분에 대한 경외심을 느꼈다. 삼국유사의 글에는 행간의 의미가 가득하다는 것을 조금이나마 볼 수 있게 된 것을 다행으로 생각한다. 이 땅에 태어나 수행의 길을 떠나 득도한 고승들의 이야기, 민중들의 생활과 그들의 진솔한 마음자리, 산간에 자리 잡은 사찰들의 역사와 내력 들이 이야기라는 형식으로 물 흐르듯이 부드러우면서도 격랑이 치듯이 사무치는 삼국유사에서 보는 일연스님의 글은 나에게는 창사설화연구의 핵심을 이루고 있다는 점에서 일연스님께 사배를 드린다.

용신창사설화연구는 불교적인 성소인 사찰이 들어앉는 과정에서 용신신앙과의 상호영향관계를 주요내용으로 한다. 서로 다른 종교의 상호영향은 종교문화적인 면 뿐만 아니라 정치사회사의 제 분야가 종합되어 이루어지고 있다는 점에서 역사적인 의미를 포함하고 있다. 이 글에서는 삼국유사를 주 자료로 삼으면서 사중기, 사적기,

문집류, 비문, 지리지, 고승전 등의 기록과 사찰 주위의 현지주민들 사이에 채록한 구비자료와 한국구비문학대계의 사찰관련 구비자료들을 함께 이용하여서 기록과 구비자료가 서로 보완되도록 하였으나 더 다양한 자료들을 섭렵하지 못한 점이 아쉽다.

용신창사설화를 통해서 한국사회의 다양한 면에서 이루어지는 종교적인 영향관계를 밝혀보려고 시도하였으나 필자의 역량부족으로 미비한 점이 많아서 부끄러울 뿐이다. 민간신앙인 용신신앙의 터에 불교적인 성소인 사찰이 자리 잡는 양상은 두 신앙세력 간에 치열하게 진행되었으며 이 경쟁은 종교적인 경쟁일 뿐만 아니라 결국은 사회정치세력간의 투쟁의 또 다른 모습이라는 것이다. 용신창사설화의 검토에서 이 두 세력의 진퇴가 선명하게 드러나면서 역사의 추이도 함께 설명하고자 하였으나 의도대로 온전하게 되었는지는 의문이다. 용신창사설화에 나아가서 불적현현형창사설화, 풍수비보형창사설화, 원당형창사설화, 불보살현신형창사설화 등의 새로운 유형의 창사설화에도 관심을 가지고 검토하여 볼 계획이다.

호한한 불교의 세계에서 눈먼 거북이가 우연히 붙잡은 나무토막처럼 창사설화를 붙잡고 더 나아갈 것을 다짐하면서 이 글이 쓰이기까지 가르침을 주신 스승님과 동학 여러분들께 머리 숙여 감사를 드리고 이 책을 출판하면서 수고해주신 문현출판사 여러분들에게 고마움을 전한다.

2009년 11월
이 준 곤

|목 차|

I. 서 론

1. 연구목적 및 연구방법

한국의 불교설화는 크게 연기설화와 불전설화의 두 계열로 나뉜다. 전자는 불교의 인연설을 근간으로 해서 일어난 사건을 내용으로 하는 설화요, 후자는 불전에 나오는 여러 설화들이 민간에 전해져 전승되는 것을 말한다. 창사설화는 사찰이 세워지기까지의 이야기를 말하는데, 연기설화의 한 유형에 속한다. 사찰은 불교적인 성역의 공간으로 세속적인 공간과는 다른 의미를 띤다. 또한 사찰은 그 건축물 자체가 종교적인 상징성을 띠고 있어서 일관된 신성의 구조를 갖추고 있다. 사찰의 건립과 관계되는 창사설화는 『삼국유사』에 그 전반적인 유형이 거의 실려 있다 하여도 과언이 아니어서, 『삼국유사』의 이야기를 중심으로 본고의 연구는 전개될 것이다. 『삼국유사』의 이야기는 전달하고자 하는 의미를 담고 있는 상징성을 띤다. 이 상징체계는 의미와 표현방법간의 일정한 거리를 지니는 이야기 구조를 지니고 있어서 그 상징성을 이해하는 것은 바로 『삼국유사』가 지향하는 문화의 틀을 찾아내는 작업이며, 『삼국유사』의 이야기가 당시대적이며 일회적인 이야기가 아니라 시간과 공간을 넘어서 보편적인 이야기의 방법론을 제시할 수 있는 가능성을 의미한다.

창사설화를 통해서 상징의 의미를 밝히는 작업은 바로 『삼국유사』의 이야기가 지니고 있는 보편성을 찾는 일이기도 하다. 종교적인 이야기는 종교적인 속성을 띠므로, 내세적이고 구원적인 의미를 갖는다. 내세에서 구원을 찾으려는 종교적인 속성은 현실에 대한 결핍과 이루지 못한 또 하나의 다른 세계를 추구하는 것이므로 超現實的일 수밖에 없다. 초현실적인 충동을 기저로 하는 종교적인 이야기는 또한 이야기하는 사람이 신앙하는 신의 세계이기도 하다. 창사설화는 자신이 추구하는 종교적 세계의 실천적 행위를 담론화하고 있어서 地上的인 현실 속에 天上的인 또 다른 세계를 구체적으로 실현해 가는 과정을 이야기의 논리에 따라 풀어간다.

창사설화는 사찰이라는 불교적 세계 또는 불교적 성역을 현실 속에서 자리잡고 좌정시키는 일종의 본풀이이며 뮈토스적인 속성을 지니고 있어서 일반적인 전설과는 차원을 달리한다. 사원(temple)의 창조는 엘리아데의 지적처럼 원형에의 회귀이면서 낡아버린 세계의 시간과 공간을 새롭게 하는 創造行爲이기 때문이다. 창사는 이 새로운 원형의 갱생이기 때문에 항상 현실에 대해 초월적이며 신성한 행위이기도 하다. 다시 말해서 성소인 사원을 만드는 이야기는 창세신화나 건국신화와 마찬가지의 신성성을 지닌다는 점에서 신화로서의 자격을 획득하고 있는 것이다.

창사설화 속에서 창사를 주도하는 인물들은 수행을 통하여 득도의 경지에 이른 불교적인 영웅의 모습을 띤다. 깨침의 구현은 자신이 찾는 신 즉 불교적 의미로 보면 佛·菩薩과의 만남에서 이루어진다. 창사설화 속에서 이루어지는 신과의 만남은 부처와 보살의 현현이라는 형태로 나타나고 창사의 중심모티브가 된다. 한국의 창사설화의 특징은 이 신과의 만남에서 신의 세계가 기존의 민간신앙 체계와 불교적인 신앙체계의 변증법적인 대립과 수용의 양상을 보이고 있다. 신의 현현이 민간신앙적인 자연신으로 나타나기도 하고 불교적인 불·보살의 모습으로 나타나기도 하여서 顯現의 양상에 따라 불교와 민간신앙의 관련양상을 추출할 수 있다.

창사의 계기는 창사설화의 핵심모티브다. 이 계기는 설령 세속적인 요청에 의해 비롯될지라도 넓은 의미에서는 역시 신의 존재를 배경으로 하고 이루어진다. 창사라는 행위가 신의 공간과 시간의 창조이므로, 그것은 신의 존재인식을 바탕으로 한다. 신의 존재인식은 흔히 종교적 신비체험을 통하여 신과 만나면서 경험되고 확인된 후에 창사라는 실천적인 행동의 동인이 된다. 창사의 계기가 어떤 양상을 띠느냐에 따라 창사설화에 대한 유형분류의 준거가 마련될 수 있다.

『삼국유사』의 이야기는 단순히 일연 개인의 구술논리와 방법에 의해서 전개된 것은 아니다. 따라서, 전체적인 이야기의 논리가 口述敍事的 傳統의 문맥(context) 속에서 찾아져야 한다면 창사설화의 구술논리 또한 민간신앙의 성역 설정 내지는 본풀이적인 신화의 구술전통과 관련지어 이해하여야 할 것이다. 창사설화의 이야기 방식이 불교이전의 민간신앙적인 성역설정 이야기와 공통된 모티브 또는 서사 전개논리를 기반으로 하고 있기 때문이다. 이런 의미에서 堂神話, 敍事巫歌 등의 敍事文法과 창사설화의 그것을 비교할 수 있는 가능성을 갖는다.

본고에서는 민간신앙적인 측면에서의 용신신앙과 용과 관련을 맺은 사찰의 창사설화를 대상으로 하여 두 신앙체계가 교섭하여 가는 과정을 살피고자 한다. 창사설화에 대한 이제까지의 관점이 불교적인 관점을 중심으로 하여 온 것과는 달리 본 연구에서는 용신신앙적인 관점을 중심으로 하면서, 창사설화의 내면에 잠재하여 있는 용신신앙의 존재를 확인하는 작업을 하고자 한다. 또한 용신신앙의 실체적인 파악을 선행하면서 용신신앙터에 자리잡아가는 사찰의 모습을 창사설화의 의미 구조속에서 파악하려 한다. 두 신앙체계가 서로 조우하면서 일으키는 일종의 문화변동이 어떤 형태로 드러나는가 하는 것을 살피고자 하는 것이다.

이와 함께 용과 관련된 사찰의 창사설화를 분석하고 그 분석대상을 歷史地理的인 관점과 民間信仰的인 관점에서 한국 고유의 용신신앙의 흔적을 찾아내고 불교와 맺고 있는 관련양상을 규명하고자 한다. 용신신앙의 성소적 특질을 밝히고 水界를 따라 형성되는 용신신앙의 세력권을 용신신앙지역이라는 이름으로 명명하여, 신라의 중앙 왕권이 이 지역을 불교적인 신앙체계로 개편하여 가는 양상을 중앙세력과 지방 세력의 갈등과 비교하여 고찰하고자 한다. 이를 위하여『삼국유사』의 자료와 함께 사찰에서 전해오는 사중기, 사적기, 비문 등과 경전의 일부,『고승전』,『삼국사기』,『고려사』,『동국여지승람』,『택리지』그리고 서사무가 등의 주변자료를 원용하고, 특히 구비자료는『한국구비문학대계』의 자료와 현지에서 채록한 자료를 이용할 것이다.

2. 연구사의 검토와 문제점

창사설화 연구는 불교설화에 관한 학문적인 관심이 『삼국유사』 기록을 중심으로 일어나고, 창사설화가 下位類型으로 설정, 분류되면서 학문적인 입지를 가지게 되었다. 장덕순,[1] 인권환,[2] 소재영[3] 은 사찰이 창건되는 내용의 이야기를 佛敎緣起說話 또는 寺刹緣起說話라고 명명하여 창사설화 연구의 단초를 열었다. 1960년대에 이루어진 연구성과는 대체로 불교설화 분류체계를 모색하면서 창사설화의 命名과 그 존재의 확인에 그쳤다. 이를 바탕으로 1970년대에 들어서서 佛典에 대한 이해를 바탕으로 불교사상을 연구하는 과정에서 불교설화의 사상적인 고찰이 다양하게 이루어졌다. 김영태[4]는 신라불교의 호국적 성격을 창사설화를 비롯하여 불교설화 전반에 걸친 연구를 통해서 드러내고자 하였다. 불교설화를 설화학적인 연구대상으로 삼은 황패강의『삼국유사』소재의 불교설화를 비롯하여 국내외의 방대한 문헌자료를 業報輪廻, 菩薩行化, 靈異, 求法, 功德,

---

1) 장덕순, 한국설화문학연구, 서울대학교 출판부, 서울; 1970.
2) 인권환, 고대설화의 불교적 고찰, 고려대학교 대학원 석사학위논문, 1962.
3) 소재영, 삼국유사설화의 연구, 고려대학교 대학원 석사학위논문, 1963.
4) 김영태, 백월산이성 설화연구, 조명기박사 화갑기념논문, 1965.
　　＿＿＿, 신라불교에 있어서의 용신사상, 불교학보 제11집, 동국대학교 불교문화연구소, 1974.
　　＿＿＿, 미륵사창건연기설화고, 마백문화 제1집, 원광대학교 마한백제문화연구소, 1975.
　　＿＿＿, 신라의 관음사상, 불교학보 제13집, 동국대학교 불교문화연구소, 1976.
　　＿＿＿, 선광사 연기를 통해본 백제의 청관음신앙과 그 일본전수, 불교학보 제 19집, 동국대학교 불교문화연구소, 1975.

名稱緣起, 往生 등의 7항목으로 분류하여 고찰함으로써 이 방면의 한 전범을 보였다. 그러나 창사설화에 대한 이해는 아직 세분되지 않아서 명칭연기에서 창사설화에 해당하는 자료를 분류함으로써 창사설화의 특성이 구체적이고 세부적으로는 이루어지지 않았다. 그러나 황패강5)의 업적은 호한한 문헌자료를 바탕으로 한국불교설화 전반에 걸친 검토를 수행함으로써 창사설화의 연구의 기틀을 열었다. 홍순석6)은 창사모티브를 중심으로 창사설화를 다루었으며 창사설화의 구조를 유기적으로 밝히려고 시도하였다. 이는 불교사상적인 주제분류에서 탈피하려는 시도라는 점에서 의의가 있는데, 각 사찰의 창사설화를 삽화(episode)와 화소개념을 이용하여 단락별로 나누고 설화의 내적인 구조를 드러내어 창사설화의 유기적인 이야기성을 드러냄으로써 창사설화의 연구의 한 방향을 열었다. 이영자,7) 전영진8) 등은 이미 이루어진 주제중심의 설화연구방법을 토대로, 창사설화에 대한 지속적인 학문적 관심을 보여주었다.

　이러한 문헌자료 중심의 연구방법에 대한 반성이 일어나면서 최진원9)은 부석사창사설화 연구에서 구비자료를 동원하여 불교와 기존 신앙세력간의 갈등양상을 밝혀냈다. 구비자료를 확충함으로써 창사의 사상적 배경에 대한 새로운 시각을 가질 수 있었으므로 불

5) 황패강, 신라불교설화연구, 일지사, 1975.
6) 홍순석, 한국 불사연기설화 연구 -삼국유사를 중심으로-, 단국대학교대학원 석사학위논문, 1979.
7) 이영자, 삼국유사에 나타난 사찰연기설화 연구, 숭전대학교대학원 석사학위 논문, 1981.
8) 전영진, 삼국유사 소재 연기설화의 연구, 단국대학교대학원 박사학위논문, 1990.
9) 최진원, 사찰연기설화와 선풍, 진단학보 제42집, 1977.

교와 대립되는 민간신앙체계의 존재를 드러낼 수 있었다. 이는 일연의 불교적 세계관의 틀 속에서 편찬되어진 자료의 한계를 극복하여 문헌중심의 연구가 가진 결함을 보충하였다는 점에서 연구사적인 의의를 지니고 있다.

삼국유사 설화에 대한 온전한 파악이 현지의 구비설화자료가 보완되어야 가능하다는 연구방법론적인 반성은 조동일[10]에 의해 다시 지적되었다. 구비자료와 문헌자료가 서로 보완됨으로써 說話 記述者에 대한 객관적인 기술태도의 파악 등이 이루어져야 설화자료에 대한 바른 이해를 할 수 있다는 방법론적인 반성을 바탕으로 하여 그 틀을 모색하고자 한 연구도 계속하여 이루어졌다. 임재해[11]는 類型과 話素를 준거로 하여서 설화가 구연현장에서 변이, 전승, 전파 되어가는 동적인 양상을 밝히고 구연자의 문화의식 등을 통하여 자료를 해석하였다. 이러한 방법론은 설화를 시공간적인 문화상황 속에서 해석해내고 설화의 이야기성을 추출하는 데에 기여하였으며, 창사설화의 고찰에도 충분히 원용할 수 있으리라 본다.

김열규[12]는 신화제의학적인 바탕 위에서 불교사상적인 설화에 내재한 민간신앙적이고 원초적인 의식을 드러내는 작업을 하였다. 조동일과 임재해의 방법론이 문헌자료에 구비자료를 보충하여 현장

---

10) 조동일, 삼국유사 설화 연구의 문제와 방향, 삼국유사의 신연구 창간호, 신라문화선양회, 1980.
11) 임재해, 설화작품의 현장론적 분석, 영남대학교대학원 박사학위논문, 1986.
12) 김열규, 한국민속과 문학연구, 일조각, 1971.
＿＿＿, 한국신화와 무속연구, 일조각, 1977.
＿＿＿, 삼국유사의 신화론적 문제점, 삼국유사의 신연구 창간호, 신라문화선양회, 1980.

론적인 방법으로 삼국유사 설화 연구의 외연적인 확장을 거두었다면, 김열규의 신화학적인 해석은 내연적인 확충을 이루었다고 할 수 있다. 송효섭[13]은 김열규의 방법론을 이어 기호학적인 방법으로 삼국유사 설화를 분석하였다. 이에 따라 삼국유사 설화를 불교사상적으로만 단일하게 접근하였던 연구방법의 획일성이 다양화하여졌다. 김택규[14]는 민속학적인 입장에서 신라의 토착문화를 파악하여, 불교가 토착하여 가는 과정을 탐색하였다. 창사설화의 고찰도 기존의 민간신앙의 성소가 불교적인 성소로 바뀌어가는 측면에서 해석하고 있어서 문화적인 변용현상으로 巫・佛이 상호관계를 맺으면서 드러내는 양상을 고찰하는 업적을 남기고 있다. 장주근[15]과 유동식[16] 등도 민속학적인 입장에서 불교설화를 보고 기존 신앙이 불교와 조우하는 양상을 파악하고자 하였다. 홍윤식[17]은 불교적인 시각에서 민간신앙을 고찰하였다. 이들의 연구는 불교설화 또는 창사설화가 가지고 있는 신앙적인 적층양상을 밝히고 있어서 창사설화 속에 있는 민간신앙적인 요소의 추출을 가능하게 하였다.

이들 연구사를 종합하면 1960년대에 불교설화의 분류작업을 통해서 창사설화의 학문적인 입지가 설정되었고, 1970년대에 들어 불교사상적인 주제를 창사설화에서 밝히는 작업이 진행되어 정토신앙

---

13) 송효섭, 삼국유사의 환상적 이야기에 대한 기호학적 연구, 서강대학교대학원 박사학위논문, 1988.
14) 김택규, 신라상대의 토착신앙과 종교 습합, 신라종교의 신연구 제5집, 신라문화선양회, 1984.
15) 장주근, 삼국유사와 무속기록의 고찰, 삼국유사 연구 상, 1983.
16) 유동식, 한국무교의 역사와 구조, 연세대학교 출판부, 1975.
17) 홍윤식, 삼국유사와 탑상, 삼국유사의 연구, 동북아세아연구소, 1982.

의 미륵사상, 미타사상, 관음사상이나 호국불교의 신라적 특성이 정립되었으며, 1980년대에 들어서 방법론적인 모색을 거쳐 현장론적인 방법, 신화제의학적인 방법, 구조주의적인 방법, 민속학적인 방법 등의 연구가 다양하게 이루어져서 불교설화내지는 창사설화에 대한 연구도 심화되어 갔다. 이상과 같이 검토된 연구사를 바탕으로 하여 본고와 관련될 수 있는 문제점을 생각해 본다.

그 역사성이나 사상사적 영향을 전제로 해 보았을 때, 한국의 문화적 층위에 있어 불교의 위치는 다른 어떤 사상에 못지않을 만큼 중요한 비중을 차지해 왔다. 그러나 국문학적으로나 민족문학적인 입장에서 불교에 대한 조명은 만족할 만큼 이루어지지 않았다. 불교가 오랜 역사를 두고 우리 민족문화의 기층을 담당했던 것에 반해서, 이러한 사상이 투사되었을 것으로 생각되는 문학적 현상에 대한 이해가 깊지 못했다는 것이다. 물론 그간의 연구성과를 과소평가하기 위해 이러한 지적을 하는 것은 아니다. 오히려 그간의 연구는 토대를 다지는데 있어 많은 역할과 큰 성과를 이루기도 했으나 보다 본격적인 연구로는 이르지 못했던 것이다.

앞의 연구목적에서 밝힌 것처럼, 불교는 우리나라에 전개되어 한국적인 불교로 탈바꿈하였고, 이러한 과정에서 기존의 민족신앙과 갈등 및 타협을 하며 긴장감 속에서 역사를 견지해 왔다. 바로 이러한 문화변용(acculturation)의 과정과 양상은 불교설화에 대한 연구가 단지 불교사상이나 종교적 측면에 그치는 것이 아니라 고유한 민족문화와의 관련성이 파악되어야 함을 보여준다. 불교의 대중성과 보편성이 우리나라의 역사를 통해 확인되는 이상은 그것들이 설화 속에서 어떻게 제 위치를 잡아왔으며, 어떤 식으로 변용되고 또

개척되었던가 등에 대한 종합적인 모색이 있어야 하는 것이다. 이와 같이 창사설화를 통해서 불교와 민간신앙이 서로 교섭하는 양상을 신앙적인 시각에서 밝혀내는 작업은 한국 사회의 문화를 이해할 수 있는 토대가 될 것이다.

특히 지금까지는 포괄적인 측면에서 불교설화 또는 연기설화를 논의의 대상으로 삼아 왔으나, 앞으로는 이러한 연구를 보다 심화하는 과정이 필요할 것으로 본다. 그런 점에서 본고에서 의도하고 있는 용신창사설화에 대한 연구는 앞으로 있게 될 불교설화연구의 세분화를 내다보면서, 심화된 연구로의 방향 전환을 유도하고자 한다.

Ⅱ. 용신창사설화의 형성과 유형

1. 용신창사설화의 형성

1) 전래의 용신설화와 불교의 용신사상

(1) 전래 용신설화와 제의적 양상

한국의 용신신앙에 대한 정확한 기원을 논한다는 것은 거의 불가능한 일로 보인다. 그러나 현존하고 있는 자료 중 가장 먼 역사를 반영해주는 것으로 믿어지는 건국신화류에 이미 용사가 중요 화소로 등장하는 예를 보면 용신신앙은 우리 민족과 아주 오래 전부터 관련을 맺어 온 것으로 보인다. 신화학적으로 용에 대한 관념은 크게 둘로 대별된다. 하나는 긍정적인 용이며, 다른 하나는 부정적인 용이다. 용과 뱀은 혼동되기도 하는데, 이러한 뱀에 대한 관념도 용신신앙과 복합되어 두 가지 태도를 보인다. 용에 대한 긍정적 관념은 농경민족들 속에서 발견되고, 부정적 관념은 수렵채취 또는 유목민족들 속에서 발견된다.[1] 본래 농경민족계통의 신화였던 아담과 이브의 신화가 가나안 문화를 타고 유목문화계열인 유대족에게 흘러들어 갔다. 그러면서 거기에 등장하는 뱀은 사탄으로 재해석

---

[1] 나경수, 『아담신화와 무위자연론의 비교』, 용봉논총, 전남대학교 인문과학 연구소.

되었다. 프레이져에 따르면 환인도양, 동아프리카 등에 전승되던 아담신화류에서 뱀은 재생과 풍요를 가져다주는 용과 같이 달동물 (lunar animal)이었다.[2] 그러나 유목문화 속에 그것이 전파되면서 부정적인 측면으로 재해석되었다. 이러한 기독교 문화에 침윤된 서양에서는 지금도 용(dragon)이란 괴물로 관념된다. 그에 반해 동양권에서 용은 뱀과 더불어 재생, 풍요, 다산 등의 원형(archetype)으로 해석되고 있다.[3]

우리의 건국신화에 용이 등장하고 있는 예로 보아 그 유구한 역사를 알 수 있지만, 그 신화들 속에서 용은 중요한 위치를 점하면서 긍정적으로 해석되고 있다. 어떤 민족설화에 용이나 뱀이 등장하고, 그들이 긍정적으로 해석되고 있다면, 그 민족은 신화시대에 이미 농경을 시작했다고 보면 될 정도로 농경민족과 용사신앙의 관계는 밀접하다. 한국의 건국신화에 용이 나타난 예는 고구려의 朱蒙神話, 신라의 赫居世神話와 脫解神話, 그리고 백제의 薯童說話 등을 꼽을 수 있다.

주몽신화에서 주몽의 아버지인 해모수는 다섯 마리 용이 끄는 五龍車를 타고 다녔다. 하늘에서 지상으로 강림을 하고, 또 하늘로 비상하기 위해 타고 다닌 용은 신화적 동물로서의 자격을 지닌 天龍인 것이다. 그러나 여기에 그치지 않고 주몽의 어머니는 河伯의 딸이다. 하백이란 명칭 자체는 중국의 영향을 입은 것이며, 실제로 우리 민족문화 속에서 그는 水神이며 용왕인 것이다. 해모수가 천룡을 타고

---

2) J. G. Frazer, The Fall of Man, Sacred Narrative, ed by A. Dundes(Berkeley: University of California Press, 1984), pp.88-95.
3) 김선풍, 용의 민속과 상징, 열두 띠 이야기, 집문당, 1995, pp.155-159.

다녔던 것에 반해서, 유화는 水神으로서의 자격을 가진 河龍 또는 海龍에 해당된다.

혁거세신화에서 혁거세의 왕비인 알영은 우물 속에서 출현했다. 우물은 신화적 무대장치에서 흔히 바다와 통하는 통로로 간주된다. 마치 굴이 지하로 통하는 통로를 상징하는 것과 같다. 더구나 알영은 鷄龍의 배 속에서 출생을 했다. 그 자신이 용이면서 닭인 것이다. 탈해신화에도 역시 용신신앙이 반영되어 있는 바, 탈해는 龍城國이라는 나라에서 탄생했으며, 그가 배에 실려 바다를 표류할 때 용들의 호위를 받고 신라에 도착을 했다. 이러한 신라의 신화에 반영된 용신관념은 건국신화 뿐만 아니라 후대에 형성되었을 신화들에서도 여실하게 보인다. 대표적인 예로서 처용설화, 수로부인설화, 거타지설화 등을 꼽을 수 있으며, 그 외에도 미추왕설화, 문무왕설화 등에 다양한 모습의 용이 등장한다. 이들 설화에 반영된 용신신앙은 불교적인 호법용과는 계통을 달리하며, 비록 관련되는 경우라 하여도 간접적인 영향을 받은 것에 불과하다.

근래에 백제계 신화가 주목을 받고 있는 것이 서동설화다. 본래 서동의 어머니는 서울의 남쪽 못가에 홀로 집을 짓고 살았다. 그녀는 지룡과 정을 통하여 임신을 하고, 그래서 낳은 것이 서동이었다. 서동은 뒷날 인심을 얻어 왕위에 오르게 된다. 서대석은 서동설화를 백제계 건국신화요, 水父地母型의 신화로 본다.[4] 서동설화가 뒷날 무왕의 이야기로 역사화되지만, 그 이전에 이미 백제는 부여의 전통을 이어받은 수부지모의 신화적 층위를 이루고 있었다는 것이

---

4) 서대석, 백제신화연구, 백제논총 제1집, 충남대학교 백제문화연구소, pp.9-60.

다. 이러한 백제지역의 신화적 전통은 뒷날 후백제의 건국신화로
꼽을 수 있는 견훤설화로 재현된다. 견훤설화는 일명 야래자설화형
에 속하는 바, 池龍과 무진주 부자의 딸이 사통을 하여 견훤을 낳
았다는 것이다. 정병헌은 백제 용신설화의 변이과정을 추적하여 무
왕탄생설화의 용과 조룡대설화의 용, 그리고 견훤의 탄생설화의 지
렁이를 비교하면서 백제인의 의식의 변천을 추적하였다.5) 정병헌이
백제계 용신의 변화를 밝혀낸 점에서나, 서대석이 백제계 건국신화
라고 부르고 있는 이들 설화에서 보듯이 여기서도 용에 대한 관념
은 계속되고 있으며, 특히 서동이나 견훤은 모두 龍子라는 점에서
용에 대한 신앙적이며, 사회적 믿음이 두터웠음을 알 수 있다.

지금까지 고찰했던 것처럼 고구려, 신라, 백제가 모두 그 건국에
서부터 용신신앙과 관련되고 있다. 특히 그러한 자료가 건국신화라
는 점에서 관심을 요한다. 건국신화는 사회적 권위를 필요로 한다.
건국신화에 선택된 신화적 동물은 단지 동물의 차원이 아니라 신성
성을 획득한 신화원형적인 권위를 지니는 존재인 것이다. 이러한
권위는 그것을 말하고 믿는 사람들의 신뢰를 기반으로 한다. 따라
서 이러한 신뢰가 일반 백성들의 신앙적 토대를 근거로 한다는 점
은 새삼스럽게 재론할 필요가 없을 것이다.

고대 건국신화에 투영된 용사신앙의 관념은 단지 거기에 그치는
것이 아니라 후대에 이르러서까지도 계속되고 있다. 이미 앞에서
견훤설화를 예로 들었지만, 그와 시대를 같이 하는 왕건 역시 『高
麗史』世紀에 의하면 그 할머니가 용녀다. 또한 일종의 擬似 건국

---

5) 정병헌, 백제 용신설화의 성격과 전개 양상, 구비문학연구 제1집, 한국구비
   문학회, 1995.

신화인 조선조의 「용비어천가」 역시 용을 거론하고 있다. 신화시대를 훨씬 경과한 역사시대에 이르러서도 건국주의 출계가 모두 용과 관련되고 있는 이러한 현상은 고대 건국신화 속에 나타난 용의 신앙적 권위가 역사시대까지도 계속 유효함을 보여주고 있다. 또한 단지 신화나 설화적 반영에 그치는 문제가 아니라, 그것들이 이들 건국신화류에 적극적으로 유인될 수 있었던 근본적인 까닭을 생각게 한다. 말하자면 용을 신화적 화소로 취택했던 주체들은 용을 통해서 건국의 신성성이나 초월적인 정권의 정통성을 획득하려는 것이었음을 알 수 있다.

물론 용신신앙의 신앙적 권위가 위에서 살핀 건국신화류에만 반영되고 있는 것은 아니다. 일반 구전신화류에도 얼마든지 그 면모를 발견할 수 있다. 가장 일반적으로 알려진 아기장수설화에서도 민중적 지지를 받는 아기장수는 용의 권위에 의탁하고 있는 모습을 보인다. 아기장수의 등이나 겨드랑이에 용비늘이 붙어 있었다는 이야기는 흔히 들을 수 있다. 아기장수 설화에서 용비늘은 단순히 수사적인 것으로 보이기도 하지만, 사실은 매우 핵심적인 화소로서 민중 영웅의 경우도 그 출계를 용에서 구하고 있는 사례로 보아 좋을 것이다. 전국적으로 분포하고 있는 龍馬說話나 龍穴說話 등도 모두 민중의식을 반영하고 있는 민중설화인 점을 감안하고 본다면 용이란 가장 높게는 왕에서부터, 낮게는 일반 민중들에게까지 가장 권위 있는 신화적 동물로 간주되었으며, 또 고대신화에서부터 지금의 구비자료에서 역시 이러한 설화가 발견된다는 점에서 가장 긴 역사를 관류해온 신앙적 동물로 용을 꼽을 수 있다. 또한 고구려, 백제, 신라의 경우도 그렇지만, 후백제, 고려, 그리고 조선으로 이어지는 과정에서도 전국적인 지지를 받을 수 있는 측면에서 화소가 선택되었을 것으로 보면 용신신앙의 두터운 층위와 유구한 역사를 짐작할 수 있다.

　용신신앙은 신화와 전설에만 반영되는 것이 아니라 우리나라의 역사를 통해서 확인되는 용신신앙의 제의적 양상 또한 심히 두터운 바탕을 가졌음을 확인할 수 있다. 특히 재래의 제의적 양상을 가장 분명하게 전해주고 있을 것으로 생각되는 신라시대의 國祀를 보게 되면 이 점을 명확하게 파악할 수 있다. 용신신앙의 설화적 전개와 맥을 함께하는 제의적 양상을 살펴보기 위해서 신라시대의 국사로 모셔지던 수신 또는 용신신앙의 면모를 찾아보고자 한다.

　신라의 三山神에 대한 제향은 大祀, 中祀, 小祀의 제의로 나누어 행해졌다. 대사는 삼산신을 제향하는 것으로 신라가 초기국가형태로 형성되어 가는 시기의 호국 산신으로서 奈歷, 骨火, 血禮의 삼산신이다. 중사는 五岳, 四鎭, 四海, 四瀆에 지내는 제사로 모두 경주를 중심으로 동남서북중의 五方山川神이며 호국적인 신들이다. 산천신들의 방위적인 분포는 다음과 같다.

　　　五岳 - 吐含山(동) 智異山(남) 鷄龍山(서) 太白山(북) 父岳(중)
　　　四鎭 - 溫沫懃(동) 海耻也里(남) 加耶岬岳(서) 熊谷岳(북)
　　　四海 - 阿等邊(동) 兄邊(남) 未陵邊(서) 非禮山邊(북)
　　　四瀆 - 吐兄河(동) 黃山河(남) 熊川河(서) 漢山河(북)6)

　중사에서 제향하는 산천신은 역시 신라의 四方 또는 五方位를 맡는 호국의 산천신들이다. 중사의 산신으로는 五岳과 四鎭의 신이

---

6) 신형식, 삼국사기연구, 일조각, 1981, p.322.

있으며, 水神으로는 바다의 해신인 四海와 내륙의 강신인 四瀆의 신이 있어서 모두 신라를 중심으로 하고서 동서남북중의 오방의 방위에서 호국하는 의미를 지닌다. 중사에서 수신계열에 속하는 사해의 신과 사독의 신은 龍神祭儀의 형태를 띠고서 제의가 이루어졌는데,『동국여지승람』의 기록을 중심으로 하여 이를 확인하여 보고자 한다.

사해의 제사터였던 阿等邊은 흥해군의 동쪽 해안에 위차하고 있어서 신라의 동해용왕을 치제하였던 곳이며 일명 近烏兄邊이라고 불리우기도 하였던 곳이다.[7] 동해용왕은 신라에 있어서 가장 중요한 용신으로 받들어졌으며, 동해 해변가를 따라서 용신앙의 지역이 형성되었고, 處容巖이나 大王巖은 그러한 동해용신의 성소였다. 남해용신을 치제하였던 兄邊은 동래현의 남쪽 바닷가에 위치하고 있었다.[8] 서해용신을 치제한 未陵邊은 지금의 전북 옥구에 속하는 임피현의 바닷가에 모셔졌으나 고려에 와서 폐했다.[9]

사독의 제의는 강에 주처하는 용신에게 드리는 제의이다. 먼저 동쪽의 용신은 吐只河에서 제의를 드렸는데 이곳은 지금의 흥해에 있는 曲江의 塹浦라고 하는 강가였다.[10] 기록에 보면 이 토지하의 물과 동해의 물이 서로 격랑을 일으켜서 높이가 20자가 되도록 솟

---

7) 『동국여지승람』 권제22 흥해군 고적. "阿等變 一云 近烏兄邊 新羅祀東海神 于此 載中祀"
8) 위와 같은 책, 권제24 동래현 고적. "兄邊部曲 在縣南海岸 新羅中祀南海神 于此 載中祀"
9) 위와 같은 책, 권제34 임피현 비고.
10) 위와 같은 책, 권제 22 흥해군 고적. "塹浦 一云土只河 新羅東瀆中祀疑卽 曲江也 新羅神德王四年 塹浦水與東海水 相擊浪高二十"

았다고 한다. 이러한 자연의 이변은 바로 吐只河의 수신이 예사롭지 않다는 것을 상징하는 것이다. 서쪽의 용신은 公州의 熊川河에서 치제하였다. 공주의 웅천에는 熊津祠가 있어서 봄가을로 官에서 향과 축문을 내려서 용신제의를 지냈던 것을 볼 수 있다.[11] 공주의 웅천은 계룡산에서 발원하여서 흐르는 錦江의 상류로서 계룡산 아래에 潛淵이 있으며, 이곳에 용신의 신앙터가 있어 기우제를 지내기도 하였다. 잠연은 계룡산의 용신신앙터였음을 알 수 있다.

> 계룡산 아래 있다. 두 봉우리가 입을 벌렸는데 그 가운데 큰 돌이 있어 구멍을 이루어 마치 거북 모양으로 되었다. 그 넓이가 30여척 가량 되고, 그 가운데 물이 있으며, 깊이가 한이 없어 나무와 돌로 메워도 다음날이 되면 모두 못 아래로 나와버렸다. 민간에 이르기를 "항상 용이 구름 기운을 타고 출입하며, 가물 때에 비를 빌면 항상 영험이 있다"고 한다.[12]

위의 인용문에서 보듯이 잠연은 용이 기거하는 용신신앙의 성소였기 때문에 같은 물줄기에 이어지는 공주 웅천의 熊津도 역시 용신앙의 터였음을 추찰할 수 있다. 강의 용신에게 드리는 四瀆의 중사는 기존의 용신앙터에 국가적인 차원에서 지내는 용신제의로서 국가의 수호를 용신에게 빌었던 것이다.

남쪽의 용신에게 치제하였던 黃山河의 용신제의는 梁山에 있는 강으로 여기에서도 용신신앙의 제의를 살펴볼 수 있다. 황산강의

---

11) 『동국여지승람』 권제 17 공주목 사묘. "熊津祠在熊津南岸 新羅在西瀆 本朝爲南瀆載中祀 春秋降香祝致祭"
12) 『동국여지승람』 권제 17 공주목 산천. "潛延在鷄龍山下 兩岸中有大石如龜形 其廣可三十餘尺 中有水其深無底 人以木石塡池 翌日皆出淵下 俗傳常有龍承雲氣出入 遇旱禱雨有應"

상류에는 伽倻津이 있으며, 이곳은 바로 용신에게 비를 빌던 기우의 터였다.

> 가야진은 혹은 玉池淵이라고도 하며, 고을 서쪽 40리 황산강의 상류에 있다. 우리 세종조 때 황룡이 물속에 나타났으며, 가물 때 비를 빌면 즉시 효험이 있었다.[13)]

　伽倻津에는 신라시대에 중사를 지냈던 祀宇가 있어서 해마다 香과 祝文을 官에서 내려 제사지내 왔다는 기록이 있으며,[14)] 가야진과 연결된 곳에 赤石龍堂이라는 용신앙터가 있어서 역시 양산군에서 제사를 지내었다.[15)] 신라시대 4독의 하나인 黃山河의 제의가 가지고 있는 용신앙적인 면모는, 황산강 주변에 있는 가야진의 기우제, 가야진사에 남아있는 중사를 지낸 祀宇, 赤石龍堂의 지명에서 보는 용신앙터로서의 성격 등에서 알 수 있다. 북쪽의 강을 지키는 용신은 漢山河의 용이었다. 한강에 있는 용신신앙의 제의 장소는 한강의 북쪽 언덕에 자리잡고 있었으며, 매년 봄과 가을에 치제하였다.[16)]
　小祀는 24개 처의 산신에게 드리는 제의로 지역적 범위가 대사나 중사보다 더 전국적으로 확대되어 가고 있으면서도 역시 경주를 중

---

13) 『동국여지승람』 권제 22 양산군 산천. "一名玉池淵 在郡西四十里 黃山江上流 我世宗祖黃龍現海中 天旱禱雨輒應"
14) 『동국여지승람』 권제 22 양산군 사묘. "伽倻津祠 祀典與公州熊津俱爲南瀆 載中祀每歲香祝而祭"
15) 위와 같은 책, 같은 곳. "赤石龍堂 在郡南二十二里 高麗稱伽倻津衍所 本邑致祭"
16) 『동국여지승람』 권제 2 한성부 사묘. "漢江壇在北岸 每年春秋致祭"

심으로 원형으로 분포되어 있다. 소사의 산신의 지역적인 분포는
다음과 같다.

慶尙道 - 豊基, 昌原, 蔚珍, 蔚山, 靑道, 慶州(2), 興海, 晉州 (9개소)
全羅道 - 靈巖, 光州, 鎭安, 茂州 (4개소)
忠靑道 - 淸風, 鎭川, 報恩, 林川 (4개소)
京畿道 - 加平, 積城, 서울 (3개소)
江原道 - 高城, 襄陽 (2개소)
不明 - 波只[17]

　소사 대상의 산신들도 경상도가 9개소로 가장 많은 것은 경상도
중심으로, 그 중에서도 경주 중심으로 소사의 제의가 행해졌기 때
문이다. 소사의 산신제의도 山岳崇拜의 사상을 바탕으로 하면서 호
국적인 성격을 가지고 있다. 대사, 중사, 소사의 산신과 수신에 대
한 제의가 가지고 있는 호국성은 외적으로부터 국가를 보위하고 또
중앙왕권을 강화하기 위하여 지방정치세력의 鎭壓을 상징하는 점에
서 잘 드러나고 있다.[18]
　수신 및 용신신앙과 관련된 국사는 단지 신라시대에 그치는 것
이 아니라, 그 후 고려시대와 조선시대에도 계속되었다. 그리고 그
장소는 지방관리들이 관장하는 官祭 또는 공식적인 기우제를 지내
는 제터가 되었다.
　한편 別祭는 가뭄이나 홍수가 일어났을 때에 특별하게 지내는
제의로서 四城門祭, 部庭祭, 四川上祭, 日月祭, 五星祭, 祈雨祭, 四

---

17) 신형식, 삼국사기연구, 일조각, 1981, p.323.
18) 이기백, 삼산오악의 성립과 그 의의, 신라정치사회사연구, 1974, pp.207
　　-210.

大道祭, 壓丘祭, 僻氣祭 등이 있었다. 수신계열과 관련이 있는 제의는 四川上祭와 祈雨祭이다. 4천상제는 太首, 文熱林, 靑淵, 樸樹 등의 4곳에서 지내는 수신계열의 제의로서 『삼국유사』에는 신라 제38대 원성왕이 北川에 제사를 지내고 왕위에 오른 이야기가 있어서 당시의 川祭의 한 모습을 볼 수 있다.[19]

원성왕이 북천의 신에게 제사를 드려서 왕위에 오른 이야기를 통하여 우리는 川神祭儀가 기복적인 기능을 가지고 있다는 것을 알 수 있다. 북천의 천신도 용신으로 볼 수 있다. 원성왕이 낳은 자녀는 3남 2녀이며 그 가운데서 딸의 이름이 小龍夫人, 大龍夫人이다. 딸의 이름을 龍女로 명명하는 것에서 원성왕이 용신에 대한 깊은 신앙을 가지고 있음을 드러내고 있다. 원성왕은 護國三龍을 하서국인들에게서 구해낸 일도 있었다.[20] 東池, 黃池, 芬皇寺의 우물 용을 하서국인들이 고기로 변신시켜서 잡아가는 것을 구해서 다시 못 속에 넣어서 살리는 원성왕에게서 용신신앙에 대한 신심을 볼 수 있다. 따라서 북천에 지냈던 川祭는 용신제의 형태였을 것이므로 신라의 四川上祭儀도 용신신앙의 형태를 띤 제의였다는 것을 미루어 짐작할 수 있다.

기우제는 惠樹에서 나오는 신라의 별제였다. 기우제도 역시 용신제의적인 형태였음은 다음의 기록에서 확인할 수 있다.

① 점해니사금 7년 (A.D. 253)
5월부터 7월에 이르기까지 비가 오지 않으므로 王은 祖廟와 名山에 祈雨祭

---

19) 『삼국유사』 권제 2 기이 제2 『원성대왕』.
20) 위와 같은 책, 같은 곳.

를 지냈더니 비가 내렸다. 흉년이 들어서 도적이 많았다.[21]

② 진평왕 50년 (A.D. 628)
여름에 큰 旱災가 들었으므로 시장을 옮기고 龍을 그려놓고 祈雨祭를 지냈
다. 가을과 겨울에 饑饉이 일어 자녀를 파는 자도 있었다.[22]

③ 성덕왕 14년 (A.D. 715)
6월에 큰 旱災가 들었으므로 왕은 河西州의 龍鳴岳居士 理曉를 불러서 林
泉寺의 연못위에서 祈雨祭를 지냈는데, 비가 열흘 동안이나 내렸다.[23]

④ 헌덕왕 9년 (A.D. 817)
비가 오지 않으니 山川에 두루 기도 드렸다. 시월에 굶어죽은 사람이 많으
니 왕이 州郡에 명하여 倉穀을 내어 구제케 하였다.[24]

이들 기록에서 기우제는 始祖廟와 名山大川(①), 市場(②), 寺刹
의 연못(③) 등의 장소에서 거행되었으며, 기우제의 방법으로 진평
왕 50년의 기록에서는 畵龍祈雨하는 모습도 볼 수 있다(②). 성덕왕
때의 기록에서는 龍鳴岳居士 理曉라는 인물을 河西國에서 불러와
기우제의 제전을 집전케 하였다는 내용(③)이 있어서 이 인물이 용
신신앙의 巫라고 생각을 하게 한다. 국내에 한발이 들어서 오곡이
익지 않고 타 들어가게 되어 백성들의 고통이 컸으며, 흉년이 들어

---

21) 『삼국사기』 권제2 신라본기 제2 점해니사금 7년. "自五月至七月 不雨 禱祀
   祖廟及名山 乃雨 年饑多盜賊"
22) 『삼국사기』 권제4 신라본기 제5 진평왕 50년. "夏大旱 移市 畵龍祈雨 秋冬
   民饑 賣子女"
23) 『삼국사기』 권제8 신라본기 제8 성덕왕 14년. "六月大旱 王召河西州龍鳴岳
   居士理曉 祈雨於林泉寺之上 則雨浹旬"
24) 『삼국사기』 권제8 신라본기 제10 헌덕왕 9년. "夏五月 不雨 遍歷山川 至秋
   七月乃雨 冬十月 人多饑死 敎州郡發倉穀存恤"

도적이 일어나고 자녀를 파는 일도 있었다.(④) 농경사회에 있어서 治水의 문제는 바로 치국의 문제와 직결되는 것이므로 수신계열의 용신신앙에 대한 종교적인 중요성은 지속되어 왔다.

신라의 고대제의는 天神系列과 水神系列로 대별할 수 있으며, 천신계열은 시조신을 치제하는 것으로 국가수호의 기능을 가지고 있었으며, 산신신앙은 천신계신앙의 가장 중요한 신앙체계였다. 수신계열은 농경사회의 풍요와 국가의 수호기능을 가진 제의로서 龍神系가 그 주요부분을 이루고 있다. 특히 용신앙은 건국신화와 고대제의에 걸쳐서 뿌리깊은 신앙체계를 형성하고 있었다고 본다. 신라에서는 용신신앙의 제사를 맡는 직관으로 龍王典이 있어서 大舍 2인, 舍 2인의 조직이 있었다.[25] 용왕전은 신라가 용신에 대한 관심이 컸음을 알게 한다. 용신에 대한 신라의 국가적인 고대제의는 민간의 용신신앙을 바탕으로 하여서 이루어졌으며, 제의가 베풀어진 곳은 지역적으로 신라의 경주를 중심으로 하여서 이루어졌기 때문에 호국적인 의미를 띠고 있었다고 본다.

용신신앙이 국가적으로 치제되었던 것은 고려시대에 와서도 계속되고 있다. 왕건이 남겼다고 하는 훈요십조에도 용신에 대한 기록이 남아 있다. 훈요십조 제 6조에,

> 짐이 소망하는 바는 연등회와 팔관회가 있다. 연등회는 부처를 섬기는 것이요, 팔관회는 天靈과 五岳, 名山大川과 龍神을 섬기는 것이다.[26]

---

25) 『삼국사기』권제39 잡지 제 8직관. "龍王典 大舍二人 舍二人"
26) 『고려사』세가 권제2 태조 25년조.

라 하여 국중대회의 일환인 팔관회에서 용신에게 제사를 지내 위해
줄 것을 당부하고 있다. 주지하다시피 훈요십조는 고려 태조 왕건이
다음 왕들이 지켜야 할 하나의 규범으로 제시한 것으로서 여기서 거
론되고 있는 팔관회는 고려조를 통해서 계속되었으며, 따라서 용신
신앙 또한 두텁게 믿어졌던 것으로 생각된다. 특히 고려는 이념적으
로는 고구려를 계승하고, 문화적으로는 신라를 승계했다. 그런 점에
서 신라의 제도나 문물 등이 고려조에까지 이루어졌음은 물론이다.

　용신신앙은 조선시대에도 계속된다. 조선조의 용신신앙에 대한
면모는 許筠의 "重修東海龍王碑"에 잘 나타나 있다. 허균은 선조
41년 무신년(1608)에 삼척부사로 재직하면서 인근 군인 양양에서 일
어난 龍王堂에 얽힌 일을 소재로 하여서 용왕당의 중수내력을 비문
에 기술하였다.

1. 선조 37년 갑신년(1604) 7월에 襄陽의 어부 池益福이 靑衣人의 안내로
   龍宮에 들어가다.
2. 龍王이 지익복에게 이르기를 이제까지 江陵에서 제사를 받아오다가 양양
   으로 쫓겨 즐겁지 않으니 다시 강릉으로 祀宇를 옮겨달라고 목사에게
   가서 알리라고 하다.
3. 용왕의 청을 양양사또인 洪如成이 듣고 方伯에게 청하였으나 듣지 않
   는다.
4. 다음해 7월에 關東에 風雨가 몰아쳐서 백성들이 水災를 심하게 입다.
5. 洪如成이 용왕의 사우를 수리하여 致盛을 올리다.
6. 이로부터 바람이 없어지고 해마다 豊年이 들다.[27]

　위의 이야기는 襄陽의 사람들이 자기들이 경험한 일을 後人들에

---

27) 許筠, 惺所覆瓿藁 제 16 文部 13, 重修東海龍王碑.

게 알리고자 하여 허균에게 그 용왕당의 비문을 부탁하여 전하고
있다. 용왕이 자기의 사우를 강릉으로 옮겨주지 않으면 해를 입히
겠다고 하는 데에서 강원도 지방의 용신신앙의 변천 상황을 알 수
있다.

> 내가 江陵에서 祭祀를 흠향한 지가 수천년이 되었으나 불행히도 그곳 사람
> 들의 내침을 받아서 이곳(襄陽)으로 옮겨왔는데 즐겁지 않다. 내가 天帝에
> 게 청하여서 비로소 너로 하여금 나의 뜻을 列岳에 전하게 된 것이다. 나의
> 祀字를 옛터로 돌아가도록 牧使에게 말하라. 만일에 그렇지 않으면 힘으로
> 칠 것이니 사람들이 반드시 나의 害를 입을 것이다.[28]

단락 3에서 양양사또인 홍여성이 목사에게 東海龍王堂을 옮길
일을 주청하였으나 허락을 받지 못하였음을 알 수 있다. 단락 4에
서는 지익복이 용궁에 갔다 와서 용왕의 일을 발설한 지 1년 만에
관동일대에 大風雨가 일어나서 막심한 피해를 입었음을 본다.

> 明年 乙巳 7月에 관동에서 대풍우가 일어 安邊 通川으로부터 南으로는 安
> 東에 이르기까지 수십 郡이 수재를 혹심하게 입었다. 사람과 가축이 죽은
> 자가 일만에 이르고 江陵이 더욱 심했다. 洪如成이 이상히 여겨서 吏民들을
> 불러 의논하니 신이 말하기를 祀字를 옮기지 않으면 재난을 내려 놀라게
> 한다 하였으니 여러 해를 이와 같은 水災를 입게 되면 그 결과가 어떠하겠
> 는가 하였다.[29]

---

28) 위와 같은 책, 같은 곳. "吾享祀於江陵 殆數千年 不幸爲府人所逐 移於玆土
非所樂也 我訴於帝 始得請 欲假爾導意於列岳 還吾于舊地 爾其言於司牧者
否則當以兵伐之 人必受吾害也"
29) 위와 같은 책, 같은 곳. "明年乙巳七月 關東大風雨 自安邊通川 南至安東至
數十郡 酷被水災 民畜死者以萬計 尤劇於江陵焉 洪公愈以爲異 招吏民議曰
神言不移祀 則當降災以警之 陋歲而水災若是 其果徵歟"

동해변의 수십 군이 대풍우의 피해를 입었고, 강릉의 피해가 훨씬 더 컸다. 이 일을 이상하게 여긴 양양의 사또 홍여성이 사람들을 불러서 의논하니 역시 그 사람들도 용왕의 사우를 강릉으로 다시 옮기지 않아서 용왕의 노여움을 샀다는 이야기였다. 단락 5에서는 지역 주민들이 결국 용왕당을 다시 짓고 대대적인 수리를 하여 치제를 드리면 용왕신도 감동할 것이라는 의견을 가지고 서로 곡식을 내고 일군을 모아서 공사를 시작한 지 수개월도 안 되어서 수리를 마친다. 이 과정에서도 강원도 북부의 사람들이 동해용신에 대한 두려움을 가지고 있음을 알 수 있다. 단락 6에서는 홍여성 또한 용왕당을 새로 수리하여서 정성을 다하여 치제하기로 하고, 용왕당 공사를 끝낸 후에는 몸소 제를 올리니 이로부터 양양에 바람이 없고 해마다 豊年이 들었다는 내용이다. 양양 사람들은 이 일을 碑石에 새겨서 後人의 경계를 삼고자, 용왕당을 수리한 후 4년 뒤에 비문을 당시의 三陟府使였던 許筠에게 쓰게 한 것이다. 허균은 비문의 말미에 강릉에 龍王祠宇를 두게 된 이유를 밝힘으로써 용왕당을 함부로 옮겨버린 처사를 비판한다.

> 우리나라는 四海龍祀를 두고, 지리의 중앙을 헤아려 祠宇를 두었다. 江陵은 동해의 가장 중심이고 正東이며, 그 고을의 가운데 위치가 깨끗한 곳이므로 正東이라 이름하여 新羅 때부터 여기에서 龍을 致祭하였다.30)

신라 때부터 강릉을 위시한 동해안 북부의 군현에 동해용왕을 위한 용왕당 내지 祠宇가 있어서 이 지역이 용신신앙지역이었음을

---

30) 위와 같은책, 같은 곳. "我國設四海龍祀 相度地理之中而置宇 江陵爲東海之最中而正東 尤其邑之中 位置爽塏故 名爲正東 自新羅祭龍于是"

알 수 있다. 허균의 重修東海龍王碑에서 보는 용신신앙의 형태는
水神이면서 農神的인 내용을 담고 있어서 농사의 풍흉과 비바람의
수재피해를 관장하는 역할을 보게 되지만, 신라시대의 四海龍王致
祭는 용신으로 하여금 신라를 수호하게 하려는 호국적인 龍王祭儀
였다고 본다. 용왕의 호국적인 역할이 조선시대에 이르러 엷어지면
서 강원도의 방백이 용왕신을 강릉에서 타지역으로 옮겨가게 하는
처사를 하게 된다. 그러나 서민들은 용왕신에 대한 믿음이 농사의
豊凶과 관계있는 신으로 인식하고 있다.

(2) 불교의 용신사상

불전에서 용은 인도의 용이며 범어로 NAGA라고 한다. 본래 인도
에 사는 용 종족들이 뱀을 숭배하는 신화에서 생겨났으며, 모습은
사람의 얼굴과 형체를 하고 머리가 용의 모양을 하는 관념상의 동
물이지만 神力으로 구름을 부리고 비를 내리는 水神의 일종이다.
용은 불법을 수호하는 天龍八部衆[31]의 하나로 불전에 등장한다. 용
은 중생이 업보에 따라서 윤회하는 길인 六道에서 畜生에 속한다.
축생은 남에게 사육되는 生類로서 고통이 많고 낙이 적으며, 성질
이 무지하여서 식욕, 음욕만이 강하고 부자형제의 차별이 없이 서
로 잡아먹고 싸우는 새, 짐승, 벌레, 고기 등으로 그 종류는 〈十二
論經〉에 고기 6,400종, 새 500종, 짐승 2,400종이 있다고 하여 그 사
는 곳도 물, 하늘, 뭍에 걸쳐있다. 중생으로서 악업을 짓고 愚癡가

---

31) 천룡 팔부중은 불법을 수호하는 여덟 신장들이다. 그 신장들은 천, 룡, 야
   차, 아수라, 가루라, 건달바, 긴나라, 마후라가 들이다. 이들은 각기 불교
   적인 세계관 속에서 맡은 불법 수호기능을 가지고 있다.

많은 이는 죽어서 축생도에 태어난다고 한다. 육도의 지옥도, 아귀도, 축생도, 아수라도, 인간도, 천상도 가운데서 축생도는 세 번째에 속하고 있다.[32] 불전에 나오는 용도 크게 호법룡과 독룡으로 나눌 수가 있다.

호법룡은 부처의 세계를 수호하는 용으로 전생에 지은 죄가 엷으면 호법룡으로 태어난다. 청정한 보시를 하지 않았을 때, 복덕을 마음에 품으면서도 瞋心이 있었던 사람들은 축생으로 윤회하지만 그 죄가 엷어서 호법룡이 된다는 것이다. 불전에 나타나는 호법룡의 주거처는 바다 가운데에 있는 戱樂城으로 그 성은 종횡이 3천유순이나 되며 七寶의 성곽이 있으며, 우담바라화가 핀 연못에서는 칠보의 색광이 뿜어 나오고 맛있는 음식을 먹고 향만, 영락, 말향, 도향으로 몸을 장식하고 억념이 신통하여 뜻하는 바를 모두 얻는다. 이 호법룡이 가지고 있는 신력은 때를 맞추어 비를 내리어서 오곡을 숙성시키고 佛法僧 三寶를 믿고 불사리를 수호하는 역할을 하고 있으나, 기본적인 신력은 降雨神이다.

이 성곽에 있는 호법룡들은 세상의 사람들이 沙門과 婆羅門을 공양하고 부모를 효양하며, 正法을 행하면서 호법룡의 세력이 增長하여 강우와 호법, 호불의 역할을 원활하게 수행하여서 順法隨善衆生을 옹호하고 세간을 이익되게 한다. 호법룡들이 부처를 수호하고 부처에게 귀의하는 사례를 불전에서 들어보자. 佛本行集經에 부처에게 三歸五戒를 받고서 가라용왕이 부처의 優婆塞가 되는 이야기가 있다. 사람이나 천신보다도 먼저 부처에게서 戒를 받는 가라용

---

32) 운허, 불교사전, 동국역경원, 1963. 육도, 팔부중, 축생 조.

왕의 이야기는 호법룡의 효시이다.

　　이 때 가라용왕이 부처에게 나아가 불족에 정례하고 나서 "세존님이시여,
저의 이 궁전은 옛날에 이미 과거의 일체제불에게 보시하였습니다. 제불께
서는 저를 연민하사 저의 보시를 받으시고 이 궁전에 머무셨습니다. 그 제
불은 구류손세존, 구나함모니세존, 가섭세존 등이었습니다. 오늘 세존께옵
서도 저를 연민하시어 잠시 저의 궁전에 머무시옵소서. 저는 이 궁전을 과
거의 세 부처님께 보시하였는데, 오늘 세존께서 네 번째로 저를 위하여 저
의 청을 받아주신다면, 네 부처님께서 저의 궁전을 받으시고 공덕이 구족하
게 될 것입니다." 라고 하였다. 이에 세존은 그 청을 받아 들여 곧 가라용
왕의 궁전으로 들어가, 가부좌하여 7일 동안 일어나지 않고 해탈락을 받으
시고 7일이 지난 뒤에 정념 정지의 삼매로부터 일어나셨다. 그리고는 용왕
에게 말하기를 "용왕아 너는 나의 곁으로 와서 삼귀와 오계를 받아 너의 생
애에 대안락을 얻도록 하라" 하셨다. 그러자 용왕은 "부처님의 가르침을 따
라 마음에 어김이 없을 것이오며, 세존의 말씀대로 하겠습니다." 하고는 곧
부처를 향하여 합장하고 불법승의 삼보에 귀의하였으며, 다시 부처에게 오
계를 받았다. 세간 중에서 최초로 우바새의 이름을 얻었으며, 축생 가운데
서 가장 먼저 삼귀의를 설해 받은 것이 바로 가라용왕이다.[33]

　　부처가 成道 직후에 최초로 俗家弟子를 가라용왕으로 삼았다는
이 이야기는 불전을 근거로 하는 후대의 불전설화 가운데서 용궁으
로 들어가서 용왕에게 불법을 전하거나, 용왕에게서 布施를 받은
이야기의 원형화소가 되고 있다. 가라용왕이 석가불이 태어나기 이
전에 이미 賢劫의 前佛인 구류손불, 구나함모니불, 가섭불에게 궁전
을 보시하고 네 번째 부처인 석가불에게 다시 보시를 하는 이야기

---

33) 불본행집경 권제 31 이상봉식품 제 35 상, 대정신수대장경 제 3권, p.800
　　김영태, 신라불교에 있어서의 용신사상, 불교학보 제11집, 동국대학교 불교
　　문화연구소, 1974, pp.135-137의 번역에서 재인용함.

단락에서 용왕신이 인도에서는 석가불 이전의 신화적인 존재라는 것을 알 수 있다.

　다음에는 용왕이 부처를 보호하는 불전의 이야기가 있어서 인용하고자 한다. 목린타용왕이 부처를 그의 궁전으로 모시어 부처에게 귀의하고자 하니, 부처가 용왕의 궁전으로 가서 가부좌를 7일 동안 하고 있을 때에 날씨가 추워지자 목린타 용왕이 부처를 감싸 보호한 이야기다.

　　그 때 비가 내리고 냉풍이 크게 일어나 잠시도 쉬지 않고 매우 추워졌다. 이때 용왕이 그 큰몸으로 일곱겹이나 불신을 에워감싸고 일곱 개의 머리를 세존의 위에 드리워 덮어서 세존의 몸에 한냉과 풍습과 진분이 닿지 않고 또 모기 등 벌레가 물지 못하도록 하였다. (중략) 이 때 세존은 목린타용왕에게 말하기를 '대용왕아, 삼귀와 오계를 받고 너의 생애에 안락을 얻도록 하여라.'하니 용왕은 "세존의 가르치심대로 하여 감히 어김이 있겠습니까?" 하고는 부처의 가르침을 듣고 곧 삼귀의하고 오계를 받았다.[34]

　목린타용왕이 부처에게 귀의하고자 하여 용궁으로 부처를 모시어, 용왕이 부처의 몸을 일곱 겹으로 에워 감싸고 일곱 개의 머리를 위에 드리워 덮어서 세존의 몸을 보호하는 모습은 그대로 호법용으로서의 상징성을 지니고 있다. 또 대방광대집경에서는 파가라용왕이 일장대수기대집경을 초하여 용궁에 안치하고 있다고 한다. 龍樹菩薩이 대용궁보살의 안내로 바다가운데에 있는 용궁에 들어가서 칠보장을 열고 칠보함에서 내어주는 제방등심오경전 무량묘법을 받았다는 내용이 없어서 대승경전은 모두 용수가 용궁에서 가져온

---

34) 위와 같음.

것으로 전한다. 이런 내력으로 경전을 龍藏이라고 한다.[35] 이처럼 호법룡들은 부처에게서 수계를 받아서 불제자가 되기도 하고 불경을 수호하는 것을 본다.

다음으로 毒龍은 사람이 瞋痴를 행하고 생전에 僧房과 마을을 불태우게 되면 지옥으로 떨어져서 無量苦를 받은 후에 그 지옥을 나와서 독룡으로 태어나 熱沙에 타는 고통을 받는다. 중생이 전생에 처자를 속이고 좋은 음식을 혼자 먹고 남은 찌꺼기를 처자들에게 주면, 죽어서 독룡이 되어서 두꺼비(蝦魔)와 같은 동물을 삼키고 모래를 씹고, 바람을 들이마시는 업과를 받는다. 이 독룡들도 바다 가운데 있는 희락성에 살고 있으나 항상 하늘에서 내리는 뜨거운 모래에 고통을 받으면서, 악운우와 惡風暴雹을 일으켜서 사람들에게 독해를 준다. 희락성에 사는 이 독룡들은 사람들이 불효불순하고 정법을 행하지 않으면 이 독룡들이 득세하여 서로 쟁투하여서 심한 비바람과 우박의 재앙을 일으켜서 오곡이 散壞하고 作惡毒害가 막심하여 세간을 괴롭힌다.

독룡들에게는 三患이 있어서 언제나 두려워하고 공포에 떨면서 지낸다. 熱沙, 惡風, 金翅鳥의 害가 세 가지 환난으로 열사가 항상 하늘에서 내려와 독룡들에게 고통을 주고, 심한 바람이 불어서 독룡들의 옷을 바람에 불려서 맨살을 드러내게 하고, 금시조가 독룡을 잡아먹으려 하여서 독룡들은 항상 고뇌를 벗어나지 못하고 있다. 독룡들이 이 고뇌에서 벗어나는 길은 오직 부처에게 귀의하고 중생들을 위하여 甘雨를 내려서 안락을 베풀라는 것을 大雲輪請雨

---

35) 용수보살전, 대정신수대장경 제50권, p.184.

經에서 볼 수 있다. 이 경에서는 難那龍王과 무량의 諸大龍王과 84
억나유타 수의 용왕들이 모두 불타가 있는 곳에 가서 발원예불하고
자리에 앉았을 때 용왕 중에 가장 빼어난 不退轉을 얻은 無邊莊嚴
海雲威德輪盖龍王이 부처에게 물었다.

> "어떻게 하면 모든 용왕들이 모든 苦를 멸하고 안락을 얻을 수 있으며, 또
> 안락을 얻은 후에는 이 세계 안에 감우를 내려 모든 樹木叢林藥草苗稼들을
> 성장시켜 세상의 모든 사람들이 쾌락을 얻게 할 수 있겠습니까?"

용왕의 절실한 물음에 세존은 용왕에게 大慈를 행하는 한 법을
설하여 용왕들의 모든 苦를 滅除하고 안락을 具足하게 하였으며,
"施一切衆生安樂"이라는 다라니를 용왕들이 항상 독송하고 繫念受
持하면 고뇌를 멸하고 안락하게 되며, 이들 용왕들이 안락하게 되
어 閻浮提에 감우를 때에 맞게 내려 일체수림총림이 성장하고 藥草
苗稼가 모두 훌륭한 맛을 내게 된다고 하였다.[36] 축생의 용들이 고
뇌에서 벗어나게 하기 위해서 부처가 "시일체중생안락"이라는 다라
니를 준 것은 바로 용왕이 가지고 있는 수신적인 능력인 降雨을 통
해서 모든 생물들을 성장시키어서 세간의 안락을 도모하여서 보살
행을 실천하는 의미이기도 하다. 보살행을 실천하여서 삼환의 고뇌
를 벗어난 용왕이 阿耨達龍王이다. 용왕에 관한 이야기는 佛法弘道
廣現三昧經에서 그의 공덕을 설하고 있다.

오랜 옛날부터 德本을 지어 보살행을 지키고 육도의 대승행에 머물러 중생

---

36) 대운륜청우경 권상, 대정신수대장경 제19권, pp.493-496.

을 구제하여, 일찍이 96억 제불을 섬긴 공덕이 헤아릴 수 없고 방편으로 널리 五道에 나타나 모든 어리석음을 없애고 보살의 무욕행을 닦게 하고 자비스러운 마음으로 모든 것을 제도하여 죄있는 것들을 불쌍히 여겨 용으로 나타났으며, 수억의 화룡들이 재앙을 면하도록 하고 스스로는 이 아욕달의 연못에 있는데, 8천만중의 모든 권속을 거느린다.[37)]

아욕달의 연못에 사는 아욕달 용왕은 용들이 두려워하는 열사의 뜨거움, 악풍의 괴로움, 금시조가 잡아먹으려 하는 공포에서 자유롭다. 이 용왕은 몸은 용이지만 그 속성은 보살에 가까운 존재라고 할 수 있으며, 전생에 96억 諸佛을 섬기고 無慾行을 닦았으며, 악룡들을 제도하기 위해서 용으로 나타나 8천만 권속을 거느리고 있으니 축생인 용의 몸이긴 하지만 사실은 보살의 경지에 이르렀으므로 용들의 三患이 없다는 이야기다.

호법룡과 악룡들은 기본적으로 전생에 죄를 지은 업보를 가진 사람들이 윤회하여 다시 태어난 축생으로 수신적인 기능을 가지고 바다 가운데 있는 희락성이라는 龍宮에 살고 있다. 호법룡은 정법을 행하여 부처에게 귀의하여 부처와 불경을 수호하며 세간에 이익되는 일을 하고 있으나 독룡은 세간에 해가 되는 일을 하고 있어서, 중생들이 불법행을 받들면 호법룡의 세력이 增長하여서 세간이 평안하여지지만 비법을 행하게 되면 독룡들의 세력이 증장하여서 세간이 혼란스러워진다는 것이다. 독룡들도 그들이 가지고 있는 三患의 고통에서 벗어나기 위해서는 보살행을 닦아서 세간에 안락을 주도록 감우를 때에 적합하게 내려서 만물과 중생들이 성장하고 오곡

---

37) 불설장아함경 권제18 제4분 세기경 염부제품 제1, 대정신수대장경 제1권. p.117 상.

이 숙성하도록 하여야 한다는 것이다.

2) 용신설화와 사찰연기의 습합양상

(1) 용신설화와 사찰연기의 습합

용과 관련된 창사설화의 한 특징으로 꼽을 수 있는 것은 사찰 연기담에 반드시 재래의 용신신앙과의 관련성이 찾아진다는 것이다. 많은 불사연기설화 중에서 용신창사설화에 주목을 하게 된 동기가 바로 이 점이기도 하지만, 특히 사찰을 세우는 과정에서 토속적인 재래신앙의 하나인 용신신앙이 사찰연기와 어떻게 관련되는가 하는 문제는 창사설화를 이해하기 위한 핵심적인 과제라 할 것이다. 이러한 문제에 대해 우선 용신신앙과 사찰연기간의 갈등과 해소가 어떻게 이루어지면서 창사설화로 습합되어 가는지에 대해 관심을 가져본다.

일반적으로 용신신앙의 터전 위에 세워졌던 사찰의 창사설화는 용설화의 기반위에 형성된다. 龍神說話를 용전설과 용신화로 나누어 본다면, 용전설은 자연물의 형상이 용을 닮았거나 용의 이미지를 가진 동기로 형성된 지명 전설이 형성의 초기단계라고 할 수 있다. 용과 관련된 지명을 동국여지승람의 자료에서 살펴보면 다양하게 드러난다. 山, 峴, 谷, 峰, 島 등의 地界나 江, 渡, 津, 川, 井, 淵, 潭, 塘, 澤, 池, 湫, 泉, 溪, 浦, 海 등의 水界에 걸쳐서 모두 다양하게 용이 관련되어 지명으로 쓰이고 있다. 이런 자연의 지명에서 다시 파생되어 城, 驛, 橋, 院, 里, 縣, 郡, 國, 祀, 堂, 壇, 寺 등의 칭명으로 확대되어 간다.

이처럼 지명에 용이라는 관념이 쓰이는 것은 그 지형이 일차적
으로 용의 형상을 닮았거나 용의 이미지를 가지고 있기 때문이다.
地界의 명칭이 주로 용의 형상을 닮아서 사용한다면, 수계의 명칭
은 샘이나 못이나 강의 깊은 물이 용의 이미지를 연상시키어서 그
자체가 용으로 관념되어 용을 사용하고 있다. 이렇게 명명된 지명
에 대한 유래를 설명하는 과정에서 용전설이 발생한다. 명명이라는
행위가 그 속에 제의적인 속성을 띠고 있어서 지명의 유래를 설명
하는 이야기도 자연히 용에 대한 신앙적인 잠재심리를 형성하게 된
다. 地名傳說을 가지고 있는 제의적인 속성이, 점차 그 지역의 용신
신앙을 형성되어 감에 따라서, 신화적인 형태로 설화를 변모시킨다.
이 용지명의 공간에 용신당이 세워진다거나 용신의례가 베풀어져
용신신앙체계가 정립하게 되면 용신신화가 완결된 구조로 형성된
다. 용전설에서 용신신화가 형성되는 과정을 구체적인 예를 들어서
살펴보고자 한다. 황해도 봉산군의 神龍潭 이야기를 분석하여 확인
하고자 한다.

神龍潭은 휴류암이라고도 하는데 못이 고을 북쪽 5리에 있다. 고려 명종 때
에, 감찰어사 함유일이 황주판관이 되었는데, 속현이 봉주에 이르러서 고을
사람들이 바위 아래 신룡이 있어서 모두들 공경하고 두려워하여 정성을 드
린다는 말을 듣고, 유일이 고을 사람을 불러 더러운 물건으로 그 못을 메웠
다. 그 날은 개인 하늘이었는데 갑자기 비가오고, 뇌성번개가 일어나서 사
람들이 놀라 엎어지는 자도 있었는데, 좀 있다가 비가 개이자 메웠던 더러
운 물건들이 다 없어지고 다시 맑아 졌다. 왕이 이 말을 듣고 근신을 보내
어 제사 드렸으며 이로부터는 매년 봄가을에 향축을 내려 제사드렸다. 가물
때 비를 빌면 곧 응하였는데, 본조에서는 그 고을 관원을 시켜 제사드렸
다.[38]

이 이야기는 神龍潭에 치제하게 된 내력을 서술하는 용당신화라고 할 수 있다. 당신화가 형성되어가는 과정은 신룡담에 치제하게 되는 과정과 같다. 신룡담 이야기를 단락으로 구분하여서 분석하여 보자.

1. 神龍潭 또는 휴류암(부엉이바위)이라고 부르는 못이 고을 북쪽에 있다.
2. 고을 사람들이 못 속의 신룡을 모두 공경하고 두려워하여 치성을 드리다
3. 감찰어사 함유일이 사람을 시켜서 더러운 물건으로 그 못을 메우다
4. 뇌성벽력이 치고 갑자기 비가 내려 사람들이 놀라다
5. 왕이 이를 듣고 매년 제사를 드리게 하다

단락 1은 봉산현의 북쪽에 있는 못의 이름을 신룡담이라고 하는 지명전설의 발생 단계이다. 이 지명전설은 물론 못의 존재를 전제를 하고 발생한다. 못이 어떤 형상을 하고 있는지 살펴보자. 자료에 이제현의 시가 있어서 못의 형상을 묘사하고 있다.

산 앞의 푸른 돌 쌍문이 열렸는데,
돌 밑의 맑은 못 만 길이나 깊네.
밝게 햇빛을 담아서 번쩍이고,
차갑게 수풀 그림자를 머금어 고요하고 그윽하네.[39]

---

38) 동국여지승람 권제41 봉산군 산천 신룡담. "神龍潭一云鵂鶹巖 在郡北五里 高麗明宗監察御使咸有一 出爲黃州判官 行屬縣至鳳州 聞邑人以巖下淵中有 神龍 皆致敬畏 有邑人以穢物塡其淵 是日天晴忽雨雷暴 作人有驚伏者 俄頃 開霽盡出所塡穢物 水後澄淸 王聞之 遣近臣致祭 自此每歲春秋 降香祝行祭 遇旱禱雨卽應 本朝令其官致祭"
39) 위와 같은 책, 같은 곳. "李齊賢詩 山前翠石雙扉啓 石底澄潭萬丈深 明浸日 光紛閃閃 冷涵林影靜冗冗"

이 시의 구절에서 두 개의 바위가 문처럼 서있고 그 바위 아래에 못이 깊이 잠겨있으며 숲의 그림자가 그 못물 위에 드리워져 있어서 보는 사람으로 하여금 상서로운 기운을 느끼게 함을 알 수 있다. 이 못이 가지고 있는 이러한 자연환경의 형상에서 사람들은 수신인 용의 형상을 추상하고 이 못에 용이 살고 있으리라는 연상에서 신룡담이라는 명명을 하게 된 것이다. 어떤 사물을 특정한 이름으로 부르는 행위 자체가 사실은 제의적인 성격을 띠고 있다. 이 못을 용의 못으로 명명하는 심리적인 이면에는 이미 용신에 대한 경외감이나 신앙적인 자세가 내재하고 있다는 것이다.

命名이 제의적인 속성을 지니고 있는 사례를 "유금이들"의 이야기에서 볼 수 있다. 특히 신의 이름을 부여함으로써 새로운 신계가 창조되는 예로서 명명의 제의적인 의미를 드러내고 있다.

아깨 그거(유금이들 이야기)는 니(네) 살 먹은 아가(아기를)업고, 내 손자는 업고 이래 갔다 하이, 나가이깐드로 구리가 마, 아, 집동 겉은 놈이 들어 있그던. 정구이 늙은이가,
"이 구리 봐라!"
크이 [작은목소리로]
"아이고, 오무, 할매요, 그게 아임더. 용님임더. 지금 용이 되가 득천합니더."
꼬 그말에 마, 저, 용이 됐단 말이다.
"요이 돼가 득천합니더."
꼬, 그말에 마, 저, 용이 됐단 말이다. 요이 돼가 득천하는 질에 그리마 저기 유금이들로 치고, 이래가 그랬다고, 그래가주 [청중: 그래 유금이뜰으는, 유금이뜰으는 그래 용랙이] 그래,
"이 들을 유금이 주라!"
그래 유금이들, 유금이들, 그건 그래 된기요.[40]

구렁이를 용이라고 불러주어서 용으로 昇天시키고 들을 차지하게 된 유금이의 이야기다. 이 이야기 속의 할머니가 지칭한 구렁이라는 명칭에는 대상에 대한 신앙적인 심리가 존재하지 않지만, 유금이가 작은 목소리로 신성스럽게 지칭한 용이라는 명명에는 신성한 심리가 존재하고 있다. 유금이라는 어린아이가 구렁이라고 부르는 할머니에게 "아이고 어무, 할매요, 그게 아임더, 용님임더. 지금 용 돼가 득천합니더."라고 용님이라는 神號를 명명한 행위는 바로 용신의 신계를 창조한 제의적인 성격을 지닌다. 새롭게 열려진 용신의 세계는 "得天"이라는 어휘 속에 집약된다. 天은 바로 용의 신계이며 이 신계를 얻은 것은 새로운 용신의 탄생이라는 의미를 띤다. 용이 신적인 능력을 구비하게 되어서 유금이라는 어린아이에게 용신은 자기의 신력의 상징으로 들을 주어서 유금이들이라는 용신의 신계를 지상에 남길 수 있는 것이다. 유금이는 이런 의미에서 용신신앙의 巫와 같은 역할을 한 것이다. 용신을 현신시키고 용신의 뜻을 받든 인물이라는 점에서 유금이는 龍神話的인 인물이기도 하다.

신룡담이야기에서도 이와 같은 명명의 원리를 적용시킬 수 있다. 신룡담이라고 명명을 하는 이면에는 이 못을 용신의 신앙의 공간으로 확대할 수 있는 가능성이 내재하고 있다. 神龍潭이라는 命名은 이 못의 龍神이 신계를 열어주는 제의적인 기능을 하고 있다. 단락 2에서 고을 사람들이 이 못 속의 신룡을 모두 공경하고 두려워하며 치성을 드린다는 내용에서 용신신앙의 형성이 된 것을 본다. 단락

---

40) 한국구비문학대계 7-3, p.50. 외동면설화 5, 유금이들.

1의 용지명전설의 발생에 이어서 단락 2에서는 용신에 대한 제의적인 치제를 드림으로써 용신설화가 형성되는 것을 본다. 용지명전설에서 용신신화로 이행되는 단락1과 단락 2의 연결부분에는 용신에 대한 인간의 신앙적인 제의의 발생을 전제로 한다. 이러한 신앙적인 발전단계가 이어지지 않으면 단순한 지명전설에서 신화적인 이야기로 확대되지 않는다는 점이다.

이러한 예를 휴류암이라는 지명에서 볼수 있다. 휴류암은 신룡담 가에 있는 두 개의 문처럼 서있는 바위이다. 마치 부엉이 같은 형상을 하고 있어서 이러한 지명이 발생하였을 것이다. 신룡담을 휴류암이라고도 불렀다는 점에서 두 지명들이 그 지역 전체를 일컬은 것을 알 수 있다. 그러나 신룡담이 용신신화적인 이야기의 영역으로 확대된 반면에 휴류암은 단순한 지명에 머무르고 신화적인 영역으로는 나아가지 못하였다. 이 원인은 휴류암이 신앙적인 대상으로 부상되지 못하였다는데서 찾을 수 있다. 휴류암은 지명전설의 형성에 그치고 말았다.

단락 2에서 고을사람들이 치제를 드림으로써 신룡담의 지명전설은 용신신화적인 영역으로 설화적인 擴張을 이룰 수가 있었으며, 이 신룡담의 용신신화는 용신의 능력과 이에 따른 신당의 건립 그리고 용신의 영험 등에 관한 신화적인 이야기화소가 형성되어 가게 된다.

단락 3~5는 이러한 이야기화소의 다양한 면을 보여준다. 단락 3과 단락 4는 바로 이 신룡담의 용신의 위력을 보여주는 내용으로 신룡암에 대한 瀆神을 응징하고 용신의 능력을 뇌성벽력, 또는 폭우로서 현현시키고 있다. 단락 5는 이 용신의 신력에 상응하는 제의가 성립되어서 왕이 치제드리게 되며, 용신당을 건립하는 데에 이르게 된다. 신룡담의 용신당의 존재는 최숙정의 시에 드러난다.

> 못가에 반석은 평평하기 책상 같은데,
> 그 위에 사당 있어 푸른 소나무에 연했네.
> 등덩굴 부여잡고 내려다 보니 두 눈이 아찔한데,
> 그 아래 한 물줄기 달려 흐르누나.[41]

라는 시에서 못가의 반석 위에 祀宇가 있음을 알 수 있다. 이 사우는 신룡담의 용신의 신력을 겪고나서 조정에서 세웠을 것으로 짐작된다. 이 용신의 영험은 가물 때에 비를 빌면 곧 응하였다는 데에서 降雨神으로서의 영험이 많았음을 알 수 있다.

신룡담의 용신신앙이 확립되어가는 과정에 따라서 용신의 설화도 순차적으로 형성되어 갔을 것이다. 지명의 명명에 따라 지명전설이 형성되었으며, 그 지역에 대한 신앙적인 발전에 따라서 신화적인 설화의 확장이 이루어지는 단계로 나아간 것이다. 지명전설에서 당신화로 설화적인 전이를 하여 가는 과정을 거쳐서 형성된 용신신화는 불교라는 새로운 신앙체계를 만나게 되어서 용관련창사설화로 다시 전이하여 가는 과정을 겪는다. 용신신앙터에 자리를 잡게 되는 사찰은 용신신앙과 불교가 서로 영향을 주고 받는 양상에 따라서 각기 다른 창사설화로 분화 한다.

---

41) 위와 같은 책, 같은 곳. "崔淑精詩 湫邊盤石如案 上有祀宇連靑松 攀藤下窺眩雙眸 下赴一派成奔流"

(2) 창사설화의 전승실태

창사설화가 口演現場에서 전승되어가는 양상을 살펴보면 각기
다른 계층에서 형성된 각편들이 충돌을 일으키는 가운데 다시 하나
의 이야기로 통합되어 가는 것을 알 수 있다. 부석사창사설화의 전
승현장을 통해서 다양하게 드러나는 변이형들을 확인하여 보고, 또
이들이 어떠한 서사논리에 의해 하나의 이야기로 통합되어 가는지
에 대해 알아보고자 한다. 이를 위해서 『한국구비문학대계』에 나오
고 있는 세 자료를 활용한다. 임재해, 정낙진, 이재진, 권태달 등의
조사자가 1982년 7월 26일에 경상북도 봉화군 명호면 북곡 1리 두
실 마을에서 부석사창사설화에 대해 조사를 한 바가 있다. 이들이
조사한 세 각 편(version)을 통해서 제보자의 상황을 참고하는 가운
데 이야기가 진행되는 상황과 이야기의 전승력등에 대한 전승실태
를 알아보고자 한다.

"까치가 터를 정한 부석사",42) "의상조사가 지은 부석사"43), "선묘

---

42) 한국정신문화연구원, 구비문학대계(경북편) 7-10, 고려원, 1985. 봉화군 명
　　호면 설화.
　　[명호면 설화12]
　　북곡1리 두실, 1982. 7. 26. 임재해, 정낙진, 이재진, 권태달 조사
　　박병훈(남, 61)
　　〈까치가 터를 정한 부석사〉
　　*절을 지을 때 괴물과 스님이 싸웠다는 이야기를 들어보려고 했더니, 제
　　보자가 부석사에 가서 들은 이야기를 했다. 계속 청중으로만 참여하던 분
　　이 이야기를 시작했으므로, 첫 마디는 녹음되지 않았다.
43) 위와 같은 책 같은 곳.
　　[명호면 설화13] 의상조사가 지은 부석사
　　북곡1리 두실, 1982. 7. 26. 임재해, 정낙진, 이재진, 권태달 조사
　　정하섭(남, 61). 이병달(남, 59).

룡의 도움으로 지은 부석사"[44])의 세 각편이 제보자들 사이에서 차례 차례 구연되어 가는 상황을 제보자들의 生活歷을 이용하여 자료의 특성과 이야기판에서의 설화적 영향력 등을 추출해 보고자 한다.

"까치가 터를 정한 부석사"는 "까막까치가 나무껍질을 물어다 놓은 곳에 부석사 터를 잡고 절을 지었다"는 내용으로 일반적으로 알려진 부석사창사설화와는 다른 각 편이었다. 이 이야기의 제보자 인 박병훈(남, 61)은 두실 태생이기는 하지만 20세 무렵에 같은 면 내인 고경리로 이주하여 30년 동안 그곳에서 생활을 하여오다가 지 금은 봉화읍 포저1리에 거주하고 있어서 생활중심지가 고경리와 봉 화읍이라고 할 수 있어서 두실이 태생지일 뿐이지 생활 근거지는 아니었다. 그의 딸이 두실로 시집와서 살고 있으므로 사돈댁에 놀 러 왔다가 이 이야기판에 참여한 제보자는 이이야기를 부석사에 가 서 들었다고 하지만 아마 그 절의 승에게서 들은 것은 아니고 절에 온 일반인에게 들었거나, 외지에서 오랫동안 거주한 그의 생활로

박병훈의 [설화12]를 들은 정하섭이 "자네 그건 녹음 잘못 했네. 내 이 얘기를 들어보게"하면서 나섰다. 녹음을 하려니 극구 말린 다음 이야기를 이었다. 정하섭은 부석사에 가서 들은 이야기라 하고, 이병달은 어떤 중이 자기 집에서 잘 때 들려준 것이라고 하면서 자기 이야기를 내세웠다.

44) 위와 같은 책, 같은 곳.
[명호면 설화 14]
북곡1리 두실, 1982. 7. 26. 임재해, 정낙진, 이재진, 권태달 조사
정세원(남, 63).
선묘룡의 도움으로 지은 부석사
* 부석사에 관한 유래담이 계속되었다. 지금까지 박병훈, 정하섭, 이병달 씨의 부석사의 창사유래에 관한 이야기를 듣고 보던 제보자는, 이미 부석 사전설은 널리 알려진 것이 있는데, 다른 전설이 나올 수 없다고 하면서 이이야기를 정설로 내세웠다. 이 이야기에 자신을 잃은 다른 제보자들은 자기들도 들은 이야기라고 했다.

보아서 두실마을이 아닌 다른 외지에서 들었을 것으로 추측된다.

　박병훈이 "까치가 터를 정한 부석사"의 구술을 마치자, 바로 정하섭(남, 61)에게서 반박을 당한다. "자네 그건 녹음 잘못했네. 내 이야기 들어보게"하면서 정하섭은 "의상조사가 지은 부석사"의 이야기를 하였으며, 그 내용은 "의상조사가 절을 세우기 위해 돌을 삼일간이나 공중에 뜨게 하였다"는 것이다. 정하섭은 두실에서 태어나 계속 생활해 왔으며, 소학교를 졸업하고 한문도 조금 익혔으며, 근거 없는 이야기는 가치없는 것으로 여기는 구연자였다. 그는 능숙한 이야기꾼이라기보다는 타인의 이야기가 잘못되었다고 생각되면 지적해주는 역할을 하여서 새로운 이야기의 단초를 열어가게 하는 사람이었다. 정하섭도 역시 부석사에 가서 들은 이야기라고 하여서 이 이야기의 내용으로 보건데 부석사의 스님들에게서 들었을 것으로 생각된다. 정하섭의 이야기 각 편은 바로 앞에서 구술한 박병훈의 이야기가 자신의 "의상조사가 지은 부석사"와 달라서 그 차이점을 변별시키기 위한 구연동기를 가지고 있으며, 의상과 浮石의 화소를 강조하는 데에 구술의 중심이 놓여 있어서 서사전개가 순차적이지 못하고 이야기의 구성 또한 균형을 잃었다.

　이병달(남, 59)은 정하섭의 이야기 구성의 결합을 보충하기 위해서 끼어든 제보자였다. 이병달의 이야기 내용은 "부석사 터가 원래 百餘 大村 마실이었는데, 그곳에 절터를 잡은 의상에게 비켜주지 않아서 의상이 돌을 띄웠다"는 것으로 정하섭의 이야기 구성을 완결시켜 주었다. 이병달은 그 후로도 제공한 이야기가 10편이나 되는 능숙한 이야기꾼으로 두실마을 태생으로 그곳에서 계속 생활을 해온 사람이다. 그는 간이학교를 나왔으며 한문도 조금 익혀서 정하섭과 비슷한 교육수준을 가지고 있었으나 이야기의 구연능력이나 전승의 능력은 더 나은 제보자였다. 이병달은 이야기에 대한 신빙성을 높이기 위해서 부석사창사이야기를 자신의 집에서 하룻저녁을 자고 간 어떤 중에게서 들은 것이라고 하면서 說話歷에 대한 구체적인 전승의 경로를 밝혔다. 정하섭과 이병달이 구연한 상황은 "의상조사가 지은 부석사"에서 볼 수 있듯이 한 각편 속에서 서로 이어서 이야기를 하였다. 정하섭이 의상이 돌을 띄운 이야기를 하고, 이병달이 의상이 돌을 띄운 동기를 구술한 것이다.

세 사람의 구연과정을 지켜보던 정세원(남, 63)은 "선묘룡의 도움으로 지은 부석사"를 이야기하였다. 정세원은 부석사창사설화는 널리 알려진 것이므로, 다른 전설이 있을 수 없다고 하면서 이 이야기를 구술하였다. 정세원은 두실마을에서 가장 유식한 이야기꾼으로 인정을 받고 있으며, 신구학문을 겸비하여서 마을 사람들에게 학자로 존경을 받는 두실 마을 토박이였다. 그는 부석사창사설화의 내용이나 이야기구조가 불안정하게 흔들리는 구연상황을 보고 자신이 가지고 있는 각 편을 제보함으로써 부석사창사설화의 전승의 맥을 다지고 교정시켜야겠다는 설화전승자로서의 의무를 한 것이다. 그가 자신의 이야기를 시작하기 전에 구연동기를 먼저 내비치는 데에서 이런 면모를 확인할 수 있다.

> 그 부석사 절터 긑은 거는, 부석사 절터 긑은 거는 그런 민속적인 전설이 있을 수 없잖는가? 왜냐하면 그거는 엄연히 거 의상조사가 창건한 전설이 나왔네. [청중 : 그 전설이 나와 있어] (조사자 : 그 전설 한 번 들어보시더) 그 전설은 내가 듣기로는 일트구마는[45]

이런 전제를 하고서 구술한 정세원의 "선묘룡의 도움으로 지은 부석사"는 『宋高僧傳』 소재의 「당신라국의상전」의 내용이었다. 그는 구술을 마친 후 "거 부석사 전설은 그런데 왜 뭐 자꾸 다른 이야기를 만들고, 그것는 인제 그건 부석사 전설은 역사적으로 [청중 : 몰래 왜, 그런 이얘기하데][46] 라고 하여 부석사창사설화의 이야기 내용과 형태적인 구조를 확정지었으며, 앞에서 구술했던 박병훈, 정하섭, 이병달 등도 정세원의 결론에 수긍하게 되었다. 부석사창사설화가 현장에서 구연되는 상황을 통해서 구전설화의 전승의 양상을 몇 가지로 정리할 수 있다.

첫째는 전설적 증거물의 확보가 없을 때에 구술자들이 자신의 이야기에 대한 담론적 신빙성을 잃고서 민담화하여가는 심리적 불안감을 가지게 된다. 자신의 이야기와 다른 각 편이 나와도 자신의 이야기를 내세우지 못하게 되어서 전승력이 약화된다. 박병훈의 경우가 이에 속한다. 까막까치가 나무껍질을 물어다 놓은 곳에 부석사터를 잡았다고 하는 그의 이야기는 그 이야기의 신빙성을 주장할 수 있는 증거물이 없어서 정하섭의 반론에 대해 자신의 이야기를 내세우지 못하게 된 것이다.

둘째는 說話歷을 통해서 전승의 맥을 분명히 가지고 있어야 다른 사람에게 자신의 이야기를 다시 이어줄 수 있다. 박병훈이나 정하섭은 자신의 이야기를 막연하게 부석사에 가서 들은 것이라고 하지만 이야기판의 청중들에게 이야기의 신빙성을 수긍시키기에는 부족한 설화력이었으며, 이병달은 자신의 집에서 자고간 중이 들려준

---

45) 위와 같은 책, p.782.
46) 위와 같은 책, 같은 곳.

이야기라고 하여 좀 더 구체성을 띤 설화력을 제시하였으며, 정세원은 부석사창사설화는 역사적인 기록이 있다고 하여서 더 권위있는 전승의 맥을 밝혔다. 구연현장에 있는 청중들은 정세원이 내세운 역사라는 말에 움직일 수 없는 설화적인 신뢰감을 주었다. 권위있는 전승의 맥을 밝힘으로써 자신의 이야기가 개인적인 사유의 범위내에서 형성된 것이 아니고 과거부터 형성되어온 이야기의 역사성 속에서 구술자가 전승의 한 고리를 담당하고 있다는 공공성을 띠게 된다. 이 전승의 맥락을 이어 주는 가장 확실한 근거가 문헌기록이라는 점에서 기록에 대한 신뢰성이 크다는 것을 알 수 있다. 문헌 기록이 구비전승의 중간거점의 역할을 하고 있음을 알 수 있다.

셋째는 설화구연현장에서 이루어지는 구비전승이 이야기 상호간의 충돌과 영향을 통해서 스스로 각 편들이 가지고 있는 구조나 내용에 대한 전승의 결합을 치유하여 간다는 점도 지적하지 않을 수 없다. 구비자료가 구비전승법칙에 따라 전승력을 강화하게 됨으로써 일정한 구연상황 속에서는 이야기의 원형이 비교적 잘 유지되어 갈 수 있다. 그러나 구연하는 상황이 달라져서 구술자와 청중들의 계층에 변화가 오고 기존의 세계관과 가치관에 변화가 오게 되면 또 다른 변이가 생성될 것이다.

용신창사설화에서 기존의 용신신앙터를 불교에 빼앗기고 구축되어버린 용신들의 이야기가 구비전승의 맥락을 잃지 않고 사찰 주위의 주민들의 사이에서 구전되고 있는 설화 현실도 설화적인 증거물이 확보되어 있으며, 용신신앙지역의 전승의 맥이 아직 민중들 사이에서 끊어지지 않고 있으며, 이와 같은 설화적인 기반을 가지고 이 이야기가 스스로 전승법칙에 따라 전승력을 강화할 수 있었기 때문이라고 본다. 용신구축형 창사설화에 속하는 통도사의 구전자료에서 "붉은 반석"은 바로 용이 자신의 성소를 지키려다 부딪혀 죽으면서 흘린 피가 물든 바위이며, 옥룡사의 터에서 발굴되는 숯은 도선이 龍池를 메웠다는 그 "숯"의 증거물이다. 부석사의 선묘용정, 금광사의 우물, 금산사의 솥, 작갑사의 이목대, 망해사의 처용암, 황룡사의 용궁, 대화사의 황룡연, 감은사의 용혈 등도 모두 용신신앙의 증거물이 되어 용관련 창사설화의 전승적인 기반이 되어왔다. 이 설화적인 증거물들은 설화적 신뢰감의 바탕이 되고, 전승의 맥을 다져주어서 구비자료의 생존과 전승을 가능케 한다.

2. 용신창사설화의 유형

창사설화는 일종의 起源譚으로서 다양한 기원 모티프를 가진다. 『삼국유사』를 비롯한 각종 문헌자료 및 현장 조사를 통해 수집된 다양한 구비자료에 나타난 기원모티프의 양상에 대한 총체적인 분류 작업이 아직 시도된 바 없어 앞으로 커다란 하나의 과제로 남아 있다. 본고는 다만 기원 모티프 중에서 용과 관련된 기원설화를 대상으로 하며, 앞으로 이러한 개별적인 모티프들의 정리를 통해서 전반적인 기원 모티프의 윤곽이 그려질 수 있을 것으로 본다.

한편 용과 관련된 모티프를 가진 창사설화도 용과 사찰의 관계, 또는 이를 보다 확대해 본다면 전통적인 在來信仰과 불교라는 外來宗敎의 결합 과정에서 다양한 습합화 양식을 가지고 있을 것으로

예상된다. 여기서는 이들 습합 양상이 개별적인 설화형을 유도하는 일차적인 요인이라는 전제하에, 개별적인 습합 양상을 찾아보고 그를 근거로 하여 용관련 창사설화의 유형을 분류해 보고자 한다.

용신신앙과 불교가 서로 조우하면서 이루어지는 종교적인 충돌 양상은 몇 가지로 나누어진다. 두 신앙체계가 어떤 양상으로든지 서로 조화를 이루는 형태로 서로 신앙적인 유대를 유지하는 형태를 들 수 있다. 이 형태에서 다시 두 양상으로 분화되는 것을 상정할 수 있다. 용신신앙이 우위에 서고 불교적인 신앙체계가 하위에 자리 잡는 경우와 불교가 우위에 서고 용신신앙이 하위에 서는 경우이다. 먼저 앞의 경우는 불교가 유입된 초기이거나 용신앙의 신력이 강하여져서 불교를 누르는 형세를 이룰 때에 일어난다. 이런 경우는 불교적인 인물이나 불·보살을 신체로 삼고서 지내는 서해안의 동제가 있어서 좋은 예가 된다. 전라남도 신안군의 牛耳島 大村里堂, 上台島의 東里堂, 黑山島 淺村里堂이 이런 경우에 속한다.

僧이나 巫堂의 지시에 의해서 堂을 조성하였다. 우이도 대촌리당은 僧님을 모시는 僧堂이었으며, 상태도 동리당은 大師와 菩薩을 모시는데 僧님의 지시로 당을 세웠다. 흑산도 천촌리당은 적골에 사는 중과 무당이 상의해서 300년 전에 천촌리당을 세웠다. 부안 내소사 앞마을의 당은 사찰 안에 있는 당나무이며, 堂祭는 절에서 준비한 祭饌으로 佛僧에 의해서 집전되고 있다. 이는 무불이 토착신앙과 습합된 것을 보여주고 있다.[47]

이들 당들은 모두 승님, 대사, 보살 등의 불교적 인물을 당의 신으로 모시고, "승님"의 지시로 당을 세워서 제의를 베풀고 있어서

---

47) 최덕원, 다도해의 당제, 조선대학교 박사학위논문, 1982, p.126.

용신과 같은 자연신 또는 무속적인 신을 모시는 당과는 다르다. 이런 양상은 당제의 신앙체계 속에 불교적인 신을 모시고 있어서 당신앙이 불교보다 더 우위에 있으면서 불교적인 인물을 신체로 삼아 불교적인 신앙인식을 가미하고 있다.

위에서 인용한 상태도 동리당의 모습과 제의양상을 살펴보자. 이 당은 상당과 하당이 100m 간격을 두고서 자연암석으로 이루어져 있다. 약 150년 전에는 옆산에 당이 있었으나 당샘 위에 高氏門中에서 묘를 쓴 후 그 해 엄동에 당샘에서 개구리와 구렁이가 나와 먼 바다에 버렸으나 다음 날에 구렁이가 또 나오므로 당샘을 폐하고 현재의 위치로 당을 옮겼다고 한다. 상당에는 도승(대사님), 하당에는 상좌보살님을 신체로 모시고 있으며, 음력 정월 초하루날에 제사하며 유고시는 다음날로 미룬다. 당신이 영험하여 祭日에 부정이 있으면 까마귀가 부정이 있는 집에 소변통을 넘어뜨려 냄새를 나게 한다. 제상에는 제밥과 산채 육류와 물 뿐이고 어류는 없다. 제밥은 밥솥 그대로를 올린다. 제관의 心祝으로 365일 마을 사람들의 무탈함을 기구한다. 퇴송시는 무당이 빌기도 한다. 제관은 3인이 선정되며 유고가 없는 사람으로 생기를 보고 엄선한다.[48]

이처럼 神體만 불교적인 인물이나 보살 등으로 모시고 제의절차는 당제의 일반적인 규범에서 벗어나지 않는다. 상태도 동리당은 원래는 蛇神을 모셨다는 것을 당샘에서 나온 개구리나 구렁이의 이야기에서 짐작할 수 있다. 당샘에 고씨문중에 묘를 쓴 후에 이런 신의 顯現이 일어나자 불승의 지시에 의해서 도승, 보살 등의 불교

---

48) 위와 같은 책, p.41.

적인 인물을 신체로 바꾸게 된 것이다. 신체는 불교적인 영향을 받았으나 그 제의 형태는 이전의 당제와 동일한 제차로 진행된다. 이런 경우는 민간신앙이 우위의 위치에서 불교적인 영향을 받은 것으로 볼 수 있다.

용신신앙을 기반으로 하는 사찰의 창건에서도 이런 경우처럼 용신신앙 우위의 창사형태를 상정할 수 있다. 이런 창사설화는 역시 용신신앙적인 화소가 원형화소로 기반을 이루면서 불교적인 화소가 변이화소로 작용을 하게 된다. 용신신앙적인 설화의 내용이 중심을 형성하면서 다만 마지막에 사찰을 창건하게 되었다는 정도로 마무리되는 이야기 형식이다. 『삼국유사』의 자료를 중심으로 하여 살펴보면, 망해사, 황룡사, 대화사, 감은사 등이 이런 유형의 창사설화에 속한다. 본고에서는 용신신앙 우위의 용신창사설화를 龍神顯現型創寺說話라고 부르고자 한다.

용신신앙이 불교와 습합을 하는 양상이 불교가 우위에 서고 용신신앙이 하위에 서는 창사설화가 있다. 불교가 용신신앙을 불교적인 신앙체계 속으로 흡수하여서 불교의 하위에 용신신앙 체계를 자리잡게 하면서 그 용신이 불교적인 세계를 수호하게 만든다. 불교적인 靈異나 도승들의 得道談이 선행하고 나서, 도승들이나 불·보살이 불지를 펼 수 있는 성역을 용신신앙터에 잡으면서 용신을 불교적인 감화력으로 교화시키는 구성을 가지고 있는 이 창사설화는 龍神護法型創寺說話라고 명명하고자 한다. 용신호법형 창사설화는 불교의 세력이 우위를 확보하여서 용신신앙이 넘볼 수 없는 시기에 형성된 이야기로 『삼국유사』의 자료상에는 부석사, 금광사, 금산사, 작갑사 등의 경우에서 그러한 양상을 본다.

다음은 용신신앙과 불교가 화해로운 조화를 이루지 못하고 서로 갈등과 충돌을 일으켜서 상대방을 구축하고 제압하는 경우이다. 이런 경우의 창사설화에는 불교가 용신신앙을 구축하고 용신신앙의 성소에 사찰을 창건하는 자료이다. 이 창사설화는 龍神驅逐型 創寺說話라고 명명하고자 한다. 용신구축형 창사설화는 대체적으로 불교가 용신신앙을 접수하는 과정에서 일어나는 갈등과 대결을 통해서 용신신앙체계를 패배시키는 자료가 많으며, 이 같은 설화의 형성은 전 시대적으로 전 지역에 걸쳐서 일어나는 것으로 생각된다. 이런 창사설화를 가진 사찰로는 통도사, 옥룡사, 보림사, 만어사 등이 속한다.

이제까지 논의한 사항들을 정리하면 용신창사설화는 용신신앙을 기반으로 하고서 형성되어 왔으며, 용신신앙과 불교의 영향관계에 따라서 창사설화가 각기 다른 양상으로 형성되어 왔다는 것이다. 이를 도표로 정리하면 다음과 같다.

```
                                        ┌─ 龍神護法型  創寺說話
龍傳說 ─ 龍堂神話 ─ 龍神創寺說話 ┤   龍神顯現型  創寺說話
                                        └─ 龍神驅逐型  創寺說話
```

용전설은 용과 관련된 龍地名傳說이 초기형태로 형성되어서 용당신화의 기반을 이루고 있으며, 용지명전설이 이 지역에 용신제의가 베풀어짐으로써 용당신화로 설화적인 확장을 하게 된다. 용당신화가 형성된 용신신앙터에 불교가 유입됨으로써 다시 신앙적인 변화가 일어나고 변화의 양상에 따라서 용신창사설화가 형성된다. 용신창사설화는 두 신앙체계의 상호영향이나 갈등의 양상에 따라서 세 가지 유형의 설화가 형성된다. 용신현현형 창사설화는 용신앙이 불교보다 더 우위에 서는 변화양상에서 형성되고, 용신호법형 창사설화는 불교가 용신신앙보다 더 우위에 서는 변화양상에서 형성되고, 용신구축형 창사설화는 불교가 용신신앙체계를 구축하는 변화를 보이는 양상에서 형성된다. 이와 같은 용설화의 類型變異 과정에서 개입하여 설화적인 촉매 역할을 하는 생성화소가 있으니, 용전설과 용당신화 사이에는 龍神信仰 祭儀話素가 개입되고, 용당신화와 용신창사설화 사이에는 創寺話素가 개입된다.

Ⅲ. 용신창사설화의 서사구조

1. 용신호법형 창사설화

1) 부석사 창사설화

浮石寺의 창사설화 는 『송고승전』의 「의 상전」의 서사적 전개 가 상세하다. 『삼국유 사』의 자료는 의상이 당에 유학하여 종남산 지장사의 지엄에게서 수학하고 귀국하기까 지의 내력을 「당신라

〈부석사에서 선묘랑을 모시는 선묘각〉

국의상전」이 다양하게 이야기를 전개하고 있다. 특히 선묘와의 사랑 을 중심으로 극적으로 전개해 가는 부석사의 창사설화는 『송고승전』 이 유사의 기록에 비하여 설화성이 풍부하다. 『삼국유사』의 「의상전 교」에서 언급된 부석사 관계 기사는 의상과 선묘와의 연관성을 기록 하지 않고 창건의 사실만 기록한다.

의봉 원년에 의상은 태백산에 돌아가서 조정의 뜻을 받들어 부석사를 세우고 大乘을 폈더니 靈感이 나타났다.[1]

『삼국유사』의 기록은 단지 부석사 창사의 史實만을 객관적으로 기록하고 있어서 의상에 관한 설화적 진술을 생략하고 있다. 『삼국사기』의 기록은 더욱 간단하게 부석사 창사를 기록한다.

16년 2월에 고승 의상이 왕지를 받들어 부석사를 창건하였다.[2]

부석사의 창사에 관해서는 『삼국유사』나 『삼국사기』의 기록자인 일연과 김부식의 기록태도가 거의 동일하다. 부석사의 창사는 중국 측의 『송고승전』의 「당신라국의상전」의 기록이 더 설화적 내용이 풍부하게 결구되어 있는 것도 한 특징이다. 『송고승전』의 부석사창사설화의 전개는 창사내력과 선묘와 의상의 사랑이 병행한다.

1. 의상의 속성이 박씨로 나이 스무살에 원효와 입당구법의 길에 올라 원효는 되돌아 서고 의상은 당으로 가다.
2. 종장 2년에 상선을 타고 등주에 닿아 한 신도 집에 머무르다.
3. 그 집의 선묘라는 딸이 의상을 사랑하나 의상이 마음을 움직이지 아니하다.
4. 선묘는 도심을 발하여 의상의 시주가 되기로 결심하다.
5. 의상은 종남산의 지엄화상에게 배워 득도하다.
6. 의상이 신라로 귀국하면서 선묘의 집에 들르다.

---

1) 『삼국유사』권제 4 의해 제 5 「의상전교」. "儀鳳元年 湘歸太白山 奉朝旨創浮石寺 敷敞大乘 靈感頗多"
2) 『삼국유사』권제 7 신라본기 제 7 「문무왕」하. "十六年 春二月 高僧義相奉旨創淨石寺"

7. 선묘가 바다에 몸을 던져 용이 되다.
8. 선묘룡은 의상이 항해를 무사히 할 수 있도록 돕다.
9. 의상이 산천을 편력하면서 절터를 고르다.
10. 선묘룡이 대신변을 일으켜 넓은 바위로 변해 허공 중에 떠서 500 權宗
異部를 물리치다.
11. 의상이 이곳에 절을 세우고 부석사라 하다.[3]

이 부석사창사설화의 의미구조는 선묘의 사랑과 의상의 수도가
서로 평행선을 이루는 서사전개의 이원성을 지니고 있다. 부석사창
사설화를 내용면에서 단순화시키면 3부분으로 나누어진다.

1. 의상의 당 유학 - 선묘의 사랑과 공양
2. 의상의 득도와 귀국 - 선묘의 죽음과 화룡
3. 의상의 부석사 창건 - 선묘가 부석사 창건을 도움 (부석으로의 변신, 석
룡으로 화함)

단락 1에 의상이 등주에 도착하여 선묘를 만나 서로 사랑하는 사
이가 되지만 의상은 불법을 공부하는 스님으로서 선묘의 사랑을 받
아들일 수 없는 처지에서 남녀간의 사랑이 갈등을 일으킨다. 선묘
는 자신의 사랑을 의상의 득도를 위한 공양주의 자세로 전환한다.
단락 2에 의상이 득도하고 신라로 귀국하자 선묘는 바다에 몸을 던
져 化龍이 되어 의상의 항해길을 인도한다. 단락 3에서 의상이 산
천을 편력하면서 절터를 고르자 선묘룡은 그 터에 있던 이교(異敎)
(권종이부)를 淨石으로 변신하여 물리쳐서 부석사 창건에 도움을

---

3) 한국불교연구원, 한국의 사찰 9(부석사), 일지사, 1976, p.15.
송고승전의 의상전을 번역하여 요약한 내용을 인용함.

주고 석룡으로 화하여 호법룡으로 극락전의 밑에 자리잡게 된다.

부석사창사설화의 전개에서 의상의 종교적 성취 뒤에는 선묘의 도움이 자리잡고 있음을 알 수 있다. 선묘의 사랑이 1 → 2 → 3 단락으로 점차 승화되어 가고 있듯이 의상의 불교적인 성취 또한 부석사 창사를 정점으로 하여서 완성되고 있다. 부석사의 창사설화에는 의상이 불교적 세계를 성취하여 가는 과정과 선묘의 사랑이 남녀간의 사랑에서 護法이라는 불교적인 차원으로 전환하여 가는 과정이 서로 복합되어 있다.

의상과 선묘의 이야기는 민담적인 모티프를 기조로 하면서 불교적인 교화성을 의미한다. 소위 "이루어질 수 없는 사랑"이라는 이야기의 주제에는 여러 가지의 변이담이 있을 수 있다. 남자와 여자의 사랑이 사회적인 계층의 차이로 또는 윤리적 가치로 보아서 불륜의 사랑이 될 수밖에 없는 유형이 있는데, 수도자와 여인과의 사랑도 이 유형이 속한다. 선묘의 사랑과 의상의 수도라는 대립적인 서사 전개의 두 축이 부석사 창건으로 해소되고 극복되어 불교적 성역을 이룬다. 역으로 말하면 불교적인 시간과 공간 속에서는 남녀간의 에로스적인 사랑이 불교적인 승화를 통해서 깨달음을 추구하는 수도심과 함께 공존할 수 있다는 이야기다.

부석사의 무량수전의 지층에는 石龍이 엎드려 있다고 한다. 아미타불이 주재하는 극락세계의 저층에는 순수하고 희생적인 사랑의 화신으로 선묘룡이 자리잡고 있는 사찰 공간의 구조는 불교적 공간을 상징한다. 수미산을 중심으로 에워싸고 있는 十方世界의 한 모습이기도 한다.

선묘가 바다에 빠져서 화룡이 된 이야기는 상사뱀의 설화 모티프와 동일하다. 부석사창사설화는 서로 사랑하는 남녀가 사랑을 이루지 못하고 죽어서 뱀으로 화한 후 원한을 품고 사람들을 해치므로 그 뱀을 신으로 좌정시켜서 당제를 지내는 당신화 유형을 띤다. 선묘의 사랑은 불교적인 사유 속에서 승화되어 의상의 수도를 돕고 불사를 일으키는 호법의 용이 된다. 선묘의 의상에 대한 도움은 의상의 불교적인 일생이 전 기간을 통해서 이루어진다. 의상이 득도를 위한 수도를 하는 동안에는 선묘가 공양주로서 의상을 돕고, 의상이 신라로 귀국하는 때에는 선묘가 바다에 몸을 던져 해룡이 되어서 의상의 항해길을 무사하게 인도하였으며, 의상이 부석사를 창건하는 때에는 선묘는 부석이 되어 異敎의 무리를 물리치고 다시 석룡으로 화하여 부석사의 지층에 자리잡고 호법의 역을 수행한다. 남녀간의 애정이 불교적인 인식체계 속에서 불성을 지향하면서 승화되어 가는 과정이 부석사창사설화에서 완성되고 있다. 부석사창사설화에서 전개되는 애정의 의미지향은 상사뱀 설화에서는 다른 양상을 띤다. 상사뱀의 한 자료를 참고로 살펴보자.

1. 영산강변의 마을에 사는 두 남녀가 사랑하는 사이가 되다.
2. 총각이 서해바다로 고기잡이를 가서 풍랑으로 배가 뒤집혀 총각이 죽다.
3. 처녀는 상사바위에 나가 총각을 그리다.
4. 큰 구렁이 한 마리가 바위 아래서 나타나 처녀를 감고 물 속으로 들어가다.
5. 마을에서 용신당을 지어 제를 지내다.[4]

여기서 총각이 죽어서 뱀으로 변해 처녀를 감고 물 속으로 들어

---

4) 전라남도, 전남의 전설, 1987, p.349. 무안군 일로읍 청호리 용신제 당신화

가는 결말은 사랑에 의한 처녀의 희생이라고 볼 수 있다. 총각의 넋인 상사뱀은 처녀에 대한 사랑을 잊지 못하여서 처녀를 희생시키지만, 선묘는 의상을 희생시키는 것이 아니고 불교적인 성취를 하도록 돕는 역할을 한다. 선묘룡이 의상에게 희생을 강요하지 않고 의상의 성불을 돕는 서사적 전개가 일반적인 상사뱀의 서사의미와 다른 점이다. 남녀간의 사랑이 일반적인 에로스적인 차원에서 불교적인 세계를 구현하는 차원으로 승화되어가는 것이 선묘와 의상의 사랑이다.

선묘는 의상의 부석사 창건을 위해서 자신이 浮石으로 변신한다. 선묘룡은 일종의 龍神으로서 불법을 호위하는 호법룡이며 용신이 가지고 있는 신력을 불법을 위해서 부린다. 이 부석은 현재 부석사의 경내에 남아 있어서 설화적인 증거물이 되어 부석사창사설화의 전승과 전파에 핵심적인 기능을 하고 있다.

> 불전 뒤에 큰 바위가 하나 있는데, 옆으로 서있고 그 위에 또 하나의 큰 돌이 마치지붕과 같이 내려 덮혀 있다. 언뜻 보면 위 아래가 서로 이어붙은 것 같으나, 자세히 살펴보면 두 돌 사이가 서로 연해 눌리지 않았고 약간의 틈이 있다. 새끼를 넣어보면 거침없이 드나들어 비로소 그것이 뜬 돌인 줄 알 수 있다. 절은 이것으로써 이름을 얻었는데 이 이치는 전혀 이해할 수 없다.[5]

부석은 부석사의 寺名이 되어서 부석사창사설화의 중심적인 설

---

5) 『택리지』 복거총론 산수조. "佛殿後 有一巨巖 橫而竪 上有一巨巖 如屋下覆 驟看 以上下上承接 細察 二石間 不相連壓 而有此空隙 以繩度之 出入無碍 始知其爲淨石也 寺以此得名 此理殊不可曉也"

화증거물이다. 선묘가 부석으로 변신하여서 500의 權宗異部를 물리치는 설화적인 사건은 이 지역의 민간신앙의 성소였다고 볼 수 있다. 『삼국사기』나 『삼국유사』에서는 부석사의 창건을 왕명에 의한 것임을 강조한다. 왕명을 奉旨하여서 부석사를 창사한 사실은 민간신앙적인 성소를 불교적인 사찰로 전환하려는 문무왕의 종교 정책에 의한 의상의 실천이었을 것이다.

> 봉황산에는 부석사의 창건 이전에 이미 어떤 형태의 절이 있었다고 생각된다. 그것은 권종이부 500여 명이 살고 있었다는 것으로 짐작할 수 있다. 이렇게 볼 때 부석사 창건의 의의는 이름과 이익에만 집착하는 사교의 무리들을 쫓아 내버리고 참다운 수도도량을 건설했다는 데에 있다 할 것이다. 부석사가 우리나라 화엄사상의 발원지로 일컬어지고 있는 것도 이 때문이라고 생각한다.[6]

선묘가 죽어서 용이 되고 다시 부석으로 변신하여 가는 양상은 선묘의 고난의 모습을 보이고 있다. 사람이 축생으로 다시 무생물로 변신하는 선묘의 육신적인 변모과정은 선묘의 사랑이 불교적인 세계로 상승되어가는 과정과는 역방향으로 진행되고 있으나, 육신적인 고난을 통해서 종교적인 성취를 이루는 불교적인 수행의 과정과 일치한다. 선묘는 石龍이 되어서 부석사 극락전의 아미타불의 좌대 아래에서 무량수전 바깥의 석등과 대례석까지 이어지는 공간에서 부석사를 호위하는 형태를 띠고 부석사의 지층에 자리 잡는다.

부석사의 창사이야기는 의상과 선묘의 사랑을 축으로 전개 된다. 선묘가 의상을 사랑하였으나 이루어지지 못하자 바다에 몸을 던져

---

6) 한국불교연구원, 한국의 사찰(9) 부석사, 일지사, 1976, p.22.

용이 된 이야기와 의상이 수도자로서 여자의 유혹을 물리치고 수행을 하여서 득도하게 되었다는 이야기가 엇갈려 있는 것이 부석사 창사이야기이다. 사랑이 이루어지지 않아서 상사병으로 죽은 남녀 중 한사람이 구렁이나 뱀으로 변하여서 원한을 풀려고 하는 이야기가 설화 중에 많이 나타난다. 상사뱀은 그 지역의 주민들 사이에서 堂神으로 받들어 모시게 되면 蛇神堂의 堂神話가 되기도 한다. 선묘가 죽어서 化龍한 것을 당신화의 설화의식을 가지고 해석할 수가 있다. 당신화에서는 뱀이 사람들에게 害를 가하나 선묘룡은 불교적인 교화를 입어서 부석사를 창사하는 의상을 돕는다. 의상은 남녀 간의 사랑이 불교적인 인식으로 成佛濟衆이라는 더 큰 가치 속에서 승화되는 것을 선묘와 의상의 이야기에서 볼 수 있다. 당신화에서는 상사뱀이 풀어 버리지 못한 한을 가지고 해치려고 하여서 공포의 신이 되지만 선묘룡은 불교적으로 교화되어서 佛法僧을 모시고 의상을 도와서 부석사창사를 도운다.

당신화에서 보이는 민간신앙적인 상사뱀은 사랑에 얽힌 원한을 가지고 사람을 해치는 惡神이 되지만 선묘룡은 성불제중의 불법을 옹호하고 지키는 護法龍이 된다. 상사뱀과 선묘룡의 차이는 바로 민간신앙과 불교적인 사유체계의 차이이기도 하다. 불교에서는 남녀의 사랑은 불법 속에서는 초극되어야 할 것으로 인식한다. 남녀 간의 사랑보다 더 큰 세계관적인 가치를 가지고 있는 불법의 세계에 들어가는 것이 깨달음이며 남녀의 애정은 정각의 세계에 들어가는 데에는 장애가 되는 것을 인식한다. 남녀간의 사랑에 대한 불교적인 인식을 바탕으로 하고서야 비로소 의상과 선묘는 그들의 사랑을 승화시킬 수가 있었을 것이다. 선묘가 기꺼이 의상을 위해서 공양주가 될 것을 결심하고 의상이 중국에 있을 때에는 그 수발을 들었으며, 의상이 신라로 돌아올 때에는 죽어서 용이 되어 의상을 돕게 된 것은 이러한 깨달음의 결과였다. 의상은 선묘의 사랑을 남녀간의 에로스적인 사랑의 차원에서 불교적인 사랑의 차원으로 높였다. 이 변화는 선묘룡이 석룡으로 변신하여서 부석사의 무량수전의 지하에 존해할 수 있는 근거가 된다.

善妙의 화신을 象한 것일 수밖에 없는 이 石龍이 만일 노주지의 증언대로 그 두부가 무량수전 미타불 슴坐밑에 묻혀 있고, 허리는 殿前 뜰의 지하에 S자형으로 굼틀거려 있으며, 그 尾部 역시 전전 정면의 석등과 頂戴石 밑에 묻혀있다면 이 석룡의 배치는 정녕코 현재 보는 바와 같은 무량수전과 전전의 석등과 정대석을 포함한 방대한 규모의 부석사 主部 건물기단 밑 축대가 경영되던 당초로부터 그 설계 속에 들어 있었던 것으로 보아서 틀림이 없을 것이다.[7]

민영규씨가 부석사 탐방기에서 부석사의 老主持의 구술을 인용하여 석룡이 부석사의 무량수전의 미타전 앞에서부터 시작하여 정대석까지 S자로 구부러진 형태로 묻혀 있다는 것이다. 지하에 묻힌 석룡이야말로 선묘룡이 석화된 것이며 부석사의 호법룡이라고 할 수 있다. 석룡이 과연 호법의 용인가 하는 데에는 견해를 달리하기도 한다. 석룡은 仙風의 성지(聖地)를 상징하며, 무량수전이 석룡을 壓勝하는 형상으로 부석사가 구성되어 있어서 호법의 용이라기보다는 불법과 갈등을 일으키고 불교적인 종교체계 속에 흡수되는 것을 거부하였던 선풍의 용이라는 견해가 있다. 최진원은 부석사의 용이

---

7) 민영규, 선묘와 의상대사, 사상계 6월호, 1953, p.217.

사실은 선풍의 용으로서 仙道의 성지를 불교가 접수하는 과정에서 일어나는 종교적인 갈등을 보이고 있다고 한다.[8]

부석사에는 善妙井이 있어서 선묘룡에 대한 민간신앙적인 모습이 남아있다. 선묘룡은 물론 호법룡으로서의 신앙적인 위치를 가지고 있다. 용이 관련하여 창사된 사찰에는 용우물이 있어서 용신신앙의 잔존형태를 유지하고 있다. 용이 바다와 사찰을 오고갈 수 있는 통로로서 우물이 존재한다. 이 우물은 용의 거처인 바다와 불교적인 성지를 이어주는 통로이다. 용신신앙이 불교의 종교적인 사유체계 속에서 나름대로의 위치를 가지게 되어서 불교사찰 공간 속에 용의 우물이 자리잡고 있다. 용신신앙의 불교적인 자리매김은 불법을 수호하는 위치에 있다. 용신신앙이 가지고 있는 악신적인 요소가 불교적인 감화를 거쳐서 순화되고 불법을 수호하는 기능으로 바뀐 것이다. 선묘룡이 일반적인 상사뱀과 달리 불교적인 세계관 속으로 자신의 신앙체계을 편입시켜서 호법적인 기능을 부여받아 사찰 공간 속에서 자리매김을 부여받을 수 있었다.

부석사창사설화에서 義湘樹의 이야기가 첨가되어 있다. 의상이 죽어서 저승으로 가면서 자신의 지팡이를 절의 방문 앞에 꽂아 놓고 지팡이가 싹이 터서 살아있으면 자신이 살아있는 것으로 알라고 하는 의상수의 이야기에서 민중들이 의상을 영원한 삶의 인간으로 파악하고 민중영웅적인 인물로 인식하고 있음을 알 수 있다.

신라때에 중 의상이 도를 깨닫고 장차 서역의 천축국에 들어가려고 할 때에, 거처하던 방문 앞의 처마 앞에 지팡이를 꽂으면서 말하기를 '내가 간 후

---

8) 최진원, 사찰연기설화와 선풍, 진단학보 제42집, 진단학회, p.121.

에 이 지팡이에 반드시 가지와 잎이 자라날 것이다. 이 나무가 말라 죽지 않으면 내가 죽지 않은 것을 알아라.' 하였다. 의상이 떠난 후 절 중이 거처하던 자리에 의상의 상을 만들어 안치하였다. 그랬더니 그 나무는 창 밖에 있으면서 곧 가지와 잎이 돋아났다. 오직 해와 달만이 비칠 뿐 비나 이슬에 젖지 아니 하였다. 그리고 키가 자라도 집안에만 있어서 또한 지붕을 뚫지 아니하고 겨우 한 길이 될가 말가한 정도로 천 년을 하루같이 살았다.[9]

나무의 번성함으로써 의상의 생사(生死)를 가름하는 발상은 의상의 일생이 민중의 의식 속에서 존재하는 양상을 비유하는 이야기다. 민중들이 자신들이 기리는 영웅의 존재를 영원불멸한 신앙의 대상으로 승화시켜서 이야기 속에서 생존하게 하고 그 증거물을 지팡이가 싹이 터서 살아나게 하는 것에서 찾는다. 이러한 발상은 송광사의 보조국사에 관한 이야기 속에서도 발견된다.

(송광사의) 종루 앞에는 수각이 있고 그 앞에 나무 한 그루가 있는데, 옛날 보조국사 죽을 때에 말하기를 '이 나무는 내가 죽은 뒤에 반드시 마를 것이나, 만일 가지와 잎이 다시 살아나거든 내가 재생한 줄을 알아라.' 하였다. 지금 천 년이 지났지마는 잎은 아직 나지 않았으나 사람이 칼로 껍질을 벗기면 속에서 물기가 있는 것이 생기가 있다. 만약 진실로 말했다면 썩어서 넘어졌을 것이나, 지금도 항상 곧게 서있으니 괴이한 일이다.[10]

---

9) 『택리지』 복거총론 산수조. "新羅時 僧義相得道 將入西域天竺 植杖於所居療門前詹內日 吾去後 此杖必生枝葉 此樹不枯死 則可知吾不死也 義相去後 寺僧卽所居 塑義相像安置 而樹在窓外 卽生枝葉 雖日月照之 雨露不霑 而長在屋宇 亦不穿上 僅一丈有餘 千年如日"

10) 위와 같은 책, 같은 곳. "鍾樓前有水閣 前有一樹 昔普照國師化時日 此樹我去後必枯 若更生葉枝 則知我再生 今千年而不生葉 人以力括皮 則內津津有生氣 若眞枯則必朽倒 而至今挺直如常 此可怪也"

보조국사의 나무는 아직 잎이 나고 가지가 나지 않으나 죽은 나무가 아니라 언제인가는 살아날 것이라는 미래의 희망을 지니고 있다. 이 나무의 상태는 의상의 나무와 비교하여서 생태적인 차이를 가지고 있다. 義湘樹는 잎과 가지가 났으나 그 크기가 절대로 집안에만 있어서 지붕을 뚫지 못하나, 普照國師樹는 아직 죽지는 않았으나 가지와 잎이 나지 않고 있다는 두 나무의 생태는 민중의 의식속에서 자리 잡고 있는 두 스님의 존재론적인 상황을 상징한다. 나무의 생태에 비유하여서 민중들이 한 인물에 대한 부활과 재생을 이야기하는 방법은 바로 그 인물들이 민간신앙적인 대상이 되고 있음을 의미하기도 한다.

2) 금산사 창사설화

〈금산사의 미륵전〉

金山寺의 창사설화 자료는 먼저 『삼국유사』의 「진표전간」과 「관동풍악발연수석기」를 들 수 있다. 두 자료 중에서 금산사의 창사에 관한 이야기는 「관동풍악발연수석기」의 기록이 상세하다. 「진표전간」에서는 진표가 승으로서의 일생을 보내면서 수도하는 과정에 지장보살과 미륵보살에게서 수기를 받은 일을 언급하고 있을 뿐으로 금산사에 관한 창사이야기는 없다. 그러나 「관동풍악발연수석기」에서는 금산사의 창사에 관한 용신이야기를 비교적 상세하게 서술하고 있다.

1. 진표율사가 금산수 순제법사에게 출가하다.
2. 변산의 부사의방에서 수도하여 미륵보살과 지장보살의 감응을 받다.
3. 지장보살에게서는 계본을 받고 미륵보살에게서는 목간자를 받다.
4. 율사가 교법을 받고 금산사를 세우려고 大淵津에 이르니 용왕이 나와서 옥가사를 바치고 8만 권속을 거느리고 그를 호위하여 금산수로 가니 사람들이 모여들어 며칠 안에 절이 완성되다.
5. 미륵보살이 도솔천에서 율사에게 계법을 주니 율사가 시주를 권하여 미륵장육상을 만들고, 미륵보살이 내려와 계법을 주는 모양을 금당 남쪽 벽에 그리다.[11]

이 자료에서 단락 1~3은 진표율사가 수도하여서 지장보살과 미륵보살에게서 수계를 얻는 사실을 이야기하고 있으며, 단락 4~5는 진표율사가 금산사를 창사하는 과정을 이야기하고 있다. 단락 1~3은 창사의 주체가 되는 불교적인 영웅의 탄생을 이야기하는 대목으로 진표율사가 출가하여서 득도하는 과정이 된다. 사찰의 창건을 주도하는 불교적인 영웅의 탄생이 창사설화의 전제로 나오는 것이

---

11)『삼국유사』권제4 의해 제 5「관동풍악발연수석기」.

지만 금산사 창건에
직접적으로 해당하는
단락은 4~5이므로 이
단락을 다시 분석하
여서 금산사 창사의
성격을 이야기할 수
있다. 진표율사는 지
장보살과 미륵보살에
게서 득도의 계를 받
은 후에 사찰의 창건
으로 들어간다. 득도
한 승에게서 사찰이

〈금산사 미륵전의 미륵불〉

란 바로 자신이 깨달은 도를 펼치기 위한 근거를 마련하는 일이 되
고 있음을 알 수 있다. 자신이 깨달은 불교적인 세계를 구현해내는
가시적인 성역으로서 사찰의 창건은 필수적이 과정이었다.

1. 율사가 금산사를 세우기 위해서 대연진에 이르다.
2. 용왕이 옥가사를 바치고 8만 권속을 거느리고 율사를 호위하다.
3. 율사가 금산수로 가니 사람들이 모여들어 며칠 안에 절이 완성되다.
4. 미륵보살이 도솔천에서 내려와 율사에게 계법을 주다.
5. 율사가 시주를 권하여 미륵장육상을 만들고 미륵하생의 모습을 금당 남
쪽 벽에 그리다.

금산사창사설화에서 용신신앙을 의미하는 부분이 바로 大淵津이
라는 용신신앙의 성소이다. 금산사 창사에 대한 『삼국유사』기록은

단락 1에서 보듯이 진표율사가 대연진으로 가게 된 동기가 금산사를 세우기 위한 목적이었다는 것을 알 수 있으나 그 대연진이 어떤 장소인지에 대한 설명은 빠져있다. 다만 단락 2에서 용왕이 진표율사를 호위하고 옥가사를 바치는 내용에서 대연진이 용신의 성소라는 것을 짐작할 수 있을 뿐이다.

단락 1과 단락 2 사이에 이야기가 전개되어 있어야 하는 대연진에 관한 단락이 결락되어 있어서 내용의 비약을 갖는다. 결과적으로 일연의 금산사창사설화의 기록에서는 금산사가 용신신앙터인 대연진이라는 연못에 세워졌다는 구체적인 내용을 생략하고 있으나, 그곳에 용의 호위를 받으면서 진표율사가 금산사를 세웠음을 짐작할 수 있다. 이 부분은 『삼국유사』의 기록에서 기존의 민간신앙의 성소에 대한 명확한 인식을 회피하고 있다는 의혹을 가지게 하는 대목으로 부석사의 창사설화에서도 부석사가 있는 봉황산이 기존의 민간신앙의 성소라는 이야기는 전혀 하지 않고 그저 왕명을 받들어서 의상이 부석사를 창사하였다고 간단히 처리하고 말았다. 오히려 중국측의 기록인 『송고승전』의 「의상전」에서는 선묘와의 사랑과 선묘룡이 부석사에 있는 기존의 신앙세력을 구축하는 데에 도움을 주었다는 이야기가 상세하게 기록되어 있다.

금산사의 창사이야기에서도 역시 용신신앙의 성소에 대한 부분의 이야기화소는 생략하고 있는 태도를 보인다. 이러한 내면에는 일연의 불국토사상적인 불교관이 내재하고 있어서 기존의 민간신앙이 불교에 저항하는 모습을 드러내어 보이는 대목은 회피하고 있다는 혐의를 가지게 한다.

이러한 혐의는 후대의 地理書인 『택리지』의 금산사창사설화와 대조하면서 더 선명하게 드러난다. 『택리지』의 기록에서는 현재 금산에서 전승하는 구비설화에 가까운 자료가 기록되어 있다.

> 금산사의 본래 절터는 깊이를 헤아릴 수 없는 龍湫로서 모악산 남쪽에 위치한다. 신라 때에 祖師가 소금 수만 석으로써 이곳을 메우니 용이 옮겨갔다 한다. 그래서 터를 쌓아 큰 불당을 세우니 대웅전 네 모퉁이 계단 아래에는 가느다란 磵水가 주위를 돌아나온다. 지금도 누각은 높게 빛나고 고을은 매우 깊숙하다.[12]

『택리지』의 금산사창사설화 자료를 다시 단락별로 구분하면 금산사 창사의 양상이 더 분명하여진다.

1. 금산사의 본래 절터는 용추이다.
2. 신라 때에 조사가 소금 수만석으로 이 용추를 메우니 용이 옮겨가다.
3. 용추에 큰 불당을 세우다.
4. 대웅전 네 모퉁이 계단 아래에는 가느다란 간수가 주위를 돌아흐른다.

『택리지』의 자료에서는 금산사는 용신신앙터 위에서 세워졌다고 한다. 진표율사가 용을 驅逐하기 위해서 소금 수만석을 가지고 못을 메우고 그 위에 절을 세웠다는 이야기가 이 자료이다. 『삼국유사』에서는 용이 진표율사를 호위하고 8만 권속을 거느리고 진표율사에게 옥가사를 바쳤다고 하나, 『택리지』에서는 진표율사가 용을 몰아내기 위하여 소금으로 龍湫를 메우고 나서 그 곳에 절을 창사하였다고

---

12) 『택리지』 복거총론 산수. "金山 則本龍湫 深不測 在母岳山南 新羅時祖師 而鹽累萬石塡實 而龍徙 仍築基建大殿 殿四角階下 細磵環周 至今樓閣嵬渙 洞府沈邃"

한다. 현재 금산사 지역에서 전하는 이야기는 택리지의 내용과 비슷한 창사설화가 전승하고 있다.. 구비설화에서는 용의 우물에 해당하는 가마솥이 미륵전의 미륵상 아래에 위치하고 있어서 용신신앙의 잔영이 남아있다.[13] 택리지 기록의 단락 4에서 보는 礪水는 금산사의 절터가 龍湫였음을 증거하는 증거물로서 아직도 메워버린 못에서 나오는 물이 대웅전의 주위를 흐르고 있다는 것이다.

동일한 사찰에 대한 창사이야기에 나오는 용이 『삼국유사』에서는 호법의 용으로 기록되고 있으나, 택리지의 기록에서는 진표율사에 의해서 구축당하는 용으로 나타난다. 이러한 차이는 어디서 오는 것인가? 용은 민간신앙적인 神體로서 불교세력이 용신신앙터를 불교적인 신앙공간으로 바꾸려는 시도가 일어났다. 일반적으로 聖地에 대한 관념은 어느 특정지역에 돌발적으로 부여되기보다는 이전의 종교적 전통을 이어받는 경우가 빈번하다는 엘리아데의 말처럼 성소적인 전통성을 확보하고 있는 일정한 공간에 대한 異宗敎間의 쟁투는 치열하였을 것이다. 용신신앙과 불교의 성소다툼도 이러한 차원에서 볼 수 있다. 불교가 이 땅에 처음 들어와서 불교적인

---

13) 김태곤, 한국무가집 1, 집문당, 1992, p.184. "고성지방의 용신굿"
  무녀가 물동이 우혜 올라서서 부채방울을 흔들며 공수하는 예에서 물동이는 용신의 住處이듯이 금산사 미륵상 아래에 놓인 물솥도 그와 같은 기능을 한다.
  "(춤)무녀가 한동안 춤을 추고 물동이를 탄다. 물동이에 올라서서 부채 방울을 들고"
  (공수) 어쩌어 --- 어어
  만금산 내 자손들아 천금산 내 자손들아
  오늘이 이 서해바다 용궁님 들오셔서보니 반갑고 즐겁다.
  (이하 생략)

세력을 확장하는 첫 시도가 기존의 민간신앙체계를 무너뜨리고 새로운 불교적인 신앙질서를 확립해가는 일이었다. 종교 간의 투쟁을 어떤 시각에서 보느냐 하는 데에 따라서 호법룡으로 보게 되기도 하고, 서로 갈등을 일으키는 양상을 그대로 드러내기도 하는 이야기가 형성되었다.

『삼국유사』의 기록에는 의외로 불교적인 세력에 의해서 밀려나는 용신신앙의 모습은 드러나지 않고 용신신앙이 불교적인 종교체계에 순응하여 들어오는 식의 서사전개를 한다. 그러나 현지에서 전승하는 대개의 龍神創寺說話에서는 불교와 용신신앙과의 쟁투에 가까운 갈등양상을 노출하고 있다. 『삼국유사』의 기록태도는 불교가 뿌리를 내리고 토착화하여 가는 과정을 기존의 민간신앙 체계를 자연스럽게 습합하여 가는 양상으로 보려고 한 시각이라고 본다. 불교사상적인 면에서는 佛國土思想이라는 개념으로 정리되어 나타나고 있으나, 설화상에서는 용신신앙의 용이 불교적인 세례를 받은 후에 불교의 신앙체계 속으로 포섭되어 불법수호의 기능을 하는 서사전개로 드러난다.

그러나 민중들의 이야기 속에서는 자신들이 당한 측에 서는 사람의 진술이 될 수밖에 없으므로 불교적인 세력에 의해서 구축되어 가는 용신신앙의 투쟁과 패배를 그리고 있다. 용신신앙의 잔영이 끊어지지 않고 존재한다는 사실이다. 부석사에서 보는 선묘정이나 선묘각이 그런 것이고 금산사에서 보는 미륵상 밑에 있다는 가마솥이 바로 용신신앙이 아직도 불교적인 세계관의 하위층으로 존재하고 있다는 증거물이기도 하다.

금산사의 창사설화에서 드러나는 두 갈래의 이야기는 창사설화의 형성이 단순하지만은 않다는 것을 의미한다. 종교적인 갈등을 전제로 하여서 사찰이 세워지게 되므로 『삼국유사』의 기록자인 불교승의 입장에서는 갈등양상을 약화시켜 버리고 싶은 의도를 가지고 있으나, 용신신앙을 신봉하였던 민중의 의식 속에서는 지워버릴 수 없는 세계관적인 패배였을 것으로 생각된다. 그 패배를 민중들은 구전으로 전승되는 이야기를 통해서 자신들의 說話文法 속에서 온전하게 담아왔다는 것을 알 수 있다.

3) 작갑사 창사설화

鵲岬寺는 보양법사가 창사한 절이며, 『삼국유사』의 「보양이목」에 창사설화가 소개되어 있다. 창사설화를 단락별로 정리하면 다음과 같다.

1. 보양이 불법을 중국에서 전해 받아 신라로 돌아오다.
2. 서해용이 용궁으로 맞아들여 보양으로 하여금 불경을 외게 하다.
3. 용이 보양에게 비단가사를 한 벌을 주고 그의 아들 이목에게 보양을 모시고 가게 하다.
4. 용왕이 작갑에 절을 지으면 적병을 피할 수 있다고 하면서, 불법을 보호하는 어진 임금이 3국을 평정하리라 예언하다.
5. 신라의 청도군에 이르자 원광이 늙은 중의 모습으로 나타나 보양에게 도장이 든 궤를 주다.
6. 보양법사는 절을 세우기 위해 북쪽 고개에 오르다.
7. 5층탑이 보여서 땅을 파니 전탑의 잔해가 있어서 그곳이 옛 절터임을 알고 그곳에 탑을 세우다.
8. 그 탑을 세운 자리에 절을 세우고 작갑사라 하다.
9. 고려태조가 운문선사라 사액하고, 토지를 하사하다.

10. 이목이 절 곁의 작은 못에서 살다.
11. 어느 해 가뭄이 들어서 보양이 이목에게 비를 내리게 하다.
12. 천제가 이목을 죽이려 천사를 내려 보내다.
13. 천사가 보양에게 이목을 내놓으라고 하니 보양이 뜰 앞의 梨木을 가르키다.
14. 천사가 그 나무에 벼락을 쳐서 나무를 죽이다.
15. 이목이 그 나무를 다시 살려내다.[14]

　이 자료는 우선 시대적으로 보아서 후삼국시대의 이야기이며, 보양이 고려 태조의 개국에 협조한 내용이다. 신라시대에 형성된 호국적인 불교의 양상이 고려라는 시간과 공간의 변화를 보여주고 있음에도 그대로 이어지고 있음을 본다. 이 설화의 의미적인 단계는 단락 1~5로서 보양이 중국에서 불법을 배워서 귀국하는 도중에 西海龍의 용궁에 들어가서 불경을 강하고 용에게서 절을 세울 것을 듣는다. 서해용은 보양에게 鵲岬에 절을 지으라는 절의 터를 점지하고 그곳에 절을 지으면 혼란한 당시의 賊亂을 피하고 불법을 보호하는 군주가 나타나서 3국을 평정할 것이라는 예언을 한다. 그리고 서해용이 자기의 아들인 梨目을 보양에게 주어서 보양의 시중을 들게 한다. 서해용이 망해사의 동해용과 다른 점은 이미 불법에 귀의한 용이라는 점이다. 서해용은 불법에 의해서 교화된 용으로서, 보양법사로 하여금 고려 태조를 돕는 조언을 하게 한다.

　작갑사의 보양법사가 고려 태조의 건국을 돕는 것은 용의 조언에 의해서이기도 하지만, 작갑사의 원래 사찰의 성격이 풍수지리에 의한 凶脈鎭壓의 기능을 가지고 있기 때문이다. 작갑사는 보양법사

14) 『삼국유사』 권제4 의해 제5 「보양이목」.

가 중창하기 전에 창사한 원래의 창사설화가 寺蹟記에 전하고 있다. 이 사적기에 의하면 5岬寺는 五方에서 호거산의 흥맥을 누르는 裨補의 기능을 하고 있다. 서해용은 이러한 다섯 岬寺의 호국적인 寺格을 알고서 보양에게 5갑사의 重創을 조언하였던 것이다.

지금의 雲門寺 5리쯤에 금수동이 있어서 바위와 물이 기이하고 아름다워서 삼한의 승지이다. 한 도승이 어디서 왔는지 모르나 이곳에 소암자를 짓고 홀로 禪定을 닦은 지 3년이 되어 홀연 깨달아 智眼을 얻었다. 이어서 산천 혈맥의 좋고 나쁨을 보고서 일일이 落點하여 名山勝區가 心目에 밝게 드러나 가람의 큰 터로는 이곳보다 나은 곳이 없었다. 陳文帝天嘉 元年 高句麗 平原王 庚辰年에 동지와 道友 십여명과 함께 마음과 몸을 다하여서 檀那를 널리 구하고 7년을 걸려 5岬寺를 창건하여 일시에 이루었다. 이때 왕이 勝地에 사찰 세움을 듣고 칙명으로 돕게 하고 願刹을 삼았다. 다섯 사찰은 지금의 절 동쪽으로 9천보쯤에 嘉瑟岬寺가 있고, 남쪽 7리쯤에 天門岬寺가 있고, 서쪽 10리쯤에 大悲岬寺가 있고 북쪽 8리쯤에 所寶岬寺가 있으며, 중앙에 大鵲岬寺가 있으니 이것은 지금 雲門禪寺이다. 鵲岬이란 이름을 얻게 된 연유는 절의 서쪽 기슭에 호랑이가 걸터앉아 돌아보는 형국이 있으므로 붉은 벽돌로 탑을 쌓아 凶脈을 진압한 데에 있다. 절의 칭호도 역시 이와 같다. 네 귀퉁이의 岬도 사방의 흥맥을 누르기 위한 것이다. 운문사의 최초 창주와 도인 등의 고향과 씨족은 本傳에 실려있지 않아서 지금 기록하지 않는다.[15]

15) 한국문헌연구소 편, 한국사지총서 운문사지, 아세아문화사, 1977, pp.7-9. 경상도 청도군 동호거산 운문사사적. "今雲門寺之五里許 有金水洞 巖奇水麗 傾三韓幽勝之地也 有一道僧自無何而來 構成小庵於此 獨修禪定 住至三年 忽然開釋 快得智眼 仍拜山川血脈之臧否 一一點落 枝枝00名山勝區 昭現心目 而伽藍大器無與此地 陳文帝天嘉元年 高麗平原王庚辰歲 與同志道友十餘輩 共心竭力 廣募檀那 凡費七年 創建五岬寺 一時造成 時王忽聞勝地 建刹 勅助爲願刹也 五刹者 一今寺之東九千步許有嘉瑟岬寺 南七里許有天門岬寺 西十里許有大悲岬寺 北八里許有所寶岬寺 中有大鵲岬寺 今雲門寺也 鵲岬之得名何也 寺之西麓有虎踞而顧眄之形故 以黃壁成塔 鎮壓凶脈故也 寺之

이 기록은 康熙 57년 무술년 5월에 伴虛 彩軒이 쓴 운문사 사적으로 조선 숙종 44년(A.D. 1719)의 기록이다. 이는 五岬寺를 창사하게 된 내력을 이야기하는 창사설화이다. 5갑사는 五方에서 운문산에 있는 호랑이 형상의 바위를 진압하기 위해서 지어진 다섯 군데의 사찰이다. 동에는 가슬갑사, 남에는 천문갑사, 서에는 대비갑사, 북에는 소보갑사가 있으며 이 네 사찰의 중앙에 대작갑사가 위치하고 있어서 이 5갑사들은 운문사지역의 凶脈을 진압하는 비보사찰들이다. 특히 중앙에 있는 대작갑사의 서쪽 기슭에는 虎踞坮, 虎踞嶺, 虎踞山[16] 등의 지명이 있어서 풍수지리상의 흉맥을 진압하기 위한 비보적인 기능이 바로 대작갑사 즉 지금의 운문선사이다. 다섯 갑사는 『삼국유사』의 기록으로 보건데 후삼한의 난리에 모두 없어지고 그 기둥만을 대작갑사에 모아두었다고 한다.[17] 이 난리중에 폐사된 다섯 갑사가 보양에 의해서 중창된 이야기가 바로 『삼국유사』의 기록이다.

『삼국유사』의 작갑사 설화에서 서해용왕이 보양에게 五岬寺를 다시 일으키면 불법을 보호하는 임금이 나와서 삼한이 통일된다고 조언하는 이면에는 폐사되기 전의 五岬寺가 다섯 방향의 공간에서 비보적인 기능을 가진 배경이 있다. 보양법사가 운문산에 올라서

稱號亦以此也 四隅之岬亦鎭四方凶脈故也 時雲門寺最初創主而道人等 鄕井氏族 不載本傳 今不記之"

16) 위와 같은 책, p.100. "虎踞坮 西麓有巖 其形如虎踞故爲名於虎踞山也"
   虎踞坮는 호랑이가 걸터앉아 있는 모습의 바위임을 알 수 있다.

17) 『삼국유사』권제4 의해 제5 「보양이목」. "羅代以來 當郡寺院 鵲岬以下中小寺院 三韓亂亡間 大鵲岬 小鵲岬 所寶岬 天門岬 嘉西岬等 五岬皆亡壞 五岬柱合在大鵲岬"

본 황색 五層塼塔의 잔해는 작갑사창사설화에 나오는 5층 전탑의 잔해이다. 이 탑은 원래 "호랑이가 걸터앉은 형상의 바위"인 虎踞 埳의 逆相을 진압하기 위한 禪補塔이었다.

보양이 중창한 작갑사의 설화는 최초의 창사설화를 바탕으로 하여서 이해할 때, 풍수지리에서 이야기하는 비보사찰의 寺格을 기반으로 하면서 용신의 호법적이며 호국적인 信仰形態이 덧붙여진 것으로 본다. 여기서 『삼국유사』의 기록이 가지고 있는 특징적인 면을 지적하지 않을 수가 없다. 일연은 「寶壤梨目」을 기록하면서 다양한 참고기록을 동원하고 있어서 운문사가 가지고 있는 사찰의 성격과 보양법사라는 인물에 대해서 밝히려고 노력을 하고 있음을 알수 있다. 일연이 동원하는 자료는 다음과 같이 다양하다.

1. 寶壤傳
2. 淸道郡廳의 文籍
3. 雲門山禪院 長生標塔 公文
4. 晉陽府貼
5. 郡中古籍裨補記[18]

1의 자료는 보양에 관한 것으로 아마도 『殊異傳』의 기록이 아닌가 한다.[19] 2의 자료는 청도군청에 있는 公文을 열람하면서 天福 8년(A.D. 943)에 쓰여진 주첩공문에서 운문선사의 長生位置와 운문

---

18) 위와 같은 책, 같은 곳.
19) 일연은 「보양이목」의 말미에서 〈新羅異傳〉에서 원광의 사실과 비허사의 사실들이 보양의 사실과 서로 엇갈려 있음을 불만스럽게 여기는 표현을 하고 있다. 이런 점을 볼 때 보양에 관한 기록인 이 〈寶讓傳〉은 수이전에서 본 기록이라는 생각을 한다.

선사의 승직자 명단을 밝히고 있다. 3의 자료에서는 開運 3년(A.D. 946)에 쓰여진 자료로 운문선사의 長生에 관한 수와 위치에 관한 기록이다. 4와 5의 자료에서는 운문사의 창사라든지 사찰의 규모에 관한 전반적인 내용에 관한 기록이라고 일연은 말하고 있다. 특히 4의 자료에서는 운문사를 조사기록한 사람이 차사원 동경장서기 이선이라는 사람이라는 것을 밝히고 있으며 5의 자료에서도 제보자들을 일일이 밝히고 있어서 자료의 출처와 신뢰성을 밝히고 있다. 그럼에도 작갑사의 풍수지리적인 創寺來歷에 관한 이야기를 『삼국유사』에서 생략한 사실은 일연이 그의 기록자로서의 태도를 보여주는 일면이다.

작갑사는 최초의 창사이야기에서 풍수지리적인 비보사찰로서의 사격을 갖추고 있음을 위의 논의에서 확인할 수 있었다. 일연의 『삼국유사』는 풍수지리적인 사상은 거의 기록하지 않고 있음을 본다. 일연이 살았던 시대는 고려 중엽으로 풍수지리사상이 만연하였던 시대이다. 그럼에도 불구하고 일연의 『삼국유사』에서는 거의 찾아 볼 수 없으며, 풍수지리적인 인식을 하는 기록이 단편적으로 나오고 있으나 도교와 관계를 지으면서 일연은 나라를 망칠 사상으로 단정하고 있다. 그러한 예로 일연은 고구려의 보장왕이 도교를 숭상하고 불교를 배척하여 나라가 망하게 되었다는 기록을 하고 있어서 흥미롭다.

왕(보장왕)이 기뻐하여 불사를 도관으로 만들고 도사를 존경하여 유사 위에 앉게 하였다. 도사들은 국내의 이름난 산천을 돌아다니며 이를 진압시키는 데 옛 평양성의 지세가 신월성이라 하여 도사들은 주문을 읽어 남하의 용에게 명령해서 만월성을 가축하여 용언성이라 했으며, 참기를 지어 용언도, 또는 천년보장도라고 했다. 여기세 영석을 파서 깨뜨리기도 하였다. (속전에 도제암이라고도 하고, 조천석이라고도 하니 대개 옛날에 성제가 이돌을 타고 상제에게 올라가 뵈었기 때문에 이렇게 불렀다.)[20]

이 기록에서 풍수지리의 비보적인 조치가 도교의 도사들에 의하여 이루어지고 있다. 도사들이 국내의 유명산천에 돌아다니면서 산천의 氣를 빼는 수법으로 진압을 시킨다든지 평양의 신월성 지세를 만월성으로 바꾸어 버리는 일을 한다든지 또는 讖記를 지어서 퍼뜨리는 따위의 일과 靈石을 깨뜨리는 행위들이 모두 도사들에 의하여 저질러진다. 이러한 일들은 풍수지리적인 비보행위와도 상통한 데가 있어서 일연은 도선의 풍수지리적인 설화나 그러한 사실의 기록은 『삼국유사』에서 배제하고 있는 것이 아닌가 한다.

고구려 보장왕이 도교를 숭상하여서 불교의 사찰을 도교의 도관으로 만들어버리는 사태에 이르자, 盤龍寺의 寶德和尙이 보장왕에게 나라의 운수가 기우러질 것을 왕에게 간하여도 듣지 않자 완산주의 호대산으로 옮겨 버린 일을 기록하고 있다. 그 후 대각국사 의천이 호대산의 경복사의 비래방장에 가서 보덕화상의 영정을 뵙고 쓴 시와 발문을 일연은 『삼국유사』에 기록하고 있다. 그 발문의 기록은 도교로 인해서 고구려가 망하게 되었다는 표현이 직설적이다.

---

20) 『삼국유사』 권제3 홍법 제3 「보장봉로 보덕이암」. "王喜以佛寺爲道館 尊道士 座儒士之上 道士等行鎭國內有名山川 古平讓城勢新月城也 道士等呪勅南河龍 加築爲滿月城 因名龍堰城 作讖曰龍堰堵 且云千年寶藏堵 惑鑿破 靈石 (俗云都帝巖 亦云朝天石 蓋昔聖帝騎此石朝上帝故也)"

고구려 보장왕이 도교에 혹해서 불교를 믿지 않기 때문에 보덕법사는 이에 승방을 날려서 남쪽 이 산으로 옮겨 놓았다. 그 후에 신인이 고구려 마령에 나타나서 사람들에게 말하기를 "너희 나라가 망할 날이 얼마 남지 않았다"고 했다.[21]

이처럼 도교적인 종교성에 대해서는 아주 거부적인 태도를 일연의 기록에서 보게 된다. 위의 인용자체는 대각국사의 글이지만 일연은 대각국사의 글을 빌려서 자신이 가지고 있는 道敎排斥의 일단을 드러내고 있다. 일연의 이러한 자기의견의 개진방법은 일연의 독특하면서도 교묘한 기록 태도이기도 하다. 일연의 도교배척적인 태도가 바로 작갑사의 최초 창사설화의 비보적인 이야기화소를 고의로 누락시키지 않았을까 한다. 왜냐하면 일연이 작갑에 대한 지적인 탐색을 위해서 주위에 있는 공식 문서들을 다양하게 인용하면서 작갑의 비보적인 창사설화를 보았을 터이지만 그것을『삼국유사』에는 싣지 않았으리라는 것을 그의 도교에 대한 거부감을 보고 짐작케 한다.

단락 6~9는 보양법사가 서해용의 조언대로 작갑사를 중창하는 내용이다. 보양법사가 땅 속에 묻힌 5층전탑의 잔해를 수습하여 작갑사의 옛터를 확인한 후에 그 탑을 다시 세우고 작갑사를 중창한다. 작갑사의 신앙적인 핵심은 바로 5층전탑에 있으나 이 탑의 신앙적인 의미가『삼국유사』기록에는 드러나지 않는다. 작갑사의 최초 창사설화에는 이 탑을 중심으로 하여서 작갑사가 바로 호거산에 있는 호거대의 역상에 대한 풍수지리적인 비보의 기능을 가지고 있

---

21) 위의 같은 책 같은 곳. "高麗藏王 惑於道敎 不信佛法 師乃飛房 南至此山 後有神人 現於高麗馬嶺 告人云 汝國敗亡無日耳"

음을 알 수 있다. 그러므로 이 탑은 불교적인 의미를 가졌다기보다는 풍수지리적인 사상을 배경으로 하여서 세워졌으며, 다섯 岬寺의 창사적인 의미도 또한 최초 창사설화에서 볼 수 있는 바와 같이 운문산의 대작갑사(나중에 운문선사로 왕건이 사액함)를 중심으로 한 5방의 흉맥을 진압하기 위한 비보기능을 가지고 있다. 운문선사는 사찰의 성격으로 보아 비보기능이 중심이 되는데도 일연의 작갑사 중창설화의 서사전개는 서해용의 역할로 인해서 작갑사가 다시 세워진다는 의미가 강하게 부각되고 비보적인 성격은 약화된다.

단락 10~15는 용의 아들인 欄目이 절 곁의 작은 못에 살면서 가뭄이 들자 보양법사의 청에 의해서 비를 내리게 하는 부분이다. 이목은 이무기의 향찰 표기로 생각되며, 이목이 살았던 작은 못은 용신신앙의 성소였을 것이다. 서해용이 보양법사를 용궁에 맞아들여서 불경을 강하게 하고 아들 이목이 보양법사를 수행하는 모습은 용신신앙이 불교의 신앙체계 속에 포섭된 양상이다. 용의 도움으로 중창되는 이야기에서 작갑사가 갖는 사찰의 성격이 비보적인 기능에서 용신신앙적인 사찰로 변화되어 버린 결과를 볼 수 있다. 작갑사의 설화적인 의미가 이처럼 변화를 보인 것은 『삼국유사』의 이야기에 내재한 일연의 불교 중심적인 인식으로 볼 때 일연이 설화자료를 기록하는 태도에 의해 의도되었다고 생각한다.

운문사 현지에 전승하는 이목에 관한 이야기는 또 다른 면모를 보이고 있다. 보양법사를 따라온 이목은 불교에 완전히 교화된 것이라기보다는 용신신앙이 불교적인 신앙체계에 대처하는 하나의 방편적인 수단으로 불교에 편입한 의미를 띤다.

〈청도군 운문사〉

(보양과 이무기에 관한) 이 전설은 청도군 운문사 근처에 증거물을 남기고 있는 것이다. 현지에는 이무기가 보양스님 몰래 밤이면 못에 가서 용이 되는 도술을 시험하다가 돌아오곤 했다고도 하고, 나중에 산을 넘어 달아나면 꼬리로 바위를 쳐서 그 바위가 날카롭게 갈라진 "억산바위"로 남아 있다고도 한다. 일연은 실제로 있는 전설을 그 지방에서 듣고, 그 일부만 이 책에다가 수록하면서 서두를 변형시킨 것 같다.22)

일연이 『삼국유사』의 「보양이목」을 기록하면서 작갑사의 原創寺說話의 비보적인 동기를 배제하듯이 용신신앙적인 면에서도 불교적으로 윤색하여 버린 느낌이 든다. 신라의 용신싱앙은 신라의 불교적인 신앙체계에 완전히 편입되어 들어간 것이 아니고 고유한 용신신앙의 바탕을 가지면서 불교의 종교적인 세력이 커져가는 상황에 나름대로 대처를 하고 있었다는 이야기이다.

22) 조동일, 삼국유사 설화연구의 문제와 방향, 삼국유사의 신 연구, 신라문화선양회, 서경문화사, 1991, p.178.

보양스님과 이무기 이야기에서도 이무기가 스님의 상좌라고 한 관계가 둘 사이의 대결을 귀결지을 만한 의의를 갖지 않는다. 날이 가물어서 타들어가는 정원의 수목을 소생시키는 대목은 이 책에서도 "용이 어루만지니 바로 살아났다."(龍撫之卽蘇)해 놓고서는 다시 주를 달아 "스님이 주문을 외어서 살렸다는 말도 있다."(一云師呪之而生)라는 단어를 달았다. 여기서는 용이라고 한 이무기의 일방적인 우위를 인정하지 않으려는 의도가 엿보인다. 그뿐만 아니라, 이미 말한 바와 같이, 구전에서는 이무기가 그대로 머물지 않고 바위를 꼬리로 치면서 달아났다. 상좌노릇을 한 것 까지가 일시적인 方便에 지나지 않았다.[23]

신라의 용신신앙은 불교가 공인된 후 용신신앙의 神聖을 접수하여 가는 과정에서 나름대로 불교의 신앙체계 속에 들어가서 불교와의 관계를 새로이 정립하면서 용신신앙 고유의 신앙적인 토대를 잃지 않고 불교적인 영향권에서 벗어나려는 노력을 하고 있었을 것으로 생각한다. 일연은 불교적인 시각에서 토속민간신앙을 운문사창사설화와 같은 이야기 맥락 속에서 불교적인 신앙체계 속에 의도적으로 편입시키고 있음을 알 수 있다.

2. 용신현현형 창사설화

1) 망해사 창사설화

望海寺는 『삼국유사』의 기록에서 보는 바와 같이 동해용왕과 헌강

---

23) 위와 같은 책, 같은 곳.

〈영축산 망해사 대웅전〉

왕 사이에서 일어나는 사건을 계기로 하여서 창사된 절이다. 다시 말해서 용이라는 神體가 현현되는 결과로 창사가 이루어지고 있다. 불교적인 신체가 아니고 용신신앙이 주체가 되어서 이루어지는 이 사찰이 어떤 성격을 가지고 있는가 하는 문제의식을 가지고 설화를 분석하여가고자 한다. 먼저 『삼국유사』의 망해사 창사자료를 단락을 구분하여서 살펴보자.

1. 신라 49대 헌강왕이 개운포에 놀다가 주선을 하려고 바닷가에서 쉬다.
2. 갑자기 구름과 안개가 자욱해서 길을 잃다.
3. 일관이 동해용의 조화이니 勝事를 베풀라고 한다.
4. 왕이 승사를 베풀고 용을 위하여 영취산에 망해사를 지으라고 하다.
5. 구름과 안개가 걷히어서 그곳을 개운포라 한다.
6. 동해용왕이 일곱 아들을 데리고 나타나서 춤을 추고 음악을 연주하다.
7. 용의 아들인 처용이 왕을 따라 경주로 와서 왕의 정사를 돕다.
8. 왕은 처용에게 미녀를 주어서 아내를 삼도록 하고 급간 벼슬을 주다.
9. 역신이 처용의 아내를 범하다.

10. 처용이 노래를 부르고 춤을 추어서 역신을 물러나게 하다.
11. 역신이 처용에게 용서를 빌고 처용의 그림만 보아도 그 문 앞에 들어가
    지 않겠다고 한다.
12. 나라 사람들이 처용의 형상을 문에 그려 붙여서 僻邪進慶하게 하다.[24]

이 자료는 두 부분으로 나눌 수 있어서 단락 1~6까지가 망해사창
사설화에 속하고 단락 7~12까지는 처용이 僻邪進慶하는 門神으로
좌정하게 된 내력의 이야기이다. 망해사창사설화에 해당하는 이야
기를 다시 정리하면 다음과 같다.

1. 왕의 순행
2. 왕이 동해용의 작란으로 길을 잃음
3. 왕이 제를 지내고 용에게 신탁을 얻음
4. 망해사 창사

정리된 단락을 중심으로 망해사창사설화를 검토하여 보자. 발단
이 되는 단락1은 헌강왕의 "遊開雲浦"의 개운포는 용신신앙의 성
역이며 동해용의 종교적인 세력권이며, 헌강왕이 이 지역에 순행한
곳으로 정치적인 권력행사와 종교적인 제의가 복합된 공간이었다.
「처용랑망해사」의 기록이 국내상황의 사회적인 분위기를 암시하는
내용으로 시작하고 끝나는 始末로 보아 이 자료는 일관된 주제를
나타낸다.

제 49대 헌강대왕 때에는 서울로부터 지방에 이르기까지 집과 담이 연하고
초가는 하나도 없었다. 음악과 노래가 길에 끊이지 않았고, 바람과 비는 4

---

24) 『삼국유사』 권제2 기이 제2 「처용랑망해사」.

철 순조로왔다.25)

地神과 山神은 나라가 장차 멸망할 것을 알기 때문에 춤을 추어 이를 경계한 것이나 나라 사람들은 깨닫지 못하고 도리어 祥瑞가 나타났다 하여 술과 여색을 더욱 좋아하였으니 나라가 마침내 망하고 말았다고 한다.26)

이야기의 주제는 일관되게 신라 헌강왕대의 혼란한 국내상황과 망해가는 나라의 허물어지는 사회체제를 보여주고 있음을 위에 인용한 「망해사처용랑」 서두와 말미를 비교하면 드러난다. 이야기의 시작은 신라의 융성한 번영을 서술하고 있으나 결말은 나라가 망한 과정을 서술하고 있다. 시작과 끝의 두 부분은 서로 다른 내용을 이야기하고 있으나 사실은 같은 주제임을 알 수 있다. 헌강왕대의 신라의 융성은 참다운 발전상이 아니고 사실은 도덕적으로 타락하여 가는 모습이었다는 것을 끝에서 밝혀주고 있다. "比屋連墻 無一草屋 笙歌不絶道路 風雨調於四時"라고 표현하는 신라 경주의 번성한 모습은 표면적인 것이고 "耽樂滋甚 故國終亡" 이야말로 신라의 현실이었다는 것이다. 이 이야기는 東海龍, 南山神, 北岳神, 地神 등이 현신하여서 왕과 종교적인 교감을 나누는 대목으로 짜여서 있다. 민간신앙적인 토속신들이 신라 전통 종교로서 그 동안 불교에 눌려서 세를 펴지 못하고 있다가 신라의 국세가 허물어져 가는 때에 다시 나타나서 신라의 멸망을 예언한 것이다. 「처용랑망해사」조

---

25) 위의 같은 책, 같은 곳. "第四十代 憲康大王之代 自京師至於海內 比屋連墻 無一草屋 笙歌不絶道路"
26) 위와 같은 책, 같은 곳. "地神山新知國將亡 故作舞以警之 國人不悟 謂爲現瑞 耽樂滋甚 故國終亡"

의 이야기는 네 신의 기능이 동일한 의미맥락에서 해석되어야 한다는 전제를 가지고 망해사창사설화로서의 자료를 검토하고자 한다.

"遊開雲浦"의 기록을 헌강왕이 단순한 놀이를 위해서 개운포로 갔다기보다는 그 지역을 巡幸한 사실로 해석할 수 있는 것도 신라의 당시 상황을 배경으로 한다. 순행은 국왕이 국가권력을 중앙에서 지방으로 펼치는 한 국가정책으로서 중국에서부터 시작되었다. 중국에서는 순행이라는 용어보다는 巡狩라는 용어를 썼으며 이는 제의의 형태를 띠어서 巡狩祭라고 하였다. 순수는 중국의 요가 순에게 천자의 직능인 중앙정치와 지방순수를 섭행시켜 순이 2월에는 동방으로, 5월에는 남방으로, 8월에는 서방으로, 11월에는 북방으로 순수하면서 천신에게 禁祭하고, 산천신에게 望祭하는 한 편 군장을 朝覲하고 4侯節, 月의 大小, 日名을 중앙과 같게 하고 음률과 도량형을 통일시킨 것을 보면 천신과 산천에 제사하는 종교적 기능과 제후을 조근하고 제도를 考正하는 정치적 기능을 가지고 있었다. 순수제는 중국을 통일한 진시황이 巡, 幸, 遊라 하고 중앙집권적 정치 기능을 강화하기 위해서 민심과 영토를 확인하는 巡狩碑를 세워서 황제의 권위를 과시하게 되면서 순수제의 종교적 기능도 변질하였다. 종교적인 제의이기도 하였던 순수제가 진시황의 중앙집권적 권위를 과시하기 위해서 정기제가 수시제로 바뀌었고 천신제인 禁祭가 천지제인 封禪으로 변하였으며 산천제인 망제에 *海祭*가 추가되었다.[27]

왕의 순수를 우리나라에서는 삼국시대에 수용하였다. 그 수용양

---

27) 김영진, 한국자연신앙의 연구, 충남대학교 대학원 박사학위논문, 1984, pp.41-45.

상은 북방계의 기마족의 전통을 가진 고구려와 백제는 善射를 왕의 자격으로 꼽았으므로 두 나라에서는 민렵이 巡幸祭儀가 主를 이루었으며, 신라는 주로 순행에서 제사를 하는 특징을 보여주고 있다. 삼국시대의 순수제는 산천을 바라보고 제의하는 망제의 형식으로 행하여졌으며, 그 제의의 대상에 따라서 望山祭와 望海祭로 나눈다.

망제와 순수제에 관하여서 볼 때 『삼국유사』의 「처용랑망해사」 기록은 헌강왕의 망해제와 망산제에 관련된 내용이라고 본다. 망해사의 창건은 헌강왕이 망해제를 개운포에서 지낸 사실과 직접적인 관련을 갖고 있다. 신라의 망해제는 몇 가지 사례들을 남기고 있으며, 특히 제48대 경문왕의 망해의 기록으로 미루어 보아 49대 헌강원의 "大王遊開雲浦"의 사실을 망해제로 보게 한다.[28]

단락 2는 동해용왕이 주술적인 행사를 통해서 헌강왕에게 자신의 신이한 신력을 현현하는 이야기의 전개단계이다. 용은 수신이므로 구름과 안개를 부리어 헌강왕의 앞길을 막는다. 동해용과 헌강왕의 주술경쟁담일 수도 있는 "忽雲霧冥曀 迷失道路"의 대목은 동해용신이 헌강왕의 신적인 능력보다 더 우위에 있음을 보여준다. 개운포에서 베푼 망해제는 헌강왕이 국가권력의 권위와 강화를 위한 목적을 가지고 있었으며, 이러한 헌강왕의 왕권에 대해서 경고의 의미를 보이기 위해서 운무로써 東海龍神의 神力을 내보인 것이다.

단락 3에서는 동해용과 헌강왕의 대립이 전환을 보이면서 화해

---

28) 신라망해제의 사례 기록
  1.『삼국사기』권2 신라본기 2. 미추왕 3년 2월조. "東巡幸 望海"
  2.『삼국사기』권9 신라본기 9. 혜공왕 12년 정월조. "幸感恩寺望海"
  3.『삼국사기』권11 신라본기 11. 경문황 4년 2월조. "王幸感恩寺 望海"

의 장을 마련하는 것이 헌강왕의 祭儀이다. 헌강왕은 구름과 안개 속에 갇히게 되자 신이한 자연의 변화를 日官에게 물으니 일관이 신탁을 받아내어 동해용의 조화임을 알아낸다. 이 과정에서 일관은 동해용에게 祭를 베풀었을 것이다. 제의의 형태는 남아있지는 않으나 龍神祭儀가 아니었을까 한다. 용신제를 통해서 현신한 동해용은 아들 일곱을 데리고 왕의 앞에 나타나서 비로소 왕의 덕을 찬양하고 춤을 추며 음악을 연주하였을 것이다. 이러한 용신제의 모습은 민간신앙의 무속굿에서 龍王祭의 祭次를 보면 용의 현신과정을 짐작할 수 있을 것이다.

제주도의 영등굿에서 초감제를 마치고 다음의 제차로 이어지는 "요왕굿"을 살펴보면 동해용왕이 현신하는 양상을 짐작할 수 있다. "요왕굿"의 천신제차에서 "요왕질침"이 있다. 용왕이 오는 길을 닦는 제의적인 모방행위를 하는 가무와 사설을 섞어서 연행하는 제의이다.

1. 용왕문을 돌아보고
2. 해초류가 무성했으니 신칼로 베고
3. 베어서 넘어진 해초를 작대기로 치우고
4. 그 그루터기를 따비로 파고
5. 길에 구르는 돌멩이를 치우고
6. 패어진 땅을 발로 밟아 고르고
7. 울퉁불퉁한 길을 미렛깃대로 밀어 고르고
8. 일어나는 먼지를 참비로 쓸고
9. 물을 뿌려 먼지를 깔아 앉히고
10. 너무 물을 뿌려 젖은 데에 마른 띠를 깔고
11. 용왕다리(긴 무명)을 깐다.[29]

가무와 사설을 혼합하여서 구성한 제의인 제주도의 "요왕굿"의 "요왕질침"은 극적인 형태로 재연하여 용신을 맞는 굿의 제차이다. 용왕을 맞이하기 위해서 이루어지는 "요왕질침" 제의를 통해서 용왕에 드리는 정성과 치성이 용의주도하고 지극하다는 것을 본다. "요왕질침"의 제의는 용왕이 그의 성역인 용궁에서 세속적인 공간에 현신하기 위한 공간의 聖化過程이기도 하다. 단락 1~11까지의 모든 과정은 용왕이 세속적인 공간으로 나타나는 길을 닦는 과정이며, 또한 굿의 부정거리에서 보듯이 세속적인 공간과 시간을 성스러운 공간과 시간으로 성화시켜가는 과정이다.

헌강왕도 무속적인 제의를 통해서 동해용왕을 맞이하여 잃어버린 길을 찾을 수 있었을 것이다. 제주도의 무속제의이지만 용신굿의 일단에서 볼 수 있듯이 동해용에게 베풀었던 헌강왕의 용신제의도 오늘날의 용왕굿에서 보는 請神 - 娛神과 神託 - 送神의 祭次로 구성되었을 것으로 보인다. 日官이 헌강왕에게 "勝事"를 행하여야 한다는 승사는 바로 용신제의 즉 용왕굿이었을 것이다. "此東海龍所變也 宜行勝事而解之"에서 동해용이 부린 자연적인 이변은 용왕을 청하여야 비로소 해결될 수 있는 동해용의 의도적인 이변이었음을 알 수 있다. 용왕굿으로 인하여 동해용왕이 현신하여 신탁을 내린 부분은 바로 오신과 신탁의 굿절차에 해당하는 것이라는 생각이다. "東海龍喜 乃率七子現於駕前"에서 동해용이 현신하여 헌강왕에게 덕을 찬양하고 헌무주악하였다 함은 용왕굿을 통해서 용해용과 헌강왕의 주술적인 화해가 이루어졌다는 것을 알 수 있다.

---

29) 현용준, 제주도무속연구, 집문당, 1986, p.266.

단락 4에서 헌강왕과 동해용왕이 이루는 화해의 결말은 동해용을 위해서 헌강왕이 사찰을 창사하는 것임을 본다. 망해사는 헌강왕이 불·보살을 위해서 창사를 한 것이 아니라, 동해용을 위해서 지은 사찰이다.

> 왕은 서울로 돌아오자 이내 영취산 동쪽 기슭의 경치좋은 곳을 가려서 절을 세우고 이름을 망해사라 했다. 또는 이 절을 신방사라 했으니 이것은 용을 위해서 세운 것이다.[30]

망해사가 용을 위해서 세운 절이어서 초기에는 용신당의 기능을 가지다가 후대로 가면서 불교적인 사찰로 변모하였을 것으로 생각한다. 망해사의 다른 이름이 新房寺라고 하였다는 것으로 보아서, 무속적인 의미를 띤다. 제주도에서는 巫를 "심방"이라고 부르고 있어서 제주도의 심방과 망해사창사설화의 "新房"이 어떤 연결을 지을 수 있을지는 더 고찰하여야 하는 부분이다. 망해사가 불교적인 성격을 지닌 사찰이라기보다는 무속적인 용신당에 가까웠을 것이란 생각은 다음의 자료에서도 확인된다.

> 그런데 그 요왕님 참 뭣하요. 그란디 지(祭)를 받아잡술라고 절을 지으라 한거라. 요왕당을 지어놓고, 그것이 절이 아니고 요왕당이라. 요왕님이 때때이 지를 받아 잡술라고 그렇게 영검하니 거시기를 해준거라. 임금님이 너무나 그걸 무시하기 때문에 요롷다는 것을 내뵈인거라. 임금님이 그것을 잘 거시기를 했으면 허는디, 그런 걸 잘 알고 이렇게 허믄 허는디, 그것도 모르고 자기가 가서 그런디 가서 그리하다가 거시기 하니께, 요왕이 니가 한

---

30) 『삼국유사』 권제2 기이 제2 「처용랑망해사」. "王旣還 乃卜靈鷲山東麓勝地 置寺 曰望海寺 亦名新房寺 乃爲龍而置也"

번 어떻게를 하는가 한 번 보자 하고 현신을 볼라고 딱 그렇게 한거제.[31]

　降神巫인 제보자 김수악(여, 73) 여사는 망해사 창사이야기를 듣고나서 해석을 부탁하는 조사자에게 그 내용을 풀어주었다. 김수악 여사는 헌강왕에게 동해용신이 자기의 존재를 알리기 위해서 헌강왕의 앞길을 구름과 안개로 막았다고 하면서 위의 인용자료에서 보듯이 헌강왕에게 "祭"를 받아먹기 위해서 절을 지어달라고 하였다는 것이다. 망해사는 절이 아니고 "요왕당"이라고 제보자는 반복해서 강조를 하였다. 강신무의 해석은 망해사창사설화가 창사설화라고 하기보다는 오히려 당신화의 유형에 가깝다. 무속적인 용의 당신화와 창사설화의 구조적인 동일성을 망해사창사설화가 내재하고 있음을 알 수 있다.

　처용이 헌강왕을 따라와서 경주에서 지내는 부분인 단락 6~12는 망해사창사설화에 이은 처용설화라고 할 수 있다. 망해사창사설화를 무속적인 당설화의 맥락에서 보면 역시 동해용이 아들인 처용을 헌강왕에게 보내는 일도 『삼국유사』에서 일연이 서술하는 맥락과는 다르게 해석된다. 『삼국유사』 기록에서는 처용이 왕을 따라가서 왕의 정사를 돕는 의미로 기록을 하고 있으나,[32] 강신무인 김수악 여사는 처용이 왕을 따라가는 일을 무속적인 용이 人間世를 살피는

---

31) 제보자 : 김수악(여, 73세)　조사지역 : 전남 여천군 금오도 남면 두포리
　　조사자 : 이준곤, 한미옥　조사일시 : 1993. 7. 9. 제보자 댁에서
　　이 구비자료는 1993년 전남 민속학연구회의 하계현지조사 중에 강신무인
　　김수악 여사께 조사자가 『삼국유사』의 처용설화를 이야기하고 나서 제보
　　자에게 그 해석을 부탁하고 나서 채록한 것이다.
32) 위의 같은 책, 같은 곳. "基子隨駕入京 補佐王政 名曰處容 王以美女妻之
　　欲留其意 又賜及干"

역할로 해석하였다.

> 그것은 요왕님이 자석을 내 보낼 때는 인간의 처세를 보는 것이제, 사람이
> 인간처세를 모르기 때문에, 이 혼의 처세를 모르기 때문에 요왕님이 나타나
> 서 그러게까지 헌거란 말이여. 그런께 그런 사람들이 이렇게 하믄 요왕에다
> 가 이렇게 답례를 하고, 뭣을 요렇게 해주고, 이렇게 늘 지를 지내서 요왕
> 을 구해주면 그런 일이 없을 것인디, 그리를 안 하거든, 모리거든, 그러니께
> 딱 요렇게 나타나 지를 받아 잡수면서, 이 자석을 주면서 인간의 처세를 가
> 서 둘러보라는 그거여.33)

巫俗的인 시각에서는 어디까지나 용신이 신앙적인 영역을 넓히
려는 수단으로 처용을 인간세에 보내어서 인간들의 처세를 살피게
한다는 해석을 하고 있다. 『삼국유사』의 망해사창사설화를 통해 보
아도 불교적인 상황의 전개는 전혀 보이지 않는다. 처용이 역신을
물리치고 門神의 기능을 수행하게 되어서 벽사진경하는 양상은 처
용이 巫俗神이 되어서 좌정하게 되는 내력을 구술하는 일종의 처용
본풀이와 같은 형식과 내용을 가지고 있다.

이처럼 무속적인 신앙의 토대를 가지고 창사설화를 구성하는 설
화문법은 일연의 기록에서는 찾아보기 어려운 예이다. 일연은 민간
신앙적인 용신을 불교적인 세례를 받은 신체로서 불교의 하위신앙
차원에다 두고서 호법적인 기능을 하는 양상으로 기술을 하고 있으
나, 망해사창사설화에서는 무속적이고 민간신앙적인 신앙체계가 주
로 드러나고 불교적인 차원의 신앙체계는 드러나지 않는다. 같은

---

33) 주 31)과 같음. 동해용왕이 헌강왕에게 아들인 처용을 데리고 가게 한 것
   에 대한 의견을 조사자가 묻자 강신무인 제보자인 김수악 무녀가 인용과
   같이 풀이를 하였다.

기록에서 처용의 이야기에 이어서 南山神과 北岳神과 地神의 출현이 뒤이어진다. 불교적인 교화를 거치지 않는 土俗神들이 신라의 멸망을 예언하면서 경계하는 대목은 신라의 불교가 쇠퇴하여서 더이상 호국적인 기능을 할 수 없는 상황이고 오히려 전통적인 토속신들의 호국적인 역할이 강화되어 가고 있다. 이러한 양상은 헌강왕대의 신라 불교가 오히려 전통적인 龍神信仰, 山神信仰, 地神信仰 등에 의해서 위축되는 가는 모습을 보이고 있다.

망해사창사설화는 신라의 불교적인 사찰의 창사를 이야기하기보다는 오히려 탈색되어 버린 불교가 전통적인 무속신앙 또는 민간신앙에 의해서 대체되어 가는 양상을 보여준다. 신라의 무속종교가 불교에 의해서 습합되어가고 불교의 하위적인 신앙체계 속에 편입되어 가서, 무속신앙의 성역이 불교적인 성역으로 바뀌어가던 창사설화와는 전혀 다른 신앙적인 변모를 보여준다. 신라 후대에 오면 동해용신을 비롯한 민간신앙의 신이 불교적인 성역을 접수하여 가는 단계를 보여주는 것이 망해사창사설화이다. 망해사가 자리잡은 영취산은 바로 불교적인 성역으로 영취산이 서쪽에는 통도사가 자리잡고 있다. 통도사는 구룡지에 사는 용을 쫓아내고서 자장이 창사한 사찰로서 석가의 진신사리를 모신 寂滅寶宮이 있어서 불교적인 지성소라면 영취산의 동쪽에는 망해사가 동해용신의 龍王堂으로서 자리를 잡게 된 것이다.[34] 자장의 시대에 관념하던 靈鷲山의 의미는 불교적인 성소로서 성스러운 공간이었다면 헌강왕대의 영취산은 이미 불교적인 의미는 쇠퇴하고 다시 토속적인 무속의 龍王堂을

---

34) 『삼국유사』 권제2 기이 제2 「처용랑망해사」. "王旣還 乃卜靈鷲山東麓勝地
置寺 曰望海寺 亦名新房寺"

안치하는 산으로 바꾸어진 것이다.

2) 황룡사 창사설화

〈경주 황룡사지〉

皇龍寺는 신라가 지니고 있는 종교사상의 다양한 층이 중첩되어 있는 신라의 國刹이다. 황룡사는 신라 사회의 기반이 되고 있는 종교사상인 용신앙과 불국토사상과 풍수지리적인 사상이 서로 복합되어 있는 사찰로서 신라의 문화사상적인 중심지였으며, 護國聖地였다고 할 수 있다. 『삼국유사』의 탑상편에 「가섭불연좌석」, 「황용사장육」, 「황룡사구층탑」, 「황룡사종」, 흥법편의 「아도기라」, 의해편의 「자장정율」 등의 자료가 있어서 창사설화와 장륙불상과 구층탑과 호국불교를 폈던 자장의 이야기를 중심으로 황룡사창사설화를 분석해 보고자 한다. 우선 황룡사창사설화는 황룡의 현현에 의해서 이루어진다.

신라 제24대 진흥황 즉위 14년(553) 2월에 장차 용궁 남쪽에 紫宮을 지으려 하니, 황룡이 그곳에 나타났으므로 이것을 고쳐서 절을 삼고 이름을 황룡사라 하고 기축년(569)에 이르러 담을 쌓아 17년만에 완성했다.35)

황룡사창사설화에 관한 이야기는 『삼국사기』에서도 『삼국유사』의 「가섭불연좌석」이나 탑상편의 「황룡사장륙」에 있는 범주를 넘지 못한다. 황룡사창사설화의 단락을 『삼국유사』 자료의 단락을 분석하면 다음과 같이 나눌 수 있다.

1. 왕이 용궁 남쪽에 궁을 지으려 하다.
2. 황룡이 나타나다.
3. 궁을 고쳐서 절을 짓다.

위의 서사전개로는 황룡사 창사의 논리적인 맥락이 이어지지를 않아서 황룡사 창사의 전모를 이해하기가 어렵다. 『삼국사기』의 기록을 보면 유사의 내용과 같지만 작은 차이가 있어서 인용하고자 한다.

진흥황 14년 2월에 왕이 소사에게 명하여 월성 동쪽에 신궁을 지을 새, 그곳에서 황룡이 나타나므로 이상히 여기어 이를 불사로 개조하고 절 이름을 황룡사라 사하였다.36)

---

35) 『삼국유사』 권제3 탑상 제4 「황룡사장륙」. "新羅第二十四眞興王卽位十四年 癸酉二月 將築紫宮於龍宮南 有黃龍現其地 乃改置爲佛寺 號黃龍寺 至己丑 年 周圍墻宇 至十七年 方畢"
36) 『삼국사기』 권제5 신라본기 제4 진흥왕 14년조. "十四年 春二月 王命所司 築新宮於月城東 黃龍現其地 王疑之改置佛寺 賜號曰皇龍寺"

이 내용을 단락으로 구분하여 보면 다음과 같다.

1. 왕이 월성 동쪽에 신궁을 짓다.
2. 황룡이 나타나다.
3. 왕이 이상히 여기다.
4. 궁을 불사로 개조하다.

『삼국유사』의 기록과 『삼국사기』의 기록을 비교하면 몇 가지의 미세한 차이를 들 수 있다. 우선 황룡사의 위치를 표현하는 방법이 『삼국유사』는 용궁을 기준으로 하고, 『삼국사기』는 月城을 기준으로 하고 있다. 같은 위치이지만 이야기하는 시각의 차이를 느끼게 한다. 황룡사의 위치는 사실 이 두 표현을 함께 써야 정확한 좌표가 잡힌다. 즉 월성의 동쪽, 용국의 남쪽이라는 위치 표시가 가장 정확한 것으로 황룡사터에 있었다는 가섭불 연좌석의 위치를 표현한 방법이다.[37] 황룡이 나타난 신이한 사실에 대한 반응이 『삼국유사』에는 단순하게 황룡사 창사라는 결과로 귀결되고 있으나 『삼국사기』에서는 왕의 반응이 "이상히 생각하였다."(王疑之)고 기록하고 있다. 이 단락은 황룡사 창사의 계기와 관련이 있으므로 중요한 부분이지만 『삼국유사』의 기록에서는 빠져있다. 황룡의 현현에 대한 왕의 반응으로 인하여서 궁을 고쳐서 불사로 하게 된다. 『삼국유사』의 기록은 찬자인 일연이 용신신앙을 불교적인 하위체계 속에 편입시키려는 의도가 강하여 용의 종교적인 현현에 대한 왕의 반응

---

37) 『삼국유사』 권제3 탑상 제4 「가섭불연좌석」. "玉龍集及慈藏傳 與諸家傳記 皆云 新羅月城東 龍宮南 有迦葉佛宴座石 其卽前佛時伽藍之墟也 今皇龍寺 之地 卽七伽藍之一也"

을 무시하고 있다는 생각이 든다. 두 기록을 비교하여서 황룡사에 대한 창사이야기를 다음과 같이 재구성할 수 있다.

1. 용궁의 남쪽, 월성의 동쪽에 왕이 신궁을 짓다.
2. 용이 현현하다.
3. 왕이 이상히 여기다.

단락 1은 왕이 新宮의 터를 잡은 이야기로서 신궁을 짓는 공간이 용신신앙의 성소였다는 것이다. 용신신앙의 聖域을 설정하고 그 성역에 궁궐을 짓는 행위는 바로 용신신앙 대한 瀆神이라는 의미를 띤다. 용궁이 용이 거주하는 우물이거나 연못이었을 가능성이 있는 것은 거의 모든 용신창사설화를 가진 사찰에는 우물이나 연못이 자리 잡는 것을 본다. 황룡사에 용이 현현한 사실에서 우물이나 연못의 형태로 황룡사에 용궁터가 남아있음을 알 수 있다. 1976년 황룡사지 발굴조사를 한 후 보고기록에 보면 용궁이 연못이었을 것이라는 추정을 한다.

분황사와 황룡사 사이, 좀 서쪽으로 치우친 곳의 지형이 현재는 모두 水田으로 경작되어 있으나, 한 단 낮아져서 마치 낮은 濕地帶 같이 된 곳이 있었다. 이것을 보고 이 낮은 습지대가 원래 연못이 아니었는가 의심하게 된 것이다. 이 자리는 황룡사 북방이며 남북 중심축의 좀 서쪽에서 황룡사 사역 밖 서북쪽 일대가 되고 거기에는 두 곳에 작은 섬을 연상케 하는 융기한 土塊도 있다. 이 부근에 대한 발굴은 아직 착수되지 않았으나 필자에게는 이 부분이 연못자리였을 것이라는 심증이 굳어져 가기만 한다. 만일 이곳이 추측대로 연못이었다면 이 연못이 바로 『삼국유사』에서 말하는 龍宮이 아닌가 생각하는 것이다. 용궁이 궁궐 또는 궁전이 아니라면 용은 항상 수중을 근거로 하여 때로는 공중으로 비상하고 또 때로는 수중에서 쉬는 것으로 알려져 있고 그 용궁은 수중에 떠있는 것으로 상상되고 있는 것이다. 그렇다면 이 시대의『삼국사기』나『삼국유사』에서 볼 수 있는 東宮 또는 紫宮 등의 궁궐명과 이 龍宮으로 표현된 것은 전혀 다른 것으로 아마도 그 연못이 龍宮池라고 불리웠거나, 그 연못 속에 용궁이 있다는 전설이 전해져 왔던 것이 아닐까? 따라서『삼국유사』에서 말하는 월성 동쪽의 용궁이란 그 연못을 말하는 것이고, 이 용궁지 남쪽에 황룡사가, 그리고 북쪽에 분황사가 있다는 말일 것이다. 그리고 이 추측의 진위여부는 이 지역의 발굴조사가 실시되고 이 부근이 연못이었음이 확인된다면 밝혀질 것이고, 만일 연못이 확인되면 용궁이 바로 이 연못을 말하는 것이라고 단정할 수 있을 것이다.[38]

황룡사지를 발굴하면서 발견한 濕紙帶는 연못자리로 추측되며 황룡사지와 분황사지의 중간지대에 위치하고,『사기』와『유사』의 기록에 나온 龍宮일 것이라는 보고이다. 용궁은 궁궐이 아니고 용의 聖所라는 해석이다.

단락 2에서 용신신앙의 성역에 궁궐을 지으려 하자 용이 현현하였다는 것은 용신이 성소를 훼손하려는 진흥왕에 대해서 경고를 하는 것을 의미한다.『삼국유사』나『삼국사기』의 기록에서는 용의 현현에 대한 의미를 드러내지 않으나 어느 신이나 막론하고 자신의 聖域을 훼손당하면 바로 신적인 권위를 손상당하는 것으로 인식하고 인간에게 재앙을 내려서 경고한다. 단락 2에서 용이 현현하는 것은 이러한 경고의 의미가 크다.『삼국사기』에서 용의 출현은 왕의 사망이나 지진 또는 전쟁과 관계가 크다는 것이다. 용의 출현이

---

38) 김정기, 황룡사발굴과『삼국유사』의 기록, 삼국유사의 신연구 창간호, 신라문화선양회, 서경문화사, 1980, pp.36-38.

갖는 의미는 凶兆이다.

> 龍의 出現도 왕사망, 지진 및 전쟁과 관계가 있었다. 즉 17회의 용기사에서
> 왕의 사망을 예견한 것이 5회였고, 전쟁이 3회, 지진이나 가뭄을 비롯한 천
> 재가 9회나 되고 있어 용도 凶兆였음을 알 수 있었다. 그러나 이러한 재변
> 이 단독으로 일어난 것이 아니라, 천재나 다른 지변과 복합적으로 일어나고
> 있음을 주목하게 된다.39)

용의 출현이 흉조라면 황룡사의 경우에도 용이 자신의 성역이
침해당하는 것에 대한 노여움을 나타내려는 용신의 현현으로 볼 수
있다. 인간이 저지른 瀆神에 대한 응징을 하기 위해서 용신이 자신
의 신력을 보이면서 그 모습을 드러낸 것으로 이해할 수 있다.

단락 3에서 진흥왕이 용의 출현을 이상하게 여겼던 것은 왕이 용
의 출현에 대해서 두려움을 지니게 되었음을 의미한다. 용의 출현
은 바로 자연의 異變이고 자연의 이변이 일어나면 왕은 자신의 주
변을 살피고 자신이 하는 일을 반성한다. 더구나 용신신앙의 성소
에 궁궐을 지으려는 행위는 바로 용신의 노여움을 살만한 것이었다
는 점에서 진흥왕의 두려움은 컸을 것이다. 신에 대한 노여움을 풀
어드리는 방법이 祭儀이다. 인간은 신의 모습을 보고서 비로소 자
신을 돌아보고 참회하면서 자신이 저지른 신모독에 대한 용서를 빈
다. 제의는 신에게 용서를 비는 형식이기도 하다. 진흥왕이 瀆神에
대한 용신의 노여움을 풀고 응징을 피하기 위해서 龍神祭 또는 龍
王祭, 용굿을 하였을 것으로 생각된다.

신라는 시조 혁거세의 妃 閼英을 낳은 계룡으로부터 시작하여

---

39) 신형식, 삼국사기연구, 일조각, 1981, p.208.

건국초부터 유난히 용에 대한 기록이 풍부하다. 알영이 우물가에서 태어난 것부터가 수신적 발상이지만 신라의 용은 처음부터 水神, 雨神으로서의 성격을 분명히 하고 있다. 『삼국사기』에 立夏 후 辛日에 卓渚에서 雨師에 제사했다는 기록이 있고 四瀆(吐只河, 黃山河, 熊川河, 漢山河)에서 中祀를 지냈다고 하고 惠樹에선 기우제를 지냈다 했는데, 이들이 수재나 한재로 인하여 행했음을 보아 모두가 水·雨神으로서의 용에 대한 신앙행위이었음을 알겠다.[40] 공식적으로 용신신앙적인 제의가 행해져 왔다는 것을 참고한다면 용궁에서의 용신의 현현은 진흥왕에게 용신앙적인 제의를 베풀어야 하겠다는 계기를 충분히 주었을 것이다.

단락 4에서 짓고 있던 궁궐을 사찰로 개조하였다는 결말은 용신의 현현이 황룡사창사로 귀결되는 서사전개이다. 이 사찰은 불교적인 내용을 갖춘 사찰이라기보다는 용신을 위한 사찰로 황룡사라는 명칭에서 보듯이 용당에 가까운 성역의 설정이었을 것이다. 황룡사는 용신제의의 결과물이기도 하여서 부처를 위한 사찰이 아니고 용신당의 성격이 짙은 사찰이 될 수밖에 없다. 어떻게 보면 용을 위해서 불교적인 사찰을 짓는 일은 용신신앙의 불교적인 치장이기도하다. 고급종교인 불교로서 용신신앙의 신앙적인 현대화라고 할 수 있는 신앙적인 개화를 한 것이라고 할 수 있다. 불교가 들어와서 기존의 주술적인 민간신앙과 교섭을 가지면서 서로 갈등을 연출하기도 하였을 것이고 그러한 갈등을 극복하고서는 주술성이 짙은 민간신앙이 불교적인 신앙의 형식을 모방하여 갔을 것이다. 황룡사도

---

40) 이혜화, 용사상의 한국문학적 수용양상, 고려대학교 대학원 박사학위논문, 1988, p.74.

종교적인 문맥에서 본다면 신라의 용신신앙이 불교적인 형식 속에 수용되어 가는 과정에서 창사되었다고 본다.

황룡사의 창사는 불교와 대립적인 용신신앙이라기보다는 오히려 불교적인 영향 속에서 수용되어 들어간 신라의 용신신앙의 변천과정을 보여 준다. 황룡사의 창사초기의 종교적인 성격은 용신신앙 중심의 사찰로서 어떤 면에서는 용신당에 가까운 형태였다가 시대가 지나가면서 점차 불교적인 영향이 더 강하게 작용하여 갔다. 여기에서 황룡사를 중심으로 하여서 說話群이라고 할 수 있는 불교적인 성격이 강한 황룡사장륙상, 황룡사종 등의 이야기가 형성되었다.

『삼국유사』나 『삼국사기』의 기록에서는 龍宮의 용신신앙에 대한 내용은 거의 탈색되어 버리고 황룡사의 창사를 위한 계기로서만 언급되고 있다는 점에서 당시의 민간신앙이었던 용신신앙의 존재를 폄하하고 있는 기록태도를 볼 수 있다. 특히 일연은 『삼국유사』에서 황룡사에 관한 불국토적인 성격을 지닌 가섭불 연좌석, 전불가람터이야기, 황룡사장륙, 황룡사 9층탑의 이야기를 기록함으로써 황룡사가 지니고 있는 불교적인 성격과 호국적인 성격을 강조한다. 황룡사의 용은 자장이 중국의 대화지에서 만난 용의 長子라고 하면서 호법룡이라는 규정을 하고 본래의 민간신앙적인 신라고유의 용신을 불교적인 신앙체계 속에다 포섭시키는 태도를 보인다.

황룡사설화군이라고 부를 수 있는 불교적인 인연을 강조하는 이야기들은 황룡사의 용신신앙터를 불교적인 성지로 변화시키려는 의도로 보인다. 황룡사의 터가 가섭물이 설법하였던 연좌석이 있는 前佛의 불교적인 성역으로 해석되는 이야기를 살펴보자.

옥룡집, 자장전 제가의 전기에는 모두 이렇게 말했다. 신라의 월성 동쪽 용궁 남쪽에 가섭불의 연좌석이 있다. 이곳은 곧 전불 때의 절터이다. 지금 황룡사 절터는 곧 일곱 절의 하나이다.[41]

「가섭불연좌석」의 기록은 가섭불이 賢劫의 세 번째 부처라고 하면서 가섭불의 시대를 계산하는 내용으로 이어진다. 현거(賢劫)은 3겁의 하나로 人壽 8만 4천세로부터 100년을 지낼 때마다 1세씩 감하여 인수 10세에 이르러 다시 100년마다 1세씩을 더하여 인수 8만 4천세에 이른다. 이렇게 1增·1減을 하는 것을 20회 되풀이하는 동안에 세계는, 즉 20증감하는 동안에 성립되고(成), 다음 20증감하는 동안에 머물러 있고(住), 다음 20증감하는 동안에 무너지고(壞), 다음 20증감하는 동안에 비어있다(空). 이렇게 세계는 成·住·壞·空을 되풀이하며, 이 4期를 大劫이라고 한다. 과거의 대겁을 莊嚴劫, 현재의 대겁을 賢劫이라고 하고, 미래의 대겁을 星宿劫이라고 한다. 현재의 대겁인 현겁의 住劫 때에는 구류손불, 구나함모니불, 가섭불, 석가모니불 등의 1천 부처님이 출현하여 세상의 중생을 구제한다. 이렇게 다수의 부처님이 출현하는 시기인 때문에 현겁이라고 한다는 것이다.[42] 불교적인 시간사유 속에서 수식되는 시간개념은 무한에 가깝다. 過去世의 가섭불이 설법하였던 연좌석이 용궁의 남쪽인 황룡사터에 존재한다는 것이다.

불교가 침체함이 얼마인지 기억할 수 없는데
오직 연좌석만이 그대로 남아 있네

---

41) 『삼국유사』 권제3 탑상 제4 「가섭불연좌석」.
42) 이민수역, 삼국유사, 을유문화사, 1990, p.214.

상전이 변해 몇 번이나 창해가 되었는가
아깝게도 우뚝한 채 아무 데로도 옮기지 않았네[43]

　연좌석의 존재야 말로 황룡사터가 과거의 신라에 불법의 인연이
있었다는 것을 증명하는 설화적인 증거물로 일연이 인식하고 있음
을 讚詩에서 알 수 있다. 용신신앙의 聖所를 불교적인 성역으로 변
화하여 인식하는 일연에게서 전통적인 자연신앙을 불교적인 신앙체
계로 해석해내려는 의도를 본다. 일연은 더 나아가 가섭불연좌석의
나이가 天地開闢하던 때보다도 더 오랜 연륜을 가지고 있다는 내용
으로 가섭불연좌석의 기록을 마치고 있다. 일연의 사고에 의하면
신라의 불교적인 인연은 천지창조가 시작되기 전부터 존재하여 왔
음을 말하고 있다. 황룡사장륙상의 渡來나 황룡사 9층탑의 이야기
도 신라 불연지라는 사상에서 형성된 설화로서 황룡사는 용신신앙
의 성역을 기반으로 하면서 불교화되어 간 신라불국토사상 내지는
호국불교사상의 종합사찰과 같은 성격을 지니고 있다.
　황룡사가 창사된 용궁남쪽의 공간이 가섭불이 설법하던 곳이라
고 하듯이 전불가람터로서 7곳을 상정하는 이야기를 「아도본비」에
서 볼 수 있다.[44] 고구려의 승 阿道가 어머니인 고도령에게서 들은
이야기로서 신라의 서울 안에 일곱 곳의 가람터가 있어서 3천여달
이 지나면 성왕이 나와서 불교를 크게 일으킬 것이라는 것이다. 그
일곱 옛절터는 다음과 같다.

---

43) 『삼국유사』 권제3 탑상 제4 「가섭불연좌석」. "惠日沈輝不記年　唯餘宴座石
　　依然　桑田幾度成滄海　可惜巍然尙未遷"
44) 『삼국유사』 권제1 홍법 제3 「아도기라」의 기록을 참고함.

1. 天鏡林-興輪寺 2. 三川岐-永興寺 3. 龍宮南-皇龍寺 4. 龍宮北-芬皇寺
5. 沙川尾-靈妙寺 6. 神遊林-天王寺 7. 脣請田-曇巖寺[45]

이 7곳의 공간은 기존의 전통적인 자연신을 모시던 성역이 아니었을까하는 의문을 가지게 한다. 용신신앙의 성역인 과거세의 가섭불이 주석하였던 곳이고 그곳에 연좌석이 존재하고 있다는 공간인식으로는 능히 신라의 경주에 있던 민간신앙적인 성역을 불교적인 전불가람터였다고 인식할 수 있다는 것이다. 이 터에는 후대에 모두 사찰들이 차례로 들어서고 있다. 신라의 전통적인 자연신앙의 성역을 불교가 접수하여 갔다고 볼 수 있다.

황룡사의 창사설화에는 두 가지의 종교적인 주제가 주축을 이룬다. 용신신앙과 불국토사상이다. 용신신앙은 용궁 남쪽이라는 성역의 공간에서 드러나고, 불국토신앙은 가섭불연좌석, 황룡사장륙, 황룡사 9층탑의 이야기에서 드러난다. 두 신앙은 호국성에서 공존할 수 있는 바탕을 마련할 수 있으며, 두 종교체계가 결합하여서 국가의 안위를 보장하는 구조는 사실 한국 건국신화에 내재한 기본구조이기도 하다. 건국신화에서는 天神과 水神의 결합에서 이루어지는 영웅의 탄생이 기본구조로 나타나고 있다면 천신에 해당하는 신이 불교가 전래되어 온 후에는 바로 불교적인 神體인 부처로 대체되고 있다. 이러한 경향은 왕권의 새로운 변화를 의미하기도 한다. 신라가 원래 불연지였다는 생각은 신라의 공간에 대한 새로운 인식이었다. 이 단절은 어디서 오는가 하는 문제는 역사학에서 설명할 수 있는 것이지만 불교가 신라에서 공인되기까지는 기존의 신앙체계의

---

45) 위와 같음.

저항이 있었으며, 이차돈의 순교로 비로소 공인될 수 있었다는 사실은 새로운 왕권이 지방의 귀족이나 호족의 세력을 누르고 김씨 계열의 왕권을 확립하는 정치적인 권력투쟁과 연결된다. 새로 권력을 확보한 김씨 계열의 왕족들은 신라의 전통적인 가치체계를 불교적인 가치체계로 바꾸어서 자신들의 이데올로기를 형성하려고 하였을 것이다. 불국토사상이 정치권력의 이데올로기로서 새롭게 형성되었다고 생각한다면 황룡사의 용신신앙 체계에 가섭불연좌석이나 장륙존상, 또는 9층탑의 이야기가 덧씌워지는 것을 이런 맥락에서 이해할 수 있다. 중국의 오대산에서 감응한 문수보살이 자장에게 술법한 내용은 신라 왕족의 혈통에 대한 불교적인 해석을 내리고 있다.

> 너희 국왕은 바로 천축의 刹利種의 왕으로 이미 佛記를 받았기 때문에 따로 인연이 있어 東夷共工의 종족과는 다른 것이다. 그러나 산천이 험한 탓으로 사람의 성질이 추하고 사나와서 邪見을 많이 믿는다. 그래서 때때로 혹 天神이 禍를 내리기도 하지만 多聞比丘가 나라 안에 있기 때문에 군신이 평안하고 만백성이 화평한 것이다.[46]

신라의 왕이 찰리종의 일족이어서 부처의 특별한 보살핌이 있다는 설화적 모티브는 신라의 호국적인 불교가 대외적인 안위를 위한 것이기도 하지만, 사실은 대내적인 효과도 거두고 있음을 간과할 수 없다. 산천이 험한 탓으로 사람의 성질이 추하고 사나워서 邪見

---

46) 『삼국유사』 권제3 탑상 제4 「황룡사구층탑」. "汝國王是天竺刹利種王 豫受佛記 故別有因緣 不同東夷共工之族 然以山川奇險故 人性醜悖 多信邪見 而時或天神降禍 然有多聞比丘 在於國中 是以君臣安泰 萬庶和平耳"

을 많이 믿는다는 설화는 바로 신라의 내부적인 상황을 암시하는 것으로 지방의 세력이 중앙의 권력집단에게 저항하는 양상을 의미한다. 신라의 시조인 박혁거세는 신화적인 탄생으로 보건데 卵生의 天神系列이라는 것이 공통된 인식이었으며, 신라 6부의 시조들도 역시 모두 하늘에서 강림한 천신계열이라는 인식이 불교적인 사유체계 속에서 새로운 인식의 틀로 변화하고 만 것이다. 건국신화적인 傳統價置를 거부하고 불교적인 세계관을 통해서 혈통에 대한 인식을 새롭게 하는 것은 이전의 가치를 뒤집은 것이었다. 이런 면에서 호국불교는 사실 신라 내부의 정치적인 권력투쟁에서 승리한 김씨계의 세력집단이 채택한 권력유지를 위한 불교 이데올로기였다.

황룡사창사설화와 황룡사를 중심으로 하여 형성된 불국토사상이나 호국불교적인 설화에 내재된 의미는 기존의 용신신앙을 누르기도 하고 포섭하기도 하면서 불교적인 이데올로기를 새롭게 형성하여 가는 신라 왕권의 강화로 해석할 수 있다. 신라 왕권의 강화를 위한 장치로서 가장 두드러진 것이 황룡사 9층탑의 이야기다. 자장이 중국의 오대산에서 大和池邊을 지나다가 나타난 神人에게서 황룡사에 9층탑을 세워서 왕의 권위를 세워야 한다는 受記를 받는 이야기는 신라의 왕권강화를 위한 새로운 장치라고 할 수 있다. 신인은 중국의 대화지의 용신으로 황룡사의 용신이 자신의 아들이라고 한다. 이러한 설화적인 의미는 중국의 권위를 빌어서 국내의 왕권의 정통성을 강조하려는 의도로도 풀이할 수 있다. 황룡사의 용신을 중국적인 神統記의 계열 속에 접맥함으로써 이룰 수 있는 효과는 국내적인 기존신앙의 맥을 단절하게 된다. 9층탑을 세우기 위해서 백제의 공장인 阿非知를 불러서 공역을 맡기는 문제도 이런 맥락에서 이해할 수 있다. 백제의 조탑기술이 월등하게 우수하였다는 점보다는 국내의 용신신앙 계열에 대한 불신과 그들의 불만을 피할 수 있는 방법으로 백제의 工匠을 불렀던 것이라는 해석이 가능하여진다.

> 선덕여왕이 여러 신하들에게 이 일을 의논하자 신하들은 말한다. "백제에서 공장이를 청해 데려와야겠습니다." 이에 보물과 비단을 가지고 백제에 가서 청하게 했다. 이리하여 이름을 아비지라고 하는 공장이가 명을 받고 와서 나무 돌을 재고 이간 용춘(혹은 용수)이 그 역사를 주관하는데 거느리고 일한 소장들은 2백 명이나 되었다.[47]

龍春은 태종 무열왕인 김춘추의 父로 바로 김씨 계열의 권력서열이 가장 앞섰으며, 이들을 중심으로 하여서 9층탑의 공사가 주도되었다. 9층탑은 문자 그대로 왕의 권력강화를 위한 상징물이었다. 9층탑을 세우고자 선덕여왕에게 건의한 자장도 또한 金氏系列의 인물이다.

> 大德 慈藏은 金氏다. 본래 진한의 眞骨 蘇判(삼급의 벼슬이름) 茂林의 아들이다. 그의 아버지는 청관요직을 지냈다. 뒤를 계승할 아들이 없으므로 三寶에 마음을 돌려 天部觀音에게 아들 하나 낳기를 바라고 이렇게 빌었다. "만일 아들을 낳게 되면 그 아이를 내놓아서 법해의 진량으로 삼겠습니다." 홀연히 그 어머니의 꿈에 별 하나가 떨어져서 품안으로 들어오더니 이내 태기가 있어서 아기 하나를 낳았는데 석존과 같은 날이므로 이름을 善宗郎이라 했다.[48]

---

47) 주 46)과 같은 책, 같은 곳. "善德王議於君臣 君臣曰 請工匠於百濟 然後方可 乃以寶帛請於百濟 工名阿非知 受命而來 經營木石 伊干龍春(一作龍樹) 幹蠱率小匠二百人"

자장은 大國統이 되어서 신라의 선덕여왕 당시의 종교계를 통할하는 직책을 가지고 신라불교의 戒律體系를 완성한다. 자장은 특히 오대산을 불교적인 성지로 삼아서 五方의 佛敎聖域을 조성하기도 한다. 자장이 황룡사의 용신신앙을 중국적인 용신신앙과 연결시켜서 신라고유의 용신신앙의 성격을 변질시키고, 중국의 오대산 신앙을 신라의 영역에 다시 모방하고, 대화사의 용신의 계법에 의해서 9층탑을 황룡사에 세우는 것 등은 호국불교사상을 중심으로 한 일종의 신라 종교개혁이라고 할 수 있는 일이었으며, 정치적으로 보면 왕권의 강화이었다. 9층탑은 신라 주위의 국가들을 복속시키는 진압의 기능을 가진 탑으로서 각 층마다 진압하는 국가를 열거하고 있다.

1층 - 日本, 2층 - 中華, 3층 - 吳越, 4층 - 托羅, 5층 - 鷹遊, 6층 - 靺鞨, 7층 - 契丹, 8층 - 女眞, 9층 - 穢貊[49]

탑을 세워서 국가적인 재앙을 진압하는 방법은 풍수지리적인 성격을 띤다. 풍수지리에서 裨補의 법으로서 지리적인 시각으로 보아 地氣가 약하거나 흉한 형국에서는 그 결함을 보완하는 것을 비보라고 한다. 비보적인 기능을 행하고자 하는 裨補寺刹이 고려에 와서

---

48) 『삼국유사』 권제4 의해 제5 「자장정률」. "大德慈藏 金氏 本辰韓眞骨蘇判 (三級爵名)茂林之子 其父歷官淸要 絶無後胤 乃歸心三寶 造于千部觀音 希生一息 祝曰 若生男子 捨作法海津梁 母忽夢星墜入懷 因有娠及誕 與釋尊同日 名善宗郎"

49) 『삼국유사』 권제3 탑상 제4 「황룡사 9층탑」. "若龍宮南皇龍寺建九層塔 則隣國之災可鎭 第一層日本 第二層中華 第三層吳越 第四層托羅 第五層鷹遊 第六層靺鞨 第七層丹國 第八層女狄 第九層穢貊"

는 성행하게 된다. 비보사찰의 원형을 황룡사 9층탑에서 찾을 수가 있을 것이다. 비보사찰은 고려말기인 14세기에 들면 불교사원의 건립연기 가운데 讖的 요소가 현저하게 많이 포함된다. 고려의 비보사찰의 성격은 황룡사 9층탑이 신라에서 유일한 비보적 사찰인 반면, 도선의 비보사탑설에 의해서 占定擇地하였다고 하는 사찰들이 고려 국내에 3,800곳이나 될 만큼 유행 확산되어 버린다.[50] 고려시대의 사찰은 거의 비보사찰임을 자처하게 된다. 고려시대의 비보사찰의 사상적인 전형이 황룡사 9층탑이라고 할 수 있다. 황룡사창사설화을 중심으로 하여 이루어지는 皇龍寺說話群은 호국불교 내지는 불국토사상이라는 특정한 불교적 사상체계를 형성하게 된다.

3) 대화사 창사설화

大和寺는 울산의 대화강 하류에 있던 절이다. 『삼국유사』의 기록에 의하면 자장이 신인을 빌기 위해서 지은 절이다. 이 신인은 『삼국유사』의 기록에 의하면 황룡사의 父龍으로서 자장에게 황룡사 9층탑을 짓도록 하는 계법을 주었던 용이기도 하다.

1. 자장이 중국의 대화지 곁을 지나다.
2. 대화지의 용이 신인으로 현신하다.
3. 대화지의 용이 계법을 자장에게 주고서 자신의 복을 빌어 줄 절을 경기 남쪽의 언덕에 지어 달라고 하다.
4. 자장이 귀국하여 9층탑을 세우고 창사하다.[51]

---

50) 양은용, 도선국사 비보사탑설의 연구, 선각국사도선의 신연구, 영암군, 삼화문화사, 1988, p.191에서 참고함.

단락 1에서 자장이 중국의 대화지라는 연못 곁을 지나감으로서 서사의 발단이 촉발된다. 그 이전에 자장은 오대산의 문수보살을 친견하고 授記를 받으며, 국가의 안위에 대한 불안감을 가지고 있었다. 대화지는 용신의 성역으로 자장이 이 공간에 들어선 것은 용신의 주술적 세력권을 범한 것이나 용신은 오대산 문수보살의 감화를 받은 호법룡이므로 자장에 대해서 거부적인 반응을 보이지 않고 오히려 자장이 가지고 있는 고민을 풀어주는 역할을 자임한다.

단락 2에서 자장은 신인으로 현신한 대화지용신을 만난다. 대화지의 용은 주술적 신력이 신인으로 변신한 데서 드러나고 자장이 신라의 안위에 대해서 고민을 하고 있음을 미리 알고 있어서 자장을 기다리고 있었음을 알 수 있다.

단락 3에서 용신은 자장에게 神託을 내려서 황룡사 9층탑을 세우고 자신의 복을 빌어줄 사찰의 창건을 부촉하고 사라진다. 자장은 용신의 신탁에 의하여 자신의 문제를 풀 수 있는 단서를 찾는다.

단락 4에서 자장이 신라로 돌아와서 9층탑을 세운 후에 대화사를 세운다. 대화사는 순수한 불교적인 공간이라기보다는 용신을 모시는 寺格을 가진 사찰이므로, 신을 일정한 공간에 좌정케하는 龍堂神話의 귀결과 같은 서사적인 결말을 맺는다.

대화사창사설화는 단락 1 - 자장이 용신의 성역으로 감, 단락 2 - 대화지 용신의 현현, 단락 3 - 용의 신탁, 단락 4 - 창사라는 서사진행이 이루어진다. 서사적인 전개는 용신굿의 절차와 매우 유사한 구조를 가지고 있다. 용신을 청해서 맞이하고 신탁을 들은 뒤에 송신

---

51) 『삼국유사』 권제3 탑상 제4 「황룡사 9층탑」.

하는 굿의 절차를 그대로 드러내고 있다. 대화사창사설화는 또한 文殊菩薩→梵天→大和池龍神→慈藏이라는 수직적인 위계를 가지고 있어서 용신이 범천과 문수보살이라는 불교적인 존재의 하위개념으로 위치하고 있는 양상을 보여주고, 이러한 신들의 층위는 수미산을 중심으로 한 불교적인 우주공간에서 무속의 용신이 불교의 신앙체계에 하위신으로 포섭되고 있는 양상이기도 하다.

대화사창사설화에 대한 용신신앙적인 이해는 현재 울산의 대화강 주변에 남아있는 용신신앙의 성역들을 배경으로 한다. 대화사의 위치는 『동국여지승람』의 기록에서 살펴보자.

> 울산고을은 동쪽과 남쪽으로 큰 바다에 접해있고, 서울과의 거리가 가장 멀다. 고을 서쪽 수리나 되는 곳에 큰 내가 흐르다가 동으로 꺾이어 바다로 들어간다. 그 내가 동으로 꺾이는 곳에 물이 더욱 넓고 깊으니 이곳을 황룡연이라 한다. 그 북쪽에 돌언덕이 깎은 듯이 벽처럼 섰으며, 물이 다시 남으로 구부러지고 동으로 도는 곳에 산이 높다랗게 있어 남쪽으로 버티고 섰는데, 이름있는 꽃과 이상한 풀, 海竹과 山茶가 겨울에도 무성하여 이를 藏春塢라고 한다. 신라 때에 비로소 절을 이 북쪽언덕에 세우고 大和라 하였는데, 서남쪽으로 누각을 이루었고 아래로는 못에 임했으며, 산은 들 밖으로 비켜나가고, 바다는 하늘 가에 연해 있어 여기 올라가 구경하는 아름다운 경치가 가장 奇勝이다.[52]

대화사가 있는 藏春塢는 자연경치가 아름다운 곳이어서 선비들

---

52) 『동국여지승람』 권제22 울산군 누정 대화루. "蔚爲州東南際巨海 去王京最遐距 州之西數里有大川 南流東折而入海 其東折也 水尤宏闊而澄深 日黃龍淵 其北石崖截然 壁立南邇而東廻 有山巍然 峙于水南 名花異卉海竹山茶 經冬馥郁 日藏春塢 新羅之時 始置寺于北崖之上 日大和 西南起樓下臨淵水山嶽 野外海捷天涯 登覽之美最爲奇勝"

이 유락할만한 장소라는 일종의 관광안내에 가까운 유학자의 글이지만, 대화사가 위치한 장소의 형상을 짐작케 하여준다. 바다에서 내륙으로 들어가는 대화강의 상류에 장춘오라는 산이 있으며, 대화강의 북쪽 언덕에 세워진 대화사는 절 앞에 黃龍淵이라는 못이 있다는 것을 알 수 있다. 대화강이 동으로 꺾이면서 바다로 들어가는데, 그 꺾이는 구비가 바로 황룡연이라고 불리고 있으며 "물이 더욱 넓고 맑으며 깊은 곳"(水尤宏闊而澄深)이기도 하다. 대화사는 대화강의 상류의 북쪽강안에 있는 장춘오라는 산의 남쪽 언덕에 자리를 잡고 있으며, 황룡연의 물굽이가 돌아가고 동쪽으로는 동해가 보이는 곳이다.

대화사 앞의 황룡연은 이름 그대로 용신신앙터라는 인식을 할 수 있어서 주목되는 장소이다. 이곳은 『삼국유사』의 기록에도 등장하는 용신앙터이기도 하다.

> 원효가 磻高寺에 있을 때에는 늘 朗智를 가서 뵈니 그는 원효에게 初章觀文과 安身事心論을 저술하게 했다. 원효가 짓기를 끝마친 후에 은사 문선을 시켜 책을 받들어 보내면서 그 편미에 偈句를 적었다.
>
> 서쪽 골의 중이 머리 조아려
> 동쪽 봉우리 상덕 고암 앞에 예하노라
> 가는 티끌 불어보내 영취산에 보태고
> 잔물 방울 날리어 용연에 던지도다
>
> 동쪽에 대화강이 있다. 이는 곧 중국 大和池의 龍의 복을 빌기 위해 만들었으므로 龍淵이라 한다.[53]

---

53) 『삼국유사』 권제5 피은 제8 「낭지승운보현수」. "元曉住磻高寺時 常往謁智

靈鷲山에서 흘러내린 물이 대화강을 이루어서 두 공간은 서로 연결이 되어있다. 특히 영취산은 그곳에 자장이 통도사를 창건하고 불교적인 성역으로 조성하였던 공간이다. 자장은 대화강의 대화사로부터 거슬러 올라가서 영취산의 통도사 그리고 경주의 황룡사, 강릉 오대산에 이르기까지 불교적인 성역만들기를 하였다는 것을 알 수 있다. 대화강의 황룡연은 위에서 보듯 龍淵이라고 부르고 있어 황룡연을 용신신앙터로서 인식하고 있음을 현지인 울산에서 구전하는 자료에서 잘 드러난다. 현지민들은 절 아래의 "물이 도는 곳"인 황룡연을 "龍黔沼"라고 부르고 있으며, 고려 6대 성종이 그곳에서 고기를 잡아먹고서 동해용왕의 厄을 받아서 죽었다는 이야기가 전한다. 고려 성종이 대화강의 대화루에 와서 유락을 하면서 노는데 바다의 큰 大魚가 황룡연에 와서 나타나는 것을 보고서 그 고기를 잡았다는 이야기를 하면서 성종의 죽음이 그 고기를 잡아먹은 데에 있다고 한다.

> 동해의 용왕이, "성종대왕이 오셨는데, 가져가서 송도, 그때 개성이죠, 개성에 가져가서 잡수시라고 진귀한 고기를 보냈다" 이렇게 얘기를 하고 말을 하면서 물에 들어가가지고 그 큰 대어를 생포를 해 잡았어요. 잡아가지고 왕이 서울 송도로 돌아갈 때 그 꾸러미 싸 가지고 소금에 감을 해가지고 주었다고 그래요. 왕이 이것을 들고 송도로 가가지고 높은 벼슬아치들하고 나누어 먹었는데, 우연한 일치인가는 몰라도 그 고기를 왕이 잡숫고 득병을 해서 승하를 했다 그 참 세상을 떠나 갔다 하는 얘깁니다. 나중에 사람들은 "몰라서 그렇지, 동해용왕이, 왕이 왔다고 그래서, 즐거운 하나 환영사 환영

令著初章觀文及安身事心論 曉撰訖使隱士文善奉書馳達 其篇尾述偈云 西谷沙彌稽首禮 東岳上德高巖前 吹以細塵補鷲岳 飛以微滴投龍淵(云云) 山之東有大和江 乃爲中國大和之龍 植福所創 故云龍淵"

사절을 보냈는데, 그거로 잡아 먹었는데, 벌을 받지 않을 수가 있느냐? 그
래 가지고서 왕이 병이 나서, 추기를 받아서 죽었다 그렇게 우리 지방 사람
들은 말을, 촌로들은 얘기를 한답니다.[54]

　구비자료에서 보듯이 성종의 죽음을 황룡연에 있는 동해용왕의
"추기"에 두고 있다. 용신신앙터에서 놀이를 하던 성종이 용신의 성
역에 대해 瀆神的인 태도를 보이자 용신이 신력을 드러내어 보이기
위해서, 대어를 현신시켰으나 용신의 신력을 무시하고 그 고기를 잡
어먹어 버리자 왕에게 재앙을 내린 것이라고 구비자료를 해석할 수
있다. 성종의 죽음에 대한 기록으로는 『고려사』와 『동국여지승람』
의 자료를 들 수 있다. 『고려사』의 기록은 왕이 대화루에 가서 군신
과 향연을 하고 대어를 해중에서 잡았다고 하면서도 왕이 죽음과
직접적으로 연결을 짓지는 않고 다만 암시하고 있을 뿐이다.

　9월에 드디어 興禮府에 행차하여 대화루에 나아가 군신을 饗宴하였다.
　大魚를 海中에서 잡았다. 왕이 질환이 나 己巳에 東京으로 돌아왔다. 겨울
　十月에 왕의 병세가 더욱 심하였다. 開寧君 誦을 불러 친히 誓言을 내려 왕
　위를 전하고 內天王寺에 移御하였다.[55]

　『고려사』의 기록은 史實을 객관적으로 기록하는 역사기술이므로
대어를 황룡연에서 잡은 사실과 왕의 죽음의 관련성을 간접적으로

54) 한국구비문학대계 8-12(경남) 울산시설화(47), p.115. 자장율사와 태화사지
　　주변지명유래.
55) 『고려사』 권3 세가 권제3 성종 16년. "九月 遂幸興禮府 御大和樓 宴君臣
　　捕大魚御海中 王不豫 己巳至自東京 冬十月戊午王疾大漸 召開寧君誦 親降
　　誓言 傳位 移御內天王寺"

암시하는 정도로 그치고 있으나 『동국여지승람』의 기록은 두 사실을 좀 더 직접적인 인과관계로 이어주고 있다. 고기를 잡은 사실이 원인이 되어서 왕의 죽게 되었다는 기록이 『동국여지승람』의 기록이다.

> 고려성종이 東京으로부터 홍례부를 지나다가 大和樓에 거동하여 여러 신하들과 잔치를 열고 서로 酬唱하며 또 바다에서 대어를 잡았더니 이로부터 왕의 몸이 편치 않아 서울에 들어오자 드디어 薨했다.[56]

두 기록은 기록태도에 차이가 있으나 대화사 앞의 여울인 황룡연이 용신신앙의 성역임을 알게 하는 자료이다. 대화강은 바다에서 내륙으로 들어오는 통로로서 예전부터 국제적인 선박이나 외국의 상인들이나 사신들이 드나들었던 강이며 특히 울산은 외국의 문물을 받아들이는 항구였다고 짐작할 수 있다. 황룡연에서 더 상류로 올라가면 立巖淵이라는 용신신앙터가 있다.

이곳은 彦陽縣에서 흘러오는 南川과 영취산에서 내려오는 鷲成川이 합쳐 흘러서 못을 이루었고, 바위가 물 가운데 탑같이 서있으며, 그 물이 검푸르러서 용이 있으며, 가물 때 비를 빌면 응험이 있다는 이야기가 전하며,[57] 대화사의 황룡연, 대화강 상류의 입암연, 그리고 영취산의 9룡지 등의 용신신앙터는 대화강을 따라 상류로 이어진다. 또 영취산 일대는 통도사 이외에도 감은사, 망해사 등의

---

56) 『동국여지승람』 권제22 울산 누정 대화루. "高麗成宗 自東京過興麗府 御大和樓 宴君臣相酬唱 又捕大魚於海中 自是王不豫還京遂薨"
57) 위와 같은 책, 같은 권, 울산군 산천 입암연. "在郡西二十里 彦陽縣南川及趣城川合流 爲此淵 有巖立水中如塔 其水踰碧 世傳有龍 天旱禱雨有應"

용신당 성격의 사찰들이 자리잡고 있어서 동해라는 바다와 대화강이라는 강과 영취산의 연못이 서로 연결되어서 용신신앙의 지역적인 특성을 강하게 드러내고 있다. 자장은 못과 강과 바다가 연결되어지는 신라의 용신신앙의 신앙체계를 불교를 중심으로 한 중국적인 신앙체계로 바꾸고서, 불교적인 포섭을 통해서 새로운 성역만들기를 시도하였다. 대화강 주변의 용신신앙을 중국의 용신신앙에 淵源을 대고, 나아가서는 황룡사의 용신까지도 중국의 대화지의 용의 아들이라고 하는 새로운 용신신앙체계의 재편을 시도하고 있다. 용신신앙체계의 새로운 편성은 물론 불교적인 신앙체계의 하부적인 위치에 용신을 포섭하려는 의도에서 비롯되었을 것이다. 자장의 시도에 반발하는 용신이 통도사의 9룡지의 용신이었다고 본다.

용신신앙은 수성적인 속성으로 水神系列이라고 할 수 있다. 신라의 수신계열은 뿌리 깊은 토착성과 고유한 신앙체계를 이루고 있어서 박혁거세와 알영, 탈해왕의 도해 등의 건국신화에서부터 일관된 맥을 가지고 용신신앙이 전개되어 왔다. 신라의 수신계열의 용신신앙을 중국적인 용신앙체계와 연맥을 대고 신라고유의 전통적인 수신계열에 대한 개편을 자장이 불교적인 시각에서 시도하고 있다는 생각을 한다.

자장은 산신계열의 신앙체계도 개편을 시도하여 오대산을 중심으로 한 불교적인 성지의 조성을 시도한다. 오대산은 중국에서도 문수보살의 현신감응처로 이름이 높은 불교성지로서 자장이 중국의 오대산성지를 강릉지방에 모방하는 것도 역시 신라의 산신신앙을 불교적인 종교체계 속에 편입시키려는 시도였다. 중국의 오대산은 중국의 4대 명산의 하나로 이름이 나있다.

중국불교 4대 명산의 하나로 淸涼山이라고 부른다. 산서성 오대현 북부에 있으며, 文殊菩薩의 도량으로 전해오고 있다. 주위가 5백리로 다섯 봉우리로 둘러 이루어졌으며, 다섯봉우리가 높이 솟아 봉우리 꼭대기는 평탄하고 넓어 흙을 쌓은 臺와 같아 五臺山이라 부른다. 五臺의 정상에는 각각 한 봉마다 이름난 寺院이 있다. 동대의 망해봉에 망해사가 있으며, 서대의 계월봉에 법운사가 있으며, 중대의 취암봉에 연교사가 있으며, 남대의 금수봉에 보제사가 있으며, 북대에는 염두봉에 영은사가 있다.[58]

중국의 오대산에 사찰을 배치하는 양상은 자장에 의하여 그대로 모방된다. 자장은 신라 오대산에서 문수보살의 현신을 보고 오대산을 불교의 성역으로 치장한다. 그 후 오대산은 보천, 효명의 두 왕자의 수도처가 되고 다섯의 대에서 각기 다른 불, 보살의 현신을 친견한다.

> 동쪽대 - 만월산 - 일만의 관음보살
> 남쪽대 - 기린산 - 8대보살을 우두머리로 한 일만의 지장보살
> 서쪽대 - 장령산 - 무량수여래를 우두머리로 한 일만의 대세지보살
> 북쪽대 - 상왕산 - 석가를 우두머리로 한 5백의 대아라한상
> 중앙대 - 풍로산(지로산) - 비로자나불을 우두머리로 한 일만의 문수보살[59]

위에서 보듯이 5대에서는 각기 다른 불보살들이 주처하고 있으며, 그 불보살에 맞는 사찰들이 5대에 들어선다. 보천태자가 원적하

---

58) 중국대백과전서, 북경, 중국대백과전서출판사, 1988, p.423. 오대산. "中國佛敎四大名山之一 又名淸涼山 在山西五臺縣北部 相傳爲文殊菩薩應化的道場 方圓五百里 由五座山峰環抱而成 五峰高聳 峰頂平坦實廣 如疊土之臺 故稱五臺山 五臺之嶺 各有一峰名和寺院 東臺有望海峰望海寺 西臺有桂月峰法雲寺 中臺有翠巖峰演敎寺 南臺有錦繡峰普濟寺 北臺有葉斗峰靈隱寺"
59) 『삼국유사』권제3 탑상 제4「대산오만진신」참고

는 날의 기록에는 다음과 같은 사찰들을 5대에 두고서 각대에서는
다시 복전승들을 다섯 명씩 두어서 社를 짓고서 주처하는 불·보살
들의 불경을 밤낮으로 읽도록 하는 佛敎結社를 형성한다.

동쪽대 - 관음방 - 원통사
남쪽대 - 지장방 - 금강사
서쪽대 - 미타방 - 수정사
북쪽대 - 나한당 - 백련사
중앙대 - 진여원 - 화엄사[60]

불교적인 성역화는 수신계열인 용신신앙의 성역이나 산신계열인
산악신에 걸쳐서 먼저 중국적인 모방을 하면서 불교화하여 갔다는
것이다. 수신계열과 산신계열의 전통적인 신앙체계를 중국의 양상
을 모방하여 신라에 이식하고 불교적인 종교인식논리 속에 편입시
키려는 자장의 시도는 강력한 護國佛敎의 실천이었다. 대화사창사
설화는 자장의 호국불교적인 실천의 수신계열에 대한 중국화의 한
개편에 해당하는 의미를 지니고 있다. 원래는 신라의 고유한 용신
신앙터였던 울산지역의 대화강 유역을 중국적인 용신신앙의 성역으
로 일차적으로 개편하고 다시 불교적인 하위신앙체계로 편입시키려
는 자장의 호국불교는 대화사 뿐만 아니고 대화강을 따라서 형성된
신라수신계열의 신앙인 용신신앙의 지역을 개편하는 시도였다. 대
화사는 자장의 신라 용신신앙의 중국화의 거점과도 같은 사찰이 아
니었을까 한다.
　　자장은 황룡사의 용신을 중국의 대화지의 용신의 아들로 설정함

---

60) 위와 같은 책, 같은 곳.

으로써 황룡사의 용신의 성격을 호법룡으로 규정하고 중국적인 민간신앙의 권위를 차용하여서 신라용신신앙을 중국화하고 있다. "황룡사의 호법룡은 바로 나의 큰아들이요. 범왕의 명령을 받아 그 절에서 와서 보호하고 있으니 본국에 돌아가거든 절 안에 9층탑을 세우시오."[61]라는 대화지 용신의 신탁은 신라 용신신앙을 불교적인 신앙체계로 흡수하는 양상을 보여준다. 자장이 중국의 대화지의 용신과의 만남은 문수보살의 불교적인 사유에 의해서 이루어 진 일이다. 자장은 신라에 돌아와서 신라의 오대산에 문수보살을 중심으로 하는 불교적인 성지를 만들어간다. 오대산신앙이라고 할 수 있는 불교적인 성역의 설정은 자장이 호국적인 불법을 완성하여 가는 한 과정이기도 하다.

4) 감은사 창사설화

感恩寺는 경상북도 월성군 양북면 용당리에 터가 남아 있으며, 거대한 礎石과 2基의 삼층석탑이 유존하고 있으며, 전면을 관류하는 大鐘川의 河口에 가까운 해중에는 문무왕의 火葬散骨處라고 전하는 大王巖의 암초가 있어서 유명하다. 신라에서는 국가적으로 중요시하여서 感恩寺成典을[62] 마련하여서 감은사를 보살피는 직책을

---

61) 위와 같은 책, 같은 곳.
62) 『삼국사기』 권제38 잡지 제7 직관 상 감은사성전.
  경덕왕(35대) 때 이 感恩寺成典을 修營感恩寺使院으로 고친 기록으로부터 혜공왕(36대), 애장왕(40대)에 이르기까지 감은사성전의 인원의 변천을 기록하고 있다. 이 기록으로 보면 감은사는 신라후기까지도 국가적인 보호를 받았던 사찰임을 알 수 있다.

마련하였으며, 역대의 왕들
이 감은사에 와서 望海祭
를[63] 드리었다. 감은사의 창
사와 직접적인 관련을 맺고
있는 창사설화의 핵심모티
브는 대왕암이다.

『삼국유사』의 「문호왕법
민」과 「만파식적」에 있는
대왕암의 이야기는 역사적
으로는 문무대왕이 死後에
동해대룡이 되어서 海中陵
에 水葬이 되기까지의 이야

〈감은사지 3층석탑〉

기이기도 하지만, 민속적인 시각으로 보자면 文武大王龍神이 대왕
암에 좌정하기까지의 본풀이적인 敍事物로서 용신의 내력을 풀어주
는 堂神話라고 볼 수 있다. 경북 월성군 양북면의 동해안 지역에
있는 대왕암이 문무대왕이라는 특정한 인물과 연결되기 전에는 순
수한 용신의 신앙터였을 것이다. 순수한 용신앙터였을 해변가의 바
위가 문무왕이 수장된 후에 대왕암이라는 명칭으로 불리우고 문무
대왕이 좌정하는 호법용 또는 호국용의 신앙의 성역으로 변모하였
을 것이다.

대왕암이 가지고 있는 용신신앙적인 說話層位의 가능성은 "댕바
위"자료에서 비교적 선명하게 드러난다. 댕바위는 울산시의 일산동

<hr>

63) 감은사에 와서 국왕이 望海祭를 드린 기록은 『삼국사기』 신라본기의 기록
   에는 혜공왕(36대) 12년 정월과 경문왕(48대) 4년 2월의 사례가 있다.

바닷가에 있는 작은 바위이며, 문무대왕의 왕비와 관련이 있다. 댕바위에 대한 이야기는 3가지 變異(version)로 전승되고 있어서 내용을 구분하자면 첫째는 댕바위가 원래는 龍墜巖으로서 단순한 용의 주거지였다는 자료이며, 둘째는 용의 주거지라는 설화적인 인식을

〈동해구의 대왕암〉

바탕으로 하여 형성된 龍神祭儀說話이며, 셋째는 댕바위는 문무왕의 왕비가 용이 되어서 잠긴 대왕바위라는 자료이다. 순수한 용에 관한 이야기는 龍墜巖說話다. 댕바위의 異稱이기도 하는 용추암은 아마도 이 바위의 본래 이름이었을 것이다.

현지 노인들은 문무왕비와 관련을 모르고 그저 용이 승천하다가 그 바위에 떨어져 죽었기 때문에 용추암이라고 한다고 한다. 그 증거로는 용의 피가 묻어 그 바위가 붉다고 한다.[64]

---

64) 한국구비문학대계(경남편) 8-12, 울산시설화 6, p.38. 댕바위.

현지의 구전설화는 승천하지 못한 용의 이야기로, 바닷가의 바위가 설화적인 상상력을 자극하여 초기적인 상태에서 형성된 자료로 용에 관한 단순한 형태의 龍說話이기도 하다. 초기의 단순한 용설화를 바탕으로 하여 용신신앙적인 용신제의설화가 형성되어 간다.

> 옛날에 댕바위의 북편에 용굴이 있는데, 이곳에 청룡이 살면서 뱃길을 가는 사람들을 괴롭혀서 동해대왕이 청룡이 밖으로 못 나오게 큰 돌을 넣어 막았다고 하여 댕바위에 용왕제를 지냈다고 한다. 그래서 지금도 일산진 별신굿을 할 때는 제단을 이 바위를 향해서 차린다고 한다.[65]

현지구전자료는 용추암(댕바위)이 용신신앙과 관련된 이야기로 龍神祭儀說話라고 부를 수 있는 자료이다. 동해바다의 작은 바위섬에 龍神祭를 베풀게 된 내력을 풀어서 이야기하는 일종의 堂神話라고 할 수 있어서 지금도 일산진 별신굿을 할 때는 이 바위를 향해서 제단을 차린다고 한다. 단순한 형태의 용설화를 바탕으로 하여서 용신앙과 관련된 제의적인 당설화가 형성되어가는 과정을 두 구전자료에서 볼 수 있다. 다음 단계의 설화의 변이는 용추암이 문무왕비와 관련을 맺게 된 것으로 경상북도 월성군 양북면에 있는 문무왕의 대왕암에 영향을 받아서 이루어졌을 것이다.

> 울산시 일산동에 울기 등대가 있는 그 산을 댕바위산이라고 합니다. 댕바위산 맨 끝에는 대왕바위카는 바위가 있습니다. 이것이 줄아서(줄여서) 댕바위라고도 하고, 또 한편으로는 용추암이라고도 지방 사람들은 불러옵니다. 불러오는데 지금까지 구전돼 내려오기로는 지금까지 문무왕이 돌가서(죽어

---

65) 위와 같은 책, 같은 곳.

서) 동해용이 돼서 일본(일본의 침략)을 지키겠다. 이랴서 동해용이 됐는데, 그 왕비께서도 역시 돌아가서 용이 돼가지고 그 용이 날아 가지고 이 댕바위에 자무랐다(잠겼다) 그래서 댕바위라칸다고 전해오고 있습니다.[66]

이 구전자료의 핵심은 문무왕의 왕비도 死後에 용이 되어서 댕바위에 잠겨들어갔다는 것이다. 댕바위의 설화적 층위는 순수한 龍說話 - 龍神祭儀說話 - 大王바위(댕바위)說話의 단계로 형성되어 가고 있다. 댕바위의 설화적인 층위는 순수한 용설화와 용신제의적인 설화를 저층으로 하고서 문무왕비의 化龍話素가 상층에 씌워진 설화적 積層樣相을 띤다. 댕바위에 대한 세 변이는 서로간에 순차적인 영향을 주면서 각기 독립되어 구전되어 현재까지 채록되고 있는 설정이기도 하다. 댕바위에 관한 설화적인 의미층위의 변화는 설화전승자들이 가지고 있는 증거물에 대한 인식의 변화와 궤적을 같이할 것이다. 울산시의 바닷가에 있는 이 바위의 명칭이 용추암 또는 댕바위(대왕바위)라고 서로 다르게 불리우는 이면에는 설화전승자들이 지니고 있는 종교문화적인 인식의 차이에 의해서이다. 이 바위를 용과 관련지어서 용신제의적인 설화가 형성되었다가 경북 월성군 양북면에 있는 문무왕의 海中陵의 영향을 받아서 문무왕비의 해중룡과 같은 인식을 하게 되어서 댕바위설화로 변이된 것이다.

울산에 있는 댕바위설화가 변이하여 가는 과정을 분석하는 방법론적인 틀을 경북 월성군에 있는 문무대왕의 대왕암이야기를 분석하는 데에도 적용할 수 있을 것이다. 대왕암은 원래 순수한 용신앙의 성역이었다가 이곳이 문무왕의 수장처가 되자 기존의 용신성역

---

66) 위와 같은 책, 같은 곳.

이 문무왕이라는 東海大龍神의 성역으로 바뀌어졌을 것이다. 대왕
암이야기는 문무왕이 동해대룡으로 좌정하는 내력의 본풀이적인 당
신화라는 인식이 여기서 가능하게 된다. 대왕암의 모습을 먼저 살
펴보고자 한다.

> 海中의 巖礁는 자연의 배치인데 중앙에 大巖이 자리잡았고 그 주위에 작은
> 바위들이 둘려 있는 것은 天成의 조화임을 먼저 깨닫게 한다. 이 대암의 중
> 심에서 동서로 길게 파진 오목한 곳에 人工을 가하여 그 중앙 위치에 長方形
> 의 石室을 마련하였을 것인데 해수를 東端에서 取水하여 서쪽으로 排水되도
> 록 水路의 高低를 잡은 것도 또 인공에 의한 掘鑿인 것이다. 그리하여 이와
> 같은 中央石室 한 복판에 하나의 거대한 돌을 남북선을 따리 배치하였으니
> 이 거암이야말로 그의 藏骨을 위한 覆蓋石이며 일종의 石棺蓋에 상당한 것이
> 틀림없는 일이라 하겠다.[67]

대왕암이 문무왕의 해중능이라는 기록은 『삼국사기』이래 잘 알
려진 사실이므로 해중릉이 있는 지역의 지역민들은 대왕암을 신성
시하여 오고 있다. 삼국을 통일한 신라의 국왕인 문무왕이 수장된
대왕암의 역사적 사실은 그 사실의 전개만으로도 이전의 바다바위
에 대한 이야기의 기억들을 모두 뒤덮어버릴 만큼 큰 사건이어서
설화적으로도 충격적이었다고 할 수 있다. 우리가 울산의 「댕바위
이야기」에서 보는 단순한 용설화나 용신제의적인 당신화의 이야기
를 대왕암에서는 현지에서 볼 수 없는 연유를 문무왕의 水葬處라는
충격적인 역사적 사건으로 인하여 기존의 용신신앙적인 설화가 소
멸되어 버렸다고 생각한다. 대왕암이야기에서 기존의 용신신앙적인

---

67) 정영호, 삼국유사 고고학, 삼국유사의 신연구 창간호, 신라문화선양회, 서
    울, 서경문화사, 1991, p.51.

요소의 話素를 찾는다면 "龍"과 "護國"이다. 문무왕이 죽어서 "崇奉佛法 守護邦家"하겠다는 용은 그 이면에는 엄연히 무속적인 민속의 용이 내재하고 있으며, 호국이 불교적 용의 한 기능이기도 하지만 역시 민속적인 용신신앙의 기능과도 복합되어 있다. 호국하는 용은 불교적인 용(NAGA)만이 아니고 전래의 전통적인 용도 건국신화에서부터 호국의 기능을 가지고 있었다. 전통적인 민간신앙적인 용설화에서도 이러한 용의 역할이 설화되고 있다. 울산시의 처용암설화에서는 임진왜란이 일어나자 처용암의 용이 왜군의 배를 깨뜨리고 왜군을 물리치게 하였다는 이야기가 있다.[68] 호국성은 전통적인 한국용의 속성이었다. 동해의 용이 왜구를 막기 위해서 왜구의 근거지인 섬들을 꼬리로 쳐서 없앴다거나, 왜구들의 배를 바람을 불게 하여 침몰을 시켜서 물리치게 하였다거나 하는 화소는 불교의 영향을 받기 이전의 용신의 호국기능이었다. 민속적인 용신앙의 종교적 바탕에 불교적 용의 설화적 融合이 이루어진 것이 바로 문무왕의 화룡이며, 대왕암이야기이다.

대왕암이 원래 용신의 성역이었다는 것을 울산의 「댕바위이야기」를 분석하는 틀을 이용하여서 유추하여 보았다. 대왕암이야기의 형성도 「댕바위이야기」의 형성과 같은 과정을 거쳐서 이루어졌다는 것을 생각할 수 있다면 대왕암이야기는 원래 용신이 거기에 자리를 잡게 되는 내력을 풀이하여 주는 堂神話의 하나라는 것이다. 용신을 위한 사찰인 감은사는 역시 용당적인 성격이 짙은 사찰이었다는 것을 말할 수 있다. 감은사와 대왕암을 잇는 지역은 일종의 龍神信

---

68) 정영호, 삼국유사 고고학, 삼국유사의 신연구 창간호, 신라문화선양회, 서울, 서경문화사, 1991, p.51.

仰地域에 속한다고 할 수 있을 정도로 용과 관련 있는 지명과 지형이 많다. 우선 감은사라는 사찰의 구조가 현재 남아있는 구조로 보아서 바다의 대왕암과 용이 왕래할 수 있도록 龍穴을 팠다는 기록이 있다.

> 金堂 섬돌 아래에 동쪽을 향해서 구멍을 하나 뚫어 두었으니 용이 절에 들어와서 돌아다니게 하기 위한 것이다.[69]

용혈은 龍井의 일종으로 생각되며, 용관련창사로 된 사찰에서는 대개 발견되고 있다. 용혈은 감은사의 발굴조사에서도 발견되었던 것으로 알려지고 있으며, 동국여지승람의 기록에도 그 존재가 아직 남아있다는 보고가 기록되어 있다.

> (감은사는) 부의 동쪽 50리에 있다. 그 동쪽 3리에 이견대가 있다. 사중고기에 이르기를 "신라의 문무왕이 유조로 뼈를 동해가에 장사지내게 하고 드디어 바다의 용이 되니, 신문왕이 부왕을 위하여 절을 동해상에 창건하였다. 금당의 문지방 밑에 한 구멍을 벌여 놓았으니 곧 용이 절에 들어와서 돌던 곳이다. 그 구멍이 지금까지 남아있다" 하였다.[70]

용혈 또는 용우물은 강을 통하여 바다에 있는 대왕암으로 연결되므로 대왕암과 감은사를 왕래하는 용의 길이며 용의 住處이다.

---

69) 『삼국유사』 권제2 기이 제2 「만파식적」. "排金堂砌下 東向開一穴 乃龍之入海 旋繞之備"

70) 『동국여지승람』 권제 21 경주부 불우 감은사. "在府東五十里 其東三里有利見臺 寺中古記云 新羅文武王遺詔 藏骨於東海邊 爲海龍 神文王爲父王 創寺於東海上 金堂切下 開一穴 龍之入寺繞之處 其穴至今尙在"

감은사의 가람배치는 금당을 중심으로 하여서 쌍탑이 배치된 전형적인 통일후의 가람양식을 지니고 있기 때문에[71] 용우물이 금당의 문지방 바로 아래에 있다는 위 기록을 참고한다면 사찰영역내에서 가장 중심에 놓이게 된다. 금당과 두 탑의 삼각구도 속에서 그 중심에 용우물이 놓이게 된다는 것이다. 용우물이 바다로 연결되어가는 지역은 바로 용신신앙의 성역이라고 부를 수 있을 정도로 용과 연관이 깊은 지점들이 있다. 감은사에서 동해의 대왕암까지 이어지는 지역의 현지조사기록이 있어서 들어보고자 한다.

> 감은사지에 서면 동쪽에 바로 대왕암이 보인다. 대본해수욕장 왼편으로는 토함산에서 발원하여 감은사지 앞을 지나 바다로 흘러드는 대종천이 있다. 추측컨대, 대종천의 물길이 옛날에는 감은사 바로 밑을 흘렀으며, 동해용은 대종천을 거슬러 올라와 감은사 금당 밑의 구멍을 통해 오갔음직하다. 절 남쪽에는 용담이라 불리는 못이 아직 남아있다. 이 못과 절이 연결되어 용이 드나들 수 있도록 배려되었다고 본다면, 대종천과 이 못이 연결됐으리라는 추측을 쉽게 해볼 수 있다.[72]

이 기록에서 본다면 감은사와 대왕암 사이의 연결은, 大王巖 - 大鐘川 - 龍淵 - 龍穴 - 感恩寺의 통로를 통해서 이루어지고 있다는 것을 알 수 있다. 이러한 지리적인 상황은 바로 용신신앙이 바다에 있는 대왕암에서 발원하여 대종천이라는 강을 따라 내륙지역으로

---

71) 한국불교연구원, 신라의 폐사 1, 일지사, p.43.
　　감은사지 가라배치도(조선건축사 부도제148)에 의하면 금당의 중심점을 꼭지점으로 하고 두 탑이 삼각형의 밑변의 두 점으로 설정될 수 있는 대칭을 이룬다. 이 삼각구도 속의 가람에서 용혈은 가장 중심에 위치하였을 것이라는 것을 상상할 수 있다.
72) 이하석, 삼국유사의 현장기행, 문예산책, 1995, p.86.

들어와서 용연이라는 연못을 지나 금당문턱에 있는 용혈을 통해 감은사로 이어지고 있다. 감은사가 있는 산을 龍堂山이라고 부르며, 감은사가 있는 마을을 龍堂里라고 한다는 것은 감은사가 지니고 있는 용신앙적인 특징을 더 강하게 한다.

감은사는 불교적인 사찰이라기보다는 용신신앙의 성역에 더 가까운 성소라는 것이다. 利見臺는 대왕암에 가장 근접한 바닷가에 있어서 문무대용왕에게 용왕제의를 베풀었던 제의적인 장소였다고 생각한다. 대왕암에서 대종천을 따라 용당리의 감은사까지 이어지는 이 지역은 동해용신의 성역이라고 부를 수 있을 만큼 용신신앙적인 종교적 특성을 지니고 있다.

감은사에 관한 연구가 역사적인 측면에서나 불교적인 측면에서만 이루어지게 되면 감은사의 사찰의 성격은 불교적인 호법룡, 호국룡을 중심으로 치우치게 되지만 민속학적인 측면에서 보게 되면 전통적인 용신신앙의 기반을 고찰하여 가면서 호법, 호국의 용을 규명할 수 있는 방법론이 가능하다. 『삼국사기』에서 대종천의 河口를 "東海口"[73]라고 명명하는 용신신앙지역이 신라의 국방상 요충지이며, 그곳에 있는 대왕암은 용신의 성소로서 개인적인 祈福의 신앙형태를 넘어 외침을 막아주는 국가 수호적인 재래의 용신이 주처하는 곳이었다. 대종천의 하구를 따라 龍潭과 龍穴을 거쳐 감은사에 이르는 이 지역은 용신신앙의 성소였으나, 문무왕의 대왕암 수장으로 말미암아 감은사의 성격이 호국사찰로서 확대되었을 것이다.

---

73) 『삼국사기』 권제7 신라본기 제7 문무왕 21년 7월조. "秋七月 王薨 諡曰文武 群臣以遺言葬東海口大石上 俗傳王化爲龍 仍指其石爲大王巖"

3. 용신구축형 창사설화

1) 통도사 창사설화

通度寺는 자장이 唐에서 귀국한 후에 황룡사의 9층탑을 세우고 울산의 대화사와 함께 창사한 사찰이다. 통도사가 자리를 잡은 영취산에는 이 절을 중심으로 현재 산내암자 13암이 있어서 광대한 불교도량을 이루고 있다. 통도사의 창사설화를 『삼국유사』를 위시하여 寺中記에 속하는 「통도사사리가사약록」, 「통도사창사유서」, 「영취산통도사사략」 등의 자료와 『한국구비문학대계』의 구전자료를 이용하여 고찰하고자 한다. 『삼국유사』 기록은 탑상편의 「전후소장사리」, 「황룡사 9층탑」, 「대산오만진신」, 의해편의 「자장정률」, 피은편의 「낭지승운·보현수」, 「연회도명」 등에서 자장의 전기와 통도사창사, 영취산 지역의 신앙적 성격에 관한 자료를 찾을 수 있으며, 사중기에서도 역시 자장의 일생과 통도사창사와 통도사 절터의 용신신앙에 관한 자료를 찾을 수 있으며, 구전자료는 통도사터의 토착적인 용신신앙의 양상을 보여준다. 이 이외에도 『삼국사기』와 『신증동국여지승람』도 영취산을 중심으로 형성된 용신신앙의 자취를 볼 수 있는 자료들이다.

통도사창사는 자장이라는 인물이 주도하여 이루어지는데 자장이 입당하여 황룡사 9층탑과 사찰건립의 뜻을 세운 후 귀국하여 불사를 일으킨다. 이 과정을 修道 - 歸國 - 創寺의 삽화로 나누어서 각 자료별로 상호간의 同異를 비교 검토하고자 한다. 수도삽화는 신라에 탑과 사찰을 세우기로 뜻을 세우게 된 중국에서의 수도과정만을

자료에 포함시키고자 한다. 먼저 『삼국유사』의 자료에서 「황룡사 9
층탑」과 「자장정률」을 보면 자장의 일생과 수도와 창사 등의 삽화
를 담고 있으나, 일연이 두 자료를 기록하면서 서로 중복되는 부분
은 삭제하고 있어서 두 자료를 검토한 후에 합성하면 완전한 자료
를 재구할 수 있다. 두 자료의 내용을 단락별로 분석하고 서로 비
교하여 합성한 자료를 재구하여 보자.

「황룡사 9층탑」
1. 자장이 중국의 오대산 문수보살의 감응을 받고서 신라의 국내상황을 듣다.
2. 대화지에서 신인을 만나 황룡사 9층탑을 세워 진신사리를 모시고 팔관회
   를 베풀면 외적의 침입을 막을 수 있다는 부촉을 받는다.
3. 신인은 황룡사 호법룡이 자신의 장자라고 하고, 자신을 위해서 경기 남
   쪽 언덕에 절을 하나 지어주면 보답하겠다고 한다.
4. 정관 17년(643)에 자장이 귀국하다.
5. 자장이 황룡사 9층탑을 세우다.
6. 중국의 오대산에서 가져온 사리 100알을 황룡사 9층탑과 통도사 계단,
   대화사의 탑에 나누어 모시다.

위의 단락 1~3이 수도의 삽화이고, 단락 4가 귀국삽화이고, 단락
5~6이 창사삽화이다. 다음에 「자장정률」의 내용을 단락별로 분석하
고자 한다.

「자장정률」
1. 자장이 중국의 오대산 문수석상 앞에서 수행한다.
2. 자장의 꿈에 문수석상이 偈를 주었으나 해득하지 못하다.
3. 이튿날 異僧이 와서 계송을 풀이하여 주고 가사와 사리를 주다.
4. 당나라 수도를 거쳐서 종남산 운제사에 들어가 3년 수도하니 영검이 많

왔다.

5. 선덕여왕이 당의 태종에게 자장의 귀국을 요청하여 허락을 받다.
6. 자장이 귀국하여 분황사에 머물면서 왕의 애호를 받다.
7. 신라의 僧規를 세워서 신라불교의 戒律을 밝히다.
8. 불교가 융성하여 출가자들이 열에 여덟, 아홉이 되다.
9. 통도사를 세워서 이들을 제도하다.

「자장정률」의 자료에서 단락 1~4는 수도삽화이며, 단락 5~7은 귀국삽화이며, 단락 8~9는 창사삽화이다. 「황룡사 9층탑」과 「자장정률」의 분석자료를 서로 대조하면서 합성시키기 전에 두 자료의 성격을 보면, 「황룡사 9층탑」은 탑의 건립과 사리의 봉안을 통해서 신라의 호국불교의 양상을 드러내는 데에 주제의식이 있고, 「자장정률」은 자장의 수도를 드러내는 데에 주제의식이 있다. 두 자료를 합성하면 다음과 같은 자료로 再構된다.

1. 자장이 중국의 오대산 문수상 앞에서 수도하여 그 감응을 얻고 게를 받는다.
2. 異僧이 게송을 풀이하고 사리와 가사를 주다.
3. 대화지에서 신인이 나타나서 황룡사에 9층탑을 세우고 사리를 모시면 외적이 침입하지 못한다고 부촉하다.
4. 신인은 황룡사 호법룡이 자신의 장자라고 하면서 자장에게 자신을 위해서 경기 남쪽 언덕에 절을 지어주면 은덕을 보답하겠다고 하다.
5. 자장이 다시 종남산 운제사에 가서 3년 동안 수도하다.
6. 정관 7년(643)에 선덕여왕이 당태종에게 자장의 귀국을 요청하여 허락을 받다.
7. 자장이 분황사에 주석하여 왕의 애호를 받다.
8. 황룡사 9층탑을 세우고 오대산에서 가져온 사리를 이 탑과 대화사탑, 통도사계단에 봉안하다.

9. 신라의 승규를 정립하다.
10. 불교가 융성해져 출가자들이 늘어나다.
11. 통도사를 세워서 이들을 제도하다.

합성된 통도사창사설화의 단락들을 삽화별로 나누면 수도삽화가 단락 1~5, 귀국삽화가 단락 6~9, 창사삽화가 단락 10~11이다. 자장이 중국에서 경험한 수도의 모습과 귀국하여서 호국불교를 정립하였던 면모가 재구된 자료에서 서로 결합되어 나타나고 있다. 각 삽화별로 내용을 검토하여 보고자 한다. 자장의 수도는 중국의 오대산에서 문수보살에게서 감응을 얻고 꿈에서 게를 받았으나 偈의 내용을 깨닫지 못하고 문수보살이 異僧으로 화현하여서 게를 풀어주고 사리와 가사를 준다. 문수보살이 게를 풀어주는 상세한 서사전개는 『삼국유사』의 「대산오만진신」에서 볼 수 있다. 梵偈의 내용은 다음과 같다.

> 일체의 법을 깨달으니 본래의 성품은 가진 바 없다
> 이와 같이 법성을 풀이하니 곧 盧舍那를 본다.[74]

단락 3~5는 대화지 용신이 신인으로 화현하여서 자장에게 9층탑을 황룡사에 세우고 자기를 위한 절을 세워달라고 부촉하는 것으로 여기에서 자장의 호국불교의 뜻이 실체적으로 모습을 드러내고 있다. 대화지의 용신이 자장에게 전수하는 호국불교의 구체적인 실천의 방법을 자장은 귀국하여 그대로 행하게 된다. 단락 6은 자장이

---

74) 『삼국유사』 권제3 탑상 제4 「대산오만진신」. "了知一切法 自性無所有 如是 解法性 卽見盧舍那"

다시 종남산 운제사에 가서 3년간의 수행을 정진하는 모습이다. 자장의 문수신앙은 운제사에서 완성되었다. 자장이 중국에 가서 수도했던 양상은 오대산과 종남산에서 문수보살의 감응을 받아서 문수보살을 친견함으로써 득도의 경지에 이르렀으며, 대화지의 용신에게서는 탑과 사찰을 지어서 진신사리를 봉안하는 등, 불력의 힘으로 국가를 수호하는 호국불교의 실천적인 방법을 배웠다고 할 수 있다. 중국 오대산의 문수보살과 대화지의 용신의 관계는 용신이 문수보살의 뜻을 자장에게 전달하는 역할을 하고 있어서 용신이 바로 호법룡이다. 불교와 용신신앙의 조화스러운 관계는 아마도 자장이 신라에서 구현하고자 하였던 神, 佛의 모범적인 관계였다고 본다. 대화지 용신과의 만남은 자장이 귀국하여서 신라에 9층탑을 세우고 대화사나 통도사를 창사하여서 진신사리를 각각의 곳에 봉안하는 설화적인 계기를 형성하고 있다.

귀국삽화는 단락 6~9로서 선덕여왕이 당태종에게 표문을 올려서 허락을 얻은 후에 자장이 돌아와, 분황사에 주석하면서 당에서 터득한 문수신앙의 신라화와 호국불교의 구체적인 실천을 수행한다. 자장은 강원도의 오대산에 문수보살의 성역을 조성하고 황룡사에 9층탑을 세워서 호국적인 불교를 추진한다. 이 일들이 모두 그가 중국에서 터득한 신앙적인 방법론이었다는 데에 그의 의식의 중국적인 편향을 볼 수 있다.

창사삽화는 단락 10~11이다. 신라불교가 융성하여지자 출가자들이 나와서 이들을 제도하기 위해서 통도사를 세웠다.

나라 안 사람으로서 계를 받고 불법을 받든 이가 열 집에 여덟, 아홉은 되었다. 머리를 깎고 중이 되기를 청하는 이가 세월이 갈수록 더욱 많아지니 이에 통도사를 새로 세우고 계단을 쌓아 사방에서 오는 사람들을 제도하였다.[75]

    인용문에서는 통도사에 대한 직접적인 동기보다는 창사의의를 말하고 있을 뿐이어서, 진신사리를 안치하기 위해서 戒壇을 먼저 쌓고 불교가 융성하여지고 계단의 참배객들이 늘어나자 다음에 통도사를 창사하였다는 생각을 하게 한다. 계단을 중심으로 한 통도사 사찰에 대한 자장의 의지는 호국적인 불교의 실천이었다는 것을 재구된 창사설화에서 알 수 있다.

    다음에 사중기인 「통도사사리가사사적약록」의 내용을 분석하고 그 의미를 추출하여 보고자 한다. 이 자료는 통도사에서 전승하는 寺中記의 하나로 약칭해서 본고에서는 「事蹟略錄」이라 칭하고자 한다. 자료의 후미에 傳承記라고 부를 수 있는 傳寫의 시기와 傳寫者의 성명이 기록되어 있어서 자료의 전승과 기록자를 알 수 있다.

1. 고려 충숙왕 15년 (1328) - 釋瑚가 기록되어 揭示
2. 조선 세조 6년 (1460) - 傳書
3. 조선 선조 13년 (1580) - 移書
4. 조선 광해 1년 (1609) - 行脚沙門 學明이 通度寺에서 자원하여 書鐫함
5. 조선 인조 20년 (1642) - 前判大華嚴宗事兼奉先寺住持 浩然, 沙門 退隱, 敬一이 重書 開刊함[76] (원문에 있는 年號를 王曆으로 고친 연대임)

---

75) 『삼국유사』 권제4 의해 제5 「자장정률」. "國中之人 受戒奉佛 十室八九 祝髮請度 歲月增至 乃創通度寺 築戒壇 以度四來"
76) 한국학문화연구소편, 통도사지[사지초서], 아세아문화사, 통도사사리가사사적약록, 1983, p.47. "釋瑚 於泰定五年戊辰二月晦 揭于記 天順四年庚辰九月日 傳書 至于萬曆八年庚辰九月日 移書 及于萬曆三十七年己酉三月 行脚沙

전승기에 의하면 사적약록은 고려 충숙왕 15년(1328)에 기록되어 비교적 원형을 유지하면서 傳書와 移書라는 형식을 거쳐서 통도사 寺內에서 전승되어 왔으며 필사자들은 주로 통도사에 적을 둔 승들이다. 최초의 기록자인 釋瑚가 어떤 신분의 사람인지는 자세치는 않으나 다른 傳寫者들이 모두 僧인 점을 감안하고 그의 호칭의 의미가 불교적인 의미를 띠고 있어서 그도 역시 승일 것으로 추측된다. 이 傳承記는 승들에 의해서 사찰에 관한 불교설화가 전승되어 오고 있다는 좋은 사례이며 또한 이들에 의해서 사찰의 이야기가 설법이나 강론 또는 전사를 통해서 전파되고 있다는 것도 의심할 수 없을 것이다.

「사적약록」의 통도사창사이야기는 『삼국유사』의 자료와는 다른 변이를 볼 수 있으며, 사찰 주위에 전승되는 민간구비자료의 영향을 받은 것으로 보인다. 그 내용을 『삼국유사』의 자료분석에 따라서 자장의 수도→귀국→창사의 삽화별로 나누어서 단락을 분석하고자 한다.

1. 자장이 중국의 종남산 운제사 문수상 앞에서 수도정진하다.
2. 문수보살이 범승으로 화현하여 범어계를 주고 가사, 사리, 불두골, 불지, 주패, 경전을 주다.
3. 신라의 남쪽 취서산 아래 독룡지를 메우고 금강단을 쌓아 봉안하라고 부촉하다.
4. 자장이 불보를 가지고 귀국하려 하자 중국의 승들이 길을 막고 빼앗으려 하여서 자장이 먼저 알고 육로로 가는 척하고 서해를 건너 귀국하다.
5. 서해용이 용궁으로 자장을 청해 용궁의 보배인 자단압침을 바치다.
6. 서해용이 황룡사의 호법룡이 자신의 장자라고 하고, 신라의 남촌에 강안

門學明 自願書鎭 于本寺 至金之崇德七年壬午九月 前判大華嚴宗事兼 奉先寺住持 浩然 沙門退隱 敬一 重書開刊"

에 절을 지어서 사리를 봉안하면 동해용과 그 탑을 돌면서 호법하겠다고
하다.

7. 자장이 국통이 되어서 국경내외의 산천에 절을 지어서 비보한 것이 한둘
   이 아니다.
8. 사리를 황룡사 9층탑, 월정사석탑, 대화지탑에 봉안하다.
9. 선덕여왕과 국경의 남쪽 취서산 아래에 있는 독룡신지에 와서 용에게 설
   법수계하여 조복시키다.
10. 그 못을 메워 계단을 쌓고 사리, 가사를 모신 것이 통도사이다.

「사적약록」은 『삼국유사』의 통도사 자료와는 다른 내용이면서도
『삼국유사』의 자료를 보완하는 기능도 가지고 있다. 위의 단락 분석
에 의하여 자장의 수도삽화는 단락 1~3이며, 귀국삽화는 단락 4~6이
며, 창사삽화는 단락 7~9이다. 우선 자장의 수도삽화의 단락 1은 종
남산 운제사에서 문수보살의 감응을 얻어서 그의 화신인 범승에게
서 梵偈를 받으며, 가사, 사리, 불두골, 주패, 패엽경 등의 三寶의 상
징물을 또한 전해 받는다. 범승은 이 불적을 내리면서 신라의 국경
남쪽에 있는 鷲棲山 아래 毒龍池를 메우고 金剛壇을 쌓아서 불적을
봉안하라고 자장에게 부촉하는 것을 단락 2와 단락 3에서 본다.

너는 말세에 戒律을 지키는 沙門이 될 것이며, 내가 이제 이것을 너에게 부
촉하니 받들라. 너희 신라 나라 남쪽의 鷲棲山 아래에 神池가 있는데 이는
毒龍이 머문 곳이다. 용이 독해를 품고 비바람을 난폭하게 일으키니 곡식을
손상케하고 백성을 괴롭히므로 네가 그 龍池에 金剛壇을 쌓아서 사리와 가
사를 봉안하면 三災가 이르지 않고 萬代不滅의 불법이 오래 머물고 天龍이
항상 옹호하는 곳이 될 것이다.[77]

77) 위와 같은 책, pp.7-8. "汝爲末世持律沙門 吾今持此 付囑於汝 汝可奉持 汝
    本國新羅境南 有山曰鷲棲山下有神池 是毒龍所止處也 龍懷毒害 暴作風雨

자장이 종남산 운제사에서 범승에게서 받은 부촉은 절터를 구체적으로 점지하여 주면서 사찰창건의 목적을 독룡의 피해로부터 백성을 구하고 불법을 호지하라는 데에 두고 있다. 『삼국유사』의 대화사 용신이 자장에게 내리는 부촉은 보다 더 광범위한 국가적인 차원에서 탑과 사찰을 세우라는 것이었다면 이 자료에서는 지역적인 범위로 좁아지지만 통도사라는 구체적인 사찰의 창사이념을 직접적으로 보여준다. 독룡의 설화화소가 새로이 첨가되어서 『삼국유사』에서는 언급이 되지 않는 새로운 생성화소의 구실을 한다. 『삼국유사』의 자료가 각편적인 변이를 보이고 있다고 볼 수 있다. 설화전승의 새로운 변이는 기존의 문헌자료를 기반으로 하면서 통도사 주위에서 전승하고 있는 구비자료의 용신화소를 받아들인 결과라고 본다.

귀국삽화는 단락 4~6에 해당한다. 귀국삽화에는 자장의 귀국이 손쉽게 이루어지지는 않았다는 것을 알 수 있다. 중국의 승들이 자장이 가지고 가는 佛寶를 빼앗으려하자 자장이 알고서 피해오는 단락 4가 있다. 자장이 귀국하는 서사전개는 서해용왕의 청을 받고서 용궁에 가서 공양을 받고 용궁의 보배인 紫檀枕木鴨을 받아가지고 나온다. 서해용왕은 『삼국유사』에서 보는 대화지의 용신과 같은 기능을 하고 있으나, 변이화소가 되고 있다. 『삼국유사』의 대화지의 용신은 중국룡이지만 이 서해용은 신라룡이라는 점에서 전승자들의 의식이 신라중심의 사상으로 더 강하게 작용하고 있음을 본다. 서해용은 황룡사의 호법룡이 자신이 長子이며 황룡사에는 가섭불의

耗損禾穀 因毒人民 汝請彼龍池 築金剛壇 安佛舍利袈裟 則此乃三災不到 萬代不滅 佛法久止 天龍不離擁護之處也"

연좌석이 있으며, 절을 지어서 사리를 봉안하면 동해용과 함께 그 탑을 돌면서 불법을 수호하겠다고 하는 점에서도 새로운 용의 면모를 보인다.

> 너희 나라 남쪽 마을 강변에 절을 지어 사리를 탑에 봉안하면 내가 동해용왕과 함께 하루 3번씩 그 탑 주위를 무수히 돌고 또 법음을 함께 들으며 불법을 같이 수호하겠다.[78]

서해용이 지어달라는 "南村江岸"의 절은 『삼국유사』의 대화사를 암시하는 것으로 생각된다. 자장이 귀국하면서 서해용궁으로 들어가는 단락은 『삼국유사』나 송고승전의 자장전기에는 전혀 없는 내용으로 서해용은 신라의 고유한 용으로 호법용이라고 할 수 있다. 자장이 서해용에게서 받은 紫檀鴨枕(자단향목으로 만든 오리형상의 베개) 화소는 『삼국유사』의 「자장정률」에도 보인다. "자장이 쓰던 도구, 옷감, 버선과 대화지의 용이 바친 목압침과 석존의 전의들은 모두 통도사에 있다 또 헌양현(지금의 언양)에 압유사가 있는데, 침압이 일찍이 이곳에서 이상한 일을 나타냄으로 이름한 것이다."[79] 하여 자단압침화소가 유사에서는 "침압"(오리형상의 베개)으로 변이되어 표현되고 있다.

창사삽화는 단락 7~9이다. 자장이 창사한 동기가 산천비보이며

---

78) 위와 같은 책, p.11. "汝國境南南村江岸 創寺安舍利塔 我與東海龍王 一日三時 往繞其塔 繞無數匝 亦聞法音 同護佛法"

79) 『삼국유사』 권제4 의해 제5 「자장정률」. "藏之道具布襪 幷大和龍所獻木鴨枕 與釋尊田衣等 今在通度寺 又獻陽縣(今彦陽) 有鴨遊寺 枕鴨嘗於此現異 故名之"

통도사도 이 비보적인 기능을 가지고 있다는 것이다. 중국의 종남산 운제사에 화현한 범승과 서해용의 부촉에 의하여 선덕여왕과 함께 영취산 아래의 독룡지에 가서 용에게 설법수계한 뒤에 조복시키고 그 못을 메워서 戒壇을 쌓고 사리가사를 모신 절이 지금의 통도사라고 한다. 자장이 창사한 절들을 신라 국경의 비보적인 기능을 하는 것으로 해석을 하여서[80] 호국적인 사찰로 통도사를 보는 것도 이 자료의 특징이다.

구전자료는 현재 통도사 주위에서 口碑로 전승되고 있는『한국구비문학대계』의 각편들을 동원하였다. 이 자료들은 통도사가 위치한 절터가 원래는 용들이 살았던 龍池라는 점에서 寺中記의 자료들과 일치하지만 자장이 사찰을 창사하는 시각으로 전개되지 않고, 용이 자신들의 터를 빼앗기는 시각으로 이야기가 전개되어서 설화의 내용적인 주체가 용이라는 점에서 용신신앙적인 설화가 형성되어 특이성을 가지고 있으며, 용신신앙이 불교세력에 의해서 구축당하는 양상을 보여준다. 자료 "통도사의 구룡"의 전문을 인용하여 본다.

예, 웅덩이, 물이 내려가다가 그 인자 못 맨치로 돼 가 있는데, 거게 구룡이 들어있어. 용아홉 마리가 들어 있는데, 그 인자 그 용 아홉 마리를 자장법사가 몰아냈는데, 부(符)를 써가지고 그 못에 넣으니까 용이 다 날라가면서, 한 마리는 , 다 인자 여덟 마리는 순조롭게 날라갔는데, 한 마리는 날라가다가 마 그 들어오는 절 입구에 그 저 방구(바위)가 보믄 노르무리하이 돼 있어요. 그 방구에 마 받아가지고 마 피를 흘리고 눈이 멀어 가지고, 한 마리는 그 잘못 되었고, 여덟 마리는 올라갔다 그런 말인데.(조사자 : 아 용을 몰아낸?) 몰아낸, 다 몰아냈는데, 한 마리는 올라가다가 마 안 올라가고 그

80) 주 76)과 같은 책, p.12. "創寺立伽藍 裨補於國境內外山川者 非一"

방구에 부딪치가지고 한 쪽 눈이 멀어가지고 그 소(沼)에 다부(다시) 드갔다. 그 인자 통도사 지을 적에 그런 말이 있어요.[81]

이 자료는 용이 불교적인 세력을 상징하는 자장에게 구축당하는 양상이 생생하게 감각된다는 점에서 용신신앙의 패배과정을 볼 수 있으며, 용신신앙터에 사찰이 들어서는 것은 바로 불교적인 신앙체계로 기존의 민간신앙을 개편하여 가는 신앙세력권의 접수라고 할 수 있다. 寺中記와 같은 문헌자료에서는 불법을 설하여서 용을 調伏시키는 표현을 쓰고 있으나 구비자료에서 보는 용은 치열한 대결을 통해서 패배하고 구축당하여 가는 모습으로 드러난다.

1. 웅덩이 못에 아홉 마리의 용이 들어있다.
2. 자장이 그곳에 절터를 잡다.
3. 자장이 부를 넣어 용을 몰아내다.
4. 여덟마리는 그 못을 떠나다.
5. 한 마리는 날아오르다 바위에 부딪혀 피를 흘리고 눈이 멀다.
6. 눈이 먼 용은 웅덩이 못에 다시 들어가다.
7. 용의 터를 메우고 절을 짓다.

구비자료를 단락으로 나누어 보았다. 龍이 패배하여 쫓겨나는 단락이 서사의 중심이므로 話者들은 사찰이 지어지는 단락은 생략하거나 간접적으로 구술하고 있다. 단락 1에서는 용신신앙터의 존재를 설정하고 있다. 단락 2에서는 자장이 절터를 그 용신신앙터에 잡는다. 단락 3~6은 자장과 용의 대결을 통해서 자장이 승리하고

---

81) 한국정신문화연구원, 한국구비문학대계 8-13, 경상남도 울산시, 울주군편, 고려원, 1986, p.28. [청량면설화11] 통도사의 구룡

용이 패배하는 대목이다. 단락 7에서는 자장이 용이 살던 못을 메우고 절을 짓는다. 이 단락의 구분을 다시 정리하여 보자.

1. 용신앙의 존재
2. 절터를 용지에 잡음
3. 승과 용의 대결(승의 승리, 용의패배)
4. 용지에 창사

　이야기의 전개는 발단(1) - 전개(2) - 전환(3) - 결말(4)의 극적인 구성으로 진행된다. 상반되는 두 종교 세력이 대립하다가 대결을 통해서 승패가 갈라지고 파국을 맞이하므로 역동적인 이야기 구성이 가능하게 된다. 이야기의 주된 대목은 창사의 단락 4라기보다는 상호간의 대결이 전개되는 전환의 구성단계에 있다. 이 구비자료는 패배당한 용의 시각으로 구술되므로 대결의 치열함과 패배당하는 과정의 처절성이 돋보인다. 승과 용의 대결상황에 대한 변이화소가 다양해지는 것도 話者의 口述心理的인 원인이 작용하기 때문이다. 인용한 자료에서는 자장이 "부"를 써서 용을 몰아내지만 다른 자료에서는 자장과 용의 도술경쟁을 하는 각편이 있다.

> 자장법사하고 9룡하고 쌈이 붙었는데, 그러믄 용보고 먼이(먼저),
> "니가 먼이 날로 대결해라."
> 　그러이 이놈우 용이 하는 일이야 딴(다른)기 뭐냐 하며는 비빽이(밖에)없거든, 막 비로 때리 따루는데 천지가 안 뵈도록 따라 대는기라. 아무리 따라도 실컨 따라 놓고 보이께니 이 놈우 자장법사한테는 별이 따끈 나가 있는기라. 안 되거든. 이놈우 용이 안되겠거든. 그래 그러믄,
> "법사가 한 분 하라."

그래,

"내가 하겠다."

고, 이놈우 법사는 또 우짜느냐고 하면 우찌 했는지 무조건 뽑아댄기라. 뽑
아댄께는 물이, 못에 물이 바싹 말라뿐기라. 전부 말라 가이꼬(가지고) 아
무 것도 없거든. 못에 물이 없으믄 안 되는기라. 안 되니께 용이 여덟 마리
는 (수정하여) 일곱 마리는 날라가 뿐기라. 일곱 마리는 날라가 뿌리고, 여
덟 마리째는 내려가다가 그 통도사 앞에 들이가며는 이런 반석이 있어요.
반석이 벌거(붉어), 거게 떨어져 가지고 피가 흘러 가지고 방구가 벌겋다
카거마는, 그러카고 눈 먼 용이 한 마리 있어. 눈 먼 용이 한 마리 있는데,
그래 갖고 고게(거기에는) 눈 멀은 용이 통도사 그 뒤에 구용지에 그 한 마
리 들어 있다고 그러카느 그(그것)는 자장법사가 핸긴데.[82]

이 자료에서는 용과 자장이 道術競爭을 벌여서 결국은 용이 패
배당한다. 용은 다른 재주는 없고 다만 "비빽이(밖에)", 없으나, 자
장은 불교적인 신앙의 세련된 논리와 힘으로 용을 굴복시켜서 구축
하고 만다. 용신앙뿐만 아니라 기존의 민간신앙체계가 가지고 있는
주술성이 무력하게 되는 예는 『삼국유사』에서도 다양하게 나타난
다. 아홉 마리 용 가운데서 일곱 마리는 날아가 버렸으나 여덟째
용은 다시 龍池로 내려가려다가 통도사 앞의 바위에 떨어져 피를
흘려서 바위가 발갛게 되어 설화적인 증거물이 되었다. 이 용은 불
교세력에 의해서 순교당한 용이라고 할 수 있을 것이다. 불교세력
에 저항한 용의 모습으로 보이는 여덟 번째의 용은 기존신앙 체계
를 고수하려다가 불교적인 세력에 희생된 龍神信仰의 "巫"라고 볼
수 있다. 통도사의 九龍池에 남을 수 있었던 "눈먼용"을 어떻게 해

---

82) 한국정신문화연구소, 한국구비문학대계(경남편) 8-9, 고려원, 1986, p.916.
김해군상동면설화. [상동면설화17] 통도사의 구룡지

석할 수 있을까 하는 문제가 남는다. 불교적인 시각에서 본다면 불교의 신앙체계에 편입된 용으로 호법룡이라고 부르는 용이겠으나, 용신신앙적인 시각으로 본다면 말 그대로 눈이 먼 용으로 불교에 降伏을 당한 용일 수도 있다. 날아가버린 일곱 마리의 용은 민중 속으로 잠입하여 다시 일어설 날을 기다리는 용이며, 민중의 무의식 속에 잠재하여 있는 용신앙의 원초의식일 수도 있다.

영취산의 주위는 용신신앙의 지역이라고 할 수 있다. 영취산에서 발원하여 강을 이루는 黃山江은 신라 때부터 四瀆의 하나로 中祀가 치제되어 왔으며,83) 황산강의 상류에는 中祀의 제터인 伽倻津祀가 있다. 가야진사가 있는 伽倻津은 玉池淵이라고도 부르며『동국여지승람』에서는 조선 세종 때에 황룡이 물속에 나타났다고도 하며 예부터 기우제터라고 한다.84) 가야진에 이어있는 伽倻津衍所는 赤石龍堂이라고 불리기도 하여서 고려시대에는 양산군에서 주도하는 제사를 올렸다고 하니 그 지명상으로 보아서 용신의례였을 것으로 보인다.85) 이처럼 영취산에서 발원한 황산강에는 신라 - 고려 - 조선에 이르기까지 용신을 모시는 제의가 끊임없이 이어오고 있었다는 것을 알 수 있다. 영취산 자체에서도 통도사창사설화에서 보듯이 9룡지 또는 독룡지의 존재가 있어서 용신신앙의 기반이 영취산과 그 주위에 폭넓게 형성되고 있는 것을 알 수 있다. 영취산의 동쪽에는 대화강이 있으며 영취산에서 발원하여 동해로 흘러든다. 대화강의 하류에는 黃龍淵이 있어서 용신앙의 祭터이고, 상류의 영취산 쪽으

---

83)『동국여지승람』권제22 양산군 산천 황산강.
84) 위와 같은 책, 양산군 사묘.
85) 위와 같은 책, 양산군 산천 적석용당.

로 들어오면 강 가운데 탑처럼 솟은 바위가 있어서 立巖이라고 부르고 그곳의 강유역을 立巖淵이라 부른다. 입암도 기우제를 지내던 용신앙터이다.[86] 입암은 현재도 이 지역에 사는 사람들 사이에서 용신신앙적인 사유로 관념되고 있다. 이 지역에 구전되는 구비전승을 보면 龍馬가 나왔다는 아기장수설화가 입암에서 생성되고 있다.

> 그리 죽어뿌리고 난까네, 그 아이가 죽은까네 그래 그 집으로 말이 울고 나갔단다 그래. 그 말이 용마, 입암카는 데로, 심곡하고 입암하고 거리가 그리 안 멀다. 입암카는 큰 걸(강)이 있는데, 입암, 선바우카는 돌이 있는데, 그 돌이 거랑(강) 복판에(손을 들어 형용을 하면서) 그 용마가 입암 선바우 밑에서 나왔다 말이 그렇다. 그래 용마라 카니 물에서 컸다 이말이다. (중략) 입암 앞에 큰 걸(강) 요리 있는데, 그 큰 걸(강) 복판에 지금도 선바우 서가 있는데, 그 선바우 밑에는 수심이 깊으지, 그리 억수로 깊고 크거마는.[87]

대화강 상류에 솟아있는 立巖을 지역주민들은 "선바우"라고 부르기도 한다. 위에서 인용한 구전자료는 아기장수를 빨래돌로 눌러서 죽여버리니 용마가 "선바우"로 울면서 들어갔다는 이야기다. 용마는 일종의 變身龍이다. 말이 가지는 신성성은 龍虎에 버금가게 각별하여 용과 관련지을 수 있는 속성으로는 輸送神, 雨神, 水神, 雄性者 등을 들 수 있다. 혁거세신화의 白馬를 비롯하여 천마총의 天馬 등은 날개를 가지고 수송역을 하며, 어떤 용마는 降雨를 비롯하여 용과 구별 없이 기능한다.[88] 입암에서 용마가 나왔다는 설화적인 모

---

86) 『동국여지승람』 권제22 울산군 산천 입암연.
87) 한국정신문화연구원, 한국구비문학대계 8-13, 1986, 경상남도 울산시 울주 군편(2). p.19. 청량면설화5, 아기장수와 용마.
88) 이혜화, 용사상의 한국문학적 수용양상, 고려대학교 대학원 박사학위논문,

티브는 용마의 수신적인 속성을 의미하고 용신신앙의 변형된 형태로 볼 수 있다.

영취산에서 발원한 대화강이 동해로 들어가는 입구의 강안에는 石壁이 둘러있으며 이곳의 藏春塢에 대화사가 자리를 잡고 있다.[89] 대화사는 자장이 중국의 대화지의 용을 위해서 지은 사찰로 영취산의 통도사와 물길이 서로 닿아 있다. 대화강의 장춘오가 있는 유역을 黃龍淵이라고 하여서 용신앙터이고 황용연에서 더 상류로 올라가면 바로 위에서 언급한 立巖淵과 만나게 된다. 또 영취산의 동쪽 줄기에는 망해사가 있어서 용신당의 역할을 하고 있으며, 북서쪽에는 경주의 황룡사가 있어서 또한 용신앙의 면모를 띠고 있다. 영취산 주변에 용신신앙의 성소라고 부를 수 있는 제의터가 통도사를 에워싸고 있는 셈이 된다.

통도사의 창건은 용신신앙지역이었던 영취산의 주위를 불교적 공간으로 바꾸는 계기가 되었으며 창건주인 자장이 주도하였다. 통도사의 창건연대는 자장이 당에서 귀국한 후 황룡사에 9층탑을 세운 뒤일 것이다. 통도사와 더불어서 울산의 대화사도 거의 같은 시기에 창사되었을 것으로 추측된다. 자장이 선덕여왕 12년(643) 3월에 귀국하였으며,[90] 황룡사 9층탑이 선덕여왕 14년(645) 3월에 세워지고[91] 16년 정월 8일에 세상을 떴으니 자장이 선덕여왕대에 통도사를 창건하였다면 선덕여왕 14년 3월부터 16년 정월 사이에 1년 4

1988, p.50.

89) 『동국여지승람』 권제 22 울산군 누정.

90) 『삼국사기』 권제5 신라본기 제5 선덕여왕 12년. "三月入唐求法高僧慈藏還"

91) 위와 같은 책, 같은 곳 선덕여왕 14년. "三月 創皇龍寺塔 從慈藏之請也"

개월 사이였을 것이다. 선덕여왕 재위기간의 문제로 보아서 통도사는 선덕여왕 15년(646)에 자장이 창건하였다고 보면 무리가 없을 줄 안다. 영취산을 중심으로 하고 대화강을 따라 내려가서 울산의 동해변에 이르는 이 지역의 용신신앙은 통도사가 창건된 시기를 기하여 불교적인 신앙체계의 개편이 이루어졌을 것이라고 본다.

자장의 신앙체계 개편과 연관 짓는다면, 9룡지의 용을 축출하고 그 못을 메워서 절터를 잡는 통도사의 寺中記와 口傳의 창사설화는 당시의 영취산지역의 巫佛의 종교적인 갈등양상을 설화적인 문법을 통해 상징적으로 드러내고 있다. 영취산지역이 불교적 성역으로 바뀌는 과정에서 창사설화뿐만 아니라 다양한 불교설화가 형성되었다. 우선 영취산이라는 산의 명칭부터 통도사 창건을 전후하여 명명되어졌을 것으로 생각된다. 이 산의 명칭은 『동국여지승람』의 기록을 통해 몇 가지의 異稱을 발견할 수 있다.

1. 통도사는 鷲棲山에 있다.(양산군 불우 통도사)[92]
2. 鷲棲山은 군의 북쪽 30리에 있으며, 彦陽縣에도 보인다.(양산군 산천 취서산)[93]
3. 鷲棲山은 縣의 남쪽 12리에 있으며 大石山이라고도 한다.(언양현 산천 취서산)[94]

위의 자료에서 영취산은 다른 이름으로 鷲棲山, 大石山 등으로 불리고 있음을 알 수 있다. 영취산이란 명칭은 인도의 耆闍堀山(Gridhaguta)

---

92) 『동국여지승람』 권제22 양산군 불우 통도사. "通度寺 在鷲棲山"
93) 위와 같은 책, 산천 취서산. "鷲棲山在郡北三十里 又見彦陽縣"
94) 위와 같은 책, 언양현 산천 취서산. "鷲棲山 在縣南十二里 一名大石山"

의 번역명으로 부처의 說法地였다.

> 기도굴산의 번역으로 중인도 마갈타국 왕사성 부근에 있는 산으로 부처님
> 이 설법하시던 곳, 이 산에는 신선들이 살았고 또 독수리가 많이 있으므로
> 영취산(靈鷲山) 또는 鷲頭, 鷲峰, 鷲臺라고도 한다. 또 많은 鷲靈들이 산상
> 에 있으므로 이름한 것이라 하며, 혹은 산의 모양이 수리의 머리와 비슷하
> 므로 이렇게 부른다.95)

인도의 영취산에는 수리모양의 바위가 지금도 남아있으며 불교
성지 순례의 한 코스이기도 하다.96) 통도사가 위치한 산의 명칭은
자장이 통도사를 창건하여 불교적 성지로 개편하여 가는 과정에서
鷲棲山으로 개명되었을 것으로 본다. 자장은 자신이 수행하였던 중
국의 오대산의 불교적인 성역공간 구성을 강원도 오대산에 모방하
려고 한 데에서도 보듯이 구룡지의 龍神信仰 地域을 인도의 영취산
과 같은 불교적 성역으로 바꾸려고 시도하였을 것이다. 자장이후에
도 여러 방면에 걸쳐서 영취산의 불교적 성지화는 진행된다. 하나
씩 그 사례를 들어보고자 한다.

영취산의 산신의 성격도 불교적인 천신 중의 하나인 辨才天女로
바뀌고 있다. 변재천녀는 壽命增益, 怨敵退散, 財寶滿足의 이익을 주

---

95) 운허, 불교사전, 동국역경원, 1983, p.599.
96) 광주일보(1993.11.29), 5면. 인더스강 - 문명발상지 어제와 오늘 특별취재 -
(글. 조경환 기자)
이 특별 취재기사에는 영취산의 독수리 형상의 바위를 언급하고 있다.
"영취산의 정산엔 이름 그대로 마치 한 마리의 독수리가 산꼭대기에서 평
야를 바라다보고 있는 모습의 거대한 바위가 있다. 바로 그 앞에 제단이
하나 놓일만한 열평 정도의 바닥바위가 있는데 이곳이 석가가 명상하던
자리, 그 곳을 기념해 인도 승려 한사람이 제단에 향을 피우고 있다."

며 노래와 음악을
맡은   여신으로[97]
불교적 천신인데도
영취산의 산신으로
나타난다. 신라 제
30대 문무왕 원년
(661)에 智通이 까

〈인도 영취산에 있는 수리모습의 영취암〉

마귀의 도움을 받아서 영취산에 주석하는 朗智를 만났을 때 낭지가
이르기를 영취산의 陰助로 서로 상면하게 된 것이라고 말한다.

> 신령스런 까마귀가 너를 깨우쳐 내게 오게 하고, 내게도 알려서 너를 맞이
> 하게 하니 이 무슨 상서로운 일인가? 아마 山靈의 은밀한 도움인 듯하다.
> 전하는 말에 산의 주인은 辨才天女라고 하더라.[98]

이 까마귀는 인도의 영취산에 있다는 수리의 설화적 대응물(對應
物)이라는 생각도 할 수 있다. 『삼국유사』에서 일연은 〈영취사기〉
를 인용하여 낭지가 주석하였던 혁목암의 터가 가섭불 때의 절터임
을 암시한다.

> 〈영취사기〉에 낭지가 일찍이 말하기를 "이 암자 자리는 가섭불 때의 절터
> 로서 땅을 파서 등항 두 개를 얻었다."고 하였다.[99]

---

97) 운허, 불교사전, 동국역경원, 1983, p.288. 辨才天條
98) 『삼국유사』 권제5 피은 제8 「낭지승운보현수」. "靈烏驚爾投吾 報子迎汝 是
何祥也 殆山靈之陰祐也 傳云 山主乃辨才天女"
99) 위와 같음. "靈鷲寺記云 朗智嘗云 此庵址乃迦葉佛時寺基也 堀地得燈缸二"

가섭불이 부처와 설법대좌하였다는 전불가람터의 화소는 이미 『삼국유사』의 「아도기라」에서 고도령이 아도에게 신라에 있는 7처의 前佛伽藍터를 이야기한 바 있는 것이며, 가섭불이 설법하였던 연좌석이 황룡사에 있다는 이야기를 자장이 중국의 대화지용에게서 들었으며, 이 연좌석은 용궁남쪽에 일연이 생존한 시대에도 남아있어서 연좌석의 모습을 일연이 기록하고 있을 정도이다. 통도사에는 가섭불 시대의 등항 두 개를 땅에서 파내었다는 낭지의 말을 「영취사기」이 기록에서 인용하고 있다. 전불가람터라든지 황룡사의 연좌석 또는 통도사의 燈缸 등의 상징들이 신라가 불국토적인 佛緣地라는 것을 인증하여 주는 일종의 설화적인 증거물이다. 통도사의 터가 가섭불 때의 전불가람터라면 영취산의 불교적인 연원은 더욱 깊어져서 통도사의 불교적인 전통과 권위를 높여주게 된다.

영취산이 불교성역으로서의 신성설화를 더해가는 양상은 대단히 다양하게 전개하여 간다. 인도와 신라의 영취산에만 있다는 赫이라는 나무가 자라고 있으며, 두 산은 모두 第10法雲地로서 보살이 사는 곳이라는 이야기도 형성되어 갔으며,[100] 보현보살이나 문수보살이 현신하여서 나타나는 불교적 이적과 영험이 형성되는 지역으로 변화하여 갔다. 통도사의 寂滅寶宮의 계단에 안치한 사리의 영험은 一然의 제자인 無極이 쓴 「전후소장사리」[101]의 기록에 國史, 古記,

---

100) 『삼국유사』 권제5 피은 제8 「낭지승운보현수」.
　　　신라의 승 朗智가 구름을 타고 중국의 淸凉山을 오가면서 설법을 듣다가 영취산의 기이한 식물을 청량산의 승들에게 가져다주니 중국의 승들이 그것을 보고서 赫이라는 나무로 인도와 해동의 영취산에만 나는 식물이라면서 영취산은 제10법운지로 보살들이 살고 있다면서 낭지의 道가 높다는 것을 알게 되었다.

諺傳, 俗說 등의 인용자료를 통해서 다양하게 소개하고 있다. 부처의 眞身舍利는 불가에서 佛, 法, 僧의 三寶信仰의 하나

〈통도사의 적멸보궁〉

인 佛寶로서 그 자체가 신앙의 대상이다. 자장이 당에서 가져온 불적은 삼보를 상징하는 것들로서 불보의 眞身舍利, 법보의 經典, 승보로는 부처가 친착한 袈裟 등이었다. 통도사에는 三寶의 성물이 있었으며, 그 중에서 부처의 진신사리는 적멸보궁의 戒壇에 안치되어서 영험담이 전해오고 있다. 진신사리는 100顆로 황룡사의 9층탑과 울산 대화사의 석탑과 통도사의 계단에 안치되어서 세 곳의 불교적인 親緣性을 상징하고 있다. 대화사가 있는 대화강의 발원지는 주지하다시피 영취산으로 두 사찰은 지리적으로는 물길을 따라서 이어지고 있으며, 종교적으로도 용신신앙지역에 자리잡은 사찰들이라는 점에서 이 지역의 佛地化를 목적으로 하고 있다. 두 지역의 불교적인 성화작업은 사실 신라의 불국토화의 일환이었다는 점에서 신라 불국토사상의 중심인 경주의 황룡사의 종교적인 기능 속으로 수렴되어 갈 수 있다. 부처의 진신사리를 세 사찰에 나누어서 안치한 소이는 자장이 황룡사를 본거지로 하고 영취산지역과 울산의 대화강유역의 용신신앙을 불교화하려는 목적을 가지고 있었다. 통도

---

101) 『삼국유사』 권제3 탑상 제4 「전후소장사리」.

사지역의 불교성역과 황룡사의 친연성은 고려에 와서도 그대로 이어지고 있다.

> 皇龍寺塔이 불타던 날에 돌 솥 동쪽에 처음 큰 얼룩이 생겼는데, 이것이 지금까지 남아있다. 그때는 바로 應曆 3년 계축(癸丑, 953)이요, 本朝 光宗4年으로 탑이 세 번째로 불타던 때였다. 曹溪의 無衣子가 시를 남겨 말하기를 "듣건데 황룡사 탑이 불타던 날, 戒壇의 한 쪽도 같이 탔으니 (皇龍寺塔과 通度寺戒壇이 사이가) 간격이 없다는 것을 보였네."[102]

황룡사탑이 타니 통도사계단에도 그을름이 생겼다는 것은 두 사찰에 안치한 사리의 영험이기도 하며, 두 공간의 친연성을 상징한다. 불교적인 결속력은 고려시대에까지 이어져서 위에 인용한 사실이 고려 광종 4년(953)에 일어난 황룡사 9층탑의 화재를 이야기한 것이다. 9층탑에 화재가 나자 통도사의 계단의 한 면도 그을름이 생겨서 두 곳에 두었던 사리의 영험이 드러난 것이다.

영취산의 용신신앙은 자장에 의하여 통도사, 대화사 등이 창건되어 불교적 신앙체계로 개편되었으며 그후 智通, 朗智, 緣會 등의 고승들이 영취산의 佛地化를 더욱 다져간 것이라고 본다. 원래는 大石山 내지는 鷲棲山이라고 불리던 산을 부처의 설법지인 인도의 耆闍堀山과 동일시하려 했던 자장을 비롯한 불승들의 의도는 후대에 오면 다시 변전을 하게 된다. 불교가 쇠퇴하여지는 후대에 와서는 영취산을 소형국으로 보는 풍수지리적인 전환을 하는 시각이 있어

---

102) 위와 같음. "諺傳云 其皇龍寺塔災之日 石廓之東面始有大斑 至今猶然 卽大遼應曆三年癸丑歲也 本朝光廟五載也 塔之第三災也 曹溪無衣子留詩云 開導黃龍災塔日 燃燒一面示無間 是也"

서 흥미롭다.[103] 이처럼 불교적인 성지의 성격이 신앙적인 세계관이 달라짐에 따라서 기본 인식의 변화가 온다.

2) 옥룡사 창사설화

玉龍寺는 전라남도 광양군 백계산에 있었던 사찰로 경문왕 4년(864)에 道詵이 창사한 절이다.[104] 옥룡사창사설화는 현지에서 구비전승되고 있으며, 구축형창사설화에 속하는 자료이므로 본고에서 분석하고자 한다. 도선은 신라 말 고려 초의 禪僧으로 풍수지리의 창시자로서 널리 알려져 있으며, 옥룡사 이외에도 수많은 사찰들이 그의 창건으로 일컬어지고 있다. 옥룡사창사설화의 자료에 대한 분석을 하고자 한다.

1. 옥룡사 절터가 9룡이 사는 소였다.
2. 도선국사가 그 소에 절터를 잡다.
3. 도선국사가 여덟 마리의 용을 소에서 쫓아내다.
4. 백룡 한 마리는 활로 쏘아서 죽이다.
5. 용소를 메우기 위해서 도선국사가 전국에 눈병을 주다.
6. 사람들이 소금과 숯을 한 짐 용소에다 부으면 눈병을 낫게 하다.
7. 소를 메워서 그 터에 절을 짓다.
8. 도선국사가 탈혼하여 서천서역국으로 가면서 제자들에게 자신의 육신을

---

103) 구비문학대계(경남편) 8-13, 한국정신문화원, 1986, p.28-29. 청량면설화12, 영축소혀바위(2).
　　제보자는 영취산을 소형국으로 보면서 소등, 소혀, 소머리, 소의 발, 소의 요령 등을 영취산의 생김새에 따라 설명하고 있어서 불교적인 인식은 전혀 없고 풍수지리적인 입장만을 가지고 있을 뿐이다.
104) 운허, 불교사전, 동국역경원, 1983, p.628

태우지 말라고 하고, 백씨성
을 가진 사람을 절에 들이지
말라고 하다.
9. 세월이 지나서 백씨 성을 가
진 사람이 절에 화목으로 들
어오다.
10. 그 화목이 도선의 육신을
태워 버리다.
11. 도선이 혼백이 다시 왔으나
육신이 없어 들지 못하고
다시 올 날을 일러주고 가
버리다.
12. 옥룡사가 점차 망하게 되다
13. 도선국사가 천 년 뒤에 다
시 돌아오면 절이 중창될
것이다.105)

〈영암군 도갑사의 도선 · 수미선사탑〉

단락 1~7이 창사설화이고 단락 8~13은 옥룡사의 廢寺이야기다.
단락 1~7의 창사설화를 다시 정리하면 다음과 같다.

1. 용신앙의 존재
2. 절터를 용소에 잡음
3. 승과 용의 대결
4. 용소에 창사

---

105) 옥룡사창사설화
　　제보자 : 차진옥(남, 66) 전남 광양군 옥룡면 추산리 거주
　　조사자 : 이준곤. 1986. 4. 24. 제보자 댁에서 조사
　　제보자는 옥룡사 아랫마을인 추산리에 태어나서 줄곧 생활하신 분으로 어
　　려서부터 마을 어른들한테서 이 이야기를 들었다고 하면서 구술하였다.

이 이야기는 발단(1) - 전개(2) - 전환(3) - 결말(4)의 서사전개를
보여서 역시 용신신앙과 불교의 대립과 대결을 통해서 창사의 과정
을 보여주고 있다. 옥룡사창사 설화에서는 단락 3의 僧과 龍의 대결
에서 도선의 일방적인 승리로 전개되고 있으며, 백룡 한 마리가 저
항하지만 도선에게 활을 맞고 패하고 만다. 이 자료에서 가장 중심
을 두어서 구술하는 대목은 단락 4의 龍沼를 메우고 창사하는 부분
이다. 용소를 메우고 터를 닦는 창사과정에서 사람들에게 눈병을 주
어서 소금과 숯을 한 점씩 가져와 용소에 부으면 눈병을 낫게 한다.

> 전설의 이야기 들어보니까, 이 주위에 눈병을 주었다데요. 눈병을 주니까 스
> 님이 한 분 계시니까. 이 주위의 사람들이 전부 눈병이 들었는데, 스님이 한
> 분 계시니까, 눈병이 왔는데 어떻게 하면 낫겠느냐고 물어보니까. 스님이 하
> 시는 이야기가 도선국사 하시는 이야기가 이제 소금하고 또 한 가지는 숯하
> 고, 소금 하고 숯하고 만약에 지고와서 얼마 정도 한 짐 정도 붓게 되면 눈
> 병이 낫는다. (조사자 : 못에다가요?) 예, 그런데 실지로 어떤 분이 시험삼아
> 해보니까 눈병이 낫드랍니다. 여기가 이곳이 못자리였든가 봐요. 그래서 인
> 제 못을 다 메웠는데, 사람들이 전부 한 짐씩 진 게 몇 천 명, 몇 만 명씩
> 되니까 눈병도 낫고 못도 메워지고 그랬던가 봐요.

이 자료에서 보듯이 용소를 메우는 이야기가 상징적이다. 용소를
메우는 것은 바로 용신신앙을 소멸시키는 행위이므로, 사람들이 소
금과 숯으로 용소를 메워야 눈병을 낫게 하는 설화적 의미도 용신
신앙을 가진 사람들이 기존의 신앙을 버리고 불교적인 신앙체계를
받아들일 때에 비로소 開眼할 수 있다는 것이다. 소금과 숯의 화소
는 淨化의 의미를 지니기도 하지만 사원의 답이나 당우를 건립할
때에 현실적으로 숯이 쓰이는 예를 볼 수 있다. 제보자들은 옥룡사

의 폐사지에서 숯이 발굴되는 것을 경험하고서 설화의 증거물로 여겼다. 숯이 화재나 병화로 인해 매몰된 것일 수도 있으나 실제로 숯을 탑의 건립에서 사용되기도 한다. 해인사의 妙吉像塔의 塔誌의 裏面 기록에 造塔에 소요된 물품과 경비를 열거하고 있는데, 炭八十石이 포함되어 있어서 숯이 사용되었음을 알 수 있다.106) 사찰의 堂宇를 짓기 위해 터를 닦는 과정에서도 숯이 대량으로 쓰여졌을 것으로 생각되며 옥룡사창사설화의 숯모티프는 실제적인 건축공사 과정을 바탕으로 하면서 설화적인 상징성을 띤다. 눈병을 낫기 위해서 "몇 천 명, 몇 만 명"의 사람들이 소금과 숯을 한 짐씩 지고 와서 "하룻밤" 사이에 용소를 메운다. 옥룡사창사설화는 창사하는 과정의 용소메우기가 특이한 화소로 구성되어 있으며, 서사의 시점이 도선이라는 창사주도인물을 중심으로 하여 전개되고 있다.

옥룡사창사설화는 폐사이야기가 이어지고 있어서 흥미롭다. 단락 8-13까지의 폐사이야기는 창사과정에서 도선이 활로 쏘아 쫓은 백룡이 옥룡사에 남아서 도선에게 복수하고 옥룡사를 폐사시킨다. 이 이야기는 백룡의 潛伏(발단) - 도선의 脫魂(전개) - 백룡의 復讐(전환) - 옥룡사의 廢寺(결말)로 전개된다. 이야기의 서술중심은 전환부분에 속하는 백룡의 복수 대목이다. 백룡이 백씨 성을 가진 火木으로 절에 들어와서 도선의 탈혼한 육신을 태워버리고 도선에게 복수하는 결과로 불교가 다시 쇠퇴하고 용신앙이 세력을 회복하는

---

106) 황수영, 속금석유문, p.72. "乾寧二年乙卯年相月 雲陽臺吉祥塔記 石塔三層 都高 一丈三尺 都費 黃金三分 水銀十一分 銅五鍊 鐵二百六十秤 炭八十石 作造料并租百二十石(乾寧 二年은 新羅 眞德王 9년(895년), 相月은 陰曆 7月임)"

의미로 이해된다.

　도선이 탈혼하여 서천서역국으로 가면서 백룡이 복수할 것을 경계하기 위해서 백씨성을 가진 사람은 절에 들이지 말라는 당부를 하지만 세월이 수백년 지나가자 옥룡사의 스님들은 도선의 가르침을 소홀히 여기고 백씨성을 가진 사람을 절에서 일하는 火木으로 들인다. 그 후 옥룡사는 점차 寺勢가 쇠미하여 가서 폐사되고 만다. 현지 주민들은 釋迦千年이 지나면, 人世千年이 오고, 인세 천년이 지나면 다시 釋迦千年이 돌아온다고 하였다. 천년의 주기는 불교와 민간신앙의 대립적인 갈등과 두 세력의 순환을 상징한다. 옥룡사창사설화의 예와 같이 폐사의 원인을 용신의 복수에서 찾고 있다는 점에서 용신신앙의 부활 가능성을 본다.

Ⅳ. 창사설화에 투영된 용신의 전승적 의미

1. 문헌전승과 구비전승의 상이

문헌전승은 주로 식자계층에서 기록되고 전승되므로 상층의 의식이 설화에 내재하고 있으며, 구비전승은 민중계층에서 구전으로 전승되어서 민중의 의식이 설화에 내재한다. 용신창사설화에서도 문헌과 구비의 전승에 따라 그러한 계층간의 의식의 차이가 드러난다. 그러나 문헌전승과 구비전승이 확연하게 의식의 편차를 보이기만 하는 것은 아니고 상호간에 설화적인 영향을 주어서 넘나들기도 하고 있다. 두 자료간의 이러한 상이점을 용신창사설화의 유형별로 살펴보고자 한다.

용신호법형 창사설화 유형에 속하는 부석사의 창사설화에서『삼국유사』와『삼국사기』의 자료를 보면 서로 유사한 면을 볼 수 있다. 의상이 王旨를 받아들여서 부석사를 창사하였다는 점에서『삼국사기』[1]의 기록을『삼국유사』[2]에서 그대로 받아들이고 있음을 알 수 있다. 이 기록의 이면에는 부석사가 문무왕의 신앙체계 개편의

---

1) 『삼국사기』 신라본기 제7 문무왕 16년 2월조. "十六年春正月 高僧義相奉旨
創浮石寺"
2) 『삼국유사』 권제4 의해 제5 「의상전교」. "儀鳳元年 湘歸太伯山 奉旨創浮石
寺 敎敞大乘 靈感頗著"

일환으로 창사되었음을 의미한다. 문무왕이 삼국을 통일한 후에 신라의 북방의 지방 세력을 중앙의 왕권에 편입시키기 위한 정책적인 일환으로 북부지방의 신앙세력을 불교적인 신앙체계로 개편하여 갔다고 본다. 의상은 북부지역뿐만 아니라 신라의 大祀와 中祀의 國祭를 받았던 三山五岳, 또는 小祀에 속하던 지역에 호국적인 사찰을 건립하여 간다. 이 사찰들을 '華嚴十刹'3)이라고 부를 정도로 지역적인 신앙체계의 개편에 열의를 보인다. 이 화엄십찰들을 의상이 직접 창사한 것은 아니고 의상의 사후 그의 문도들에 의해서도 계속 되었을 것이지만, 신라 땅 곳곳이 의상의 화엄사상에 의한 창사가 이루어졌다.4) 왕권의 비호를 받으면서 창사되었던 부석사의 기록은 『삼국사기』와 『삼국유사』의 기록이 단순하게 사실만을 전달하는 내용임에 비하여 중국의 『송고승전』의 「당신라국의상전」은 의상과 선묘의 사랑을 중심으로 창사설화를 전개하여 간다. 중국측의 기록이 국내의 기록보다 더 자세한 원인은 아마도 의상이 중국에서 이룬 화엄학의 업적으로 의상에 대한 설화가 더 다양하게 형성되었을 것으로 보인다.

현지의 구비전승은 『송고승전』의 기록을 중심으로 전승되면서, 다른 한편으로 "까치가 터를 정한 부석사"5)에서 보듯이 민간신앙

---

3) 의상의 華嚴十刹은 다음과 같다. "中岳의 公山 美理寺. 南岳의 智異山 華嚴寺. 北岳의 浮石寺. 康州의 伽倻山 海印寺 普光寺. 熊州의 伽倻峽 普願寺. 鷄龍山 岬寺. 良州의 金井山 梵魚寺. 毖瑟山의 玉泉寺. 全州의 母山 國補寺. 漢州의 負兒山 淸譚寺.
4) 한국불교연구원, 한국의 사찰 7 해인사, 일지사, 1992, p.23.
5) 한국정신문화연구원, 한국구비문학대계(경북편) 7-10, 1984. 봉화군 명호면 설화

적인 話素를 담은 자료도 전승한다. 구비적인 부석사창사설화의 맥은 조선시대의 지리서인 『동국여지승람』[6]과 『택리지』[7]에서 발견된다. 후대의 지리서에서는 부석, 선묘정, 식사룡정, 義湘樹의 이야기가 기록되어 있으며 선묘룡의 변이라고 볼 수 있는 人鬼交媾의 설화유형도 있다. 선묘정과 부석은 『송고승전』이 담고 있는 설화의 맥을 전승하고 있으며, 식사룡정, 의상수의 이야기는 구비전승의 맥을 잇고 있다. 식사룡정에서 기우제를 지내고 의상수를 보고서 의상의 생사를 알 수 있다는 이야기는 민중적인 용신신앙과 영웅의 일생이야기와 맥을 같이 하고 있다.

地理書의 인문적인 특성으로 지역의 문화적인 상황까지 언급하고 있어서 해당지역의 구비자료를 채록하였을 것이다. 『동국여지승람』의 자료에 부석사를 배경으로 인귀교구 유형의 이야기가 형성되고 있다. 고려 사천감 이인보가 祭告使로 이 지역의 산천에 돌아가며 제사를 지낸 후에 부석사에서 묵으면서 자색이 뛰어난 여인과 성애를 겪은 일을 설화화하였다. 선묘룡의 화소가 민담화하여 가는 과정이거나 새로운 형태의 남녀간의 애정이야기를 형성하는 단계로 보인다. 지리서인 『동국여지승람』과 『택리지』는 유학자들에 의해서 쓰여지므로 불교적인 배경을 가지고 창사를 보지 않고 다만 지역의 문화적인 실상을 객관적으로 전하고자 하는 집필동기를 가지고 있어서 구비로 전하는 자료들을 비교적 가감없이 싣고 있다.

의상이라는 한 고승의 일생이 수도후 득도하여 불교적인 성소를

---

6) 『동국여지승람권』 제25 영천군 불우 부석사 참조(선묘정과 식사룡정에 관한 기록이 있음).
7) 『택리지』 복거총론 산수조 참조(부석과 의상수에 관한 기록이 있음).

마련하고 교화를 펼쳐나가는 설화적인 전개가 순차적으로 이루어는 것이『송고승전』의「대당신라국의상전」의 자료이다. 고승의 전기적인 서사전개에서 창사가 가지는 의미는 고승이 터득한 불교적인 세계를 펼쳐나갈 수 있는 거점을 마련하는 데에 있다.

금산사창사설화의 경우는 유사한 양상을 보인다. 문헌전승으로는 『삼국유사』의 『관동풍악발연수석기』8)를 이용하여 살펴보고자 한다. 『관동풍악발연수석기』는 금산사를 창건한 진표의 일생을 서술하는 진표의 전기이다. 진표의 일생을 誕生→出家修行→得道→創寺→敎化→入寂의 시간적인 순서에 따라 서술해 가면서 진표가 불교적인 성취를 이루어가는 과정을 점층적으로 강조한다. 이러한 고승의 전기적인 기술에서 드러나는 창사기록은 불교적인 세계관을 벗어날 수 없게 된다.

고승이 득도과정에서 어느 부처님의 受記를 받았느냐 또는 親見을 하였느냐에 따라서 사찰의 불교적인 성격이 결정되기도 한다. 의상이 낙산의 관음굴에서 친견한 관음보살의 수기를 받아서 득도를 하게 되어 낙산사는 관음도량으로 창사되며, 진표는 금산수에서 미륵보살이 현신하여 진표에게 간자를 내렸으므로 금산사는 미륵도량으로 창사된다. 고승들이 수행과정에서 경험한 불교적인 신비체험에 따라 사찰의 불교적인 성격이 결정되고, 그 불교적인 세계관을 펼치기 위한 거점을 확보하기 위해 사찰을 창건한다. 고승의 전

---

8) 『삼국유사권』제4 의해 제5「광동풍악발연수석기」.
　이 기록은 일연의 문하인 무극이 발연사의 수석기의 기록을 선별하여서 옮겨 쓴 글임. 문헌자료의 전승에서 기록자의 의도에 따라서 전승의 형태가 변화할 수 있다는 예가 되는 기록이다.

기적인 문맥에서 서술되는 창사설화가 불교적인 의미를 띠지 않을 수 없게 되는 원인도 이런 데에 있다. 용신창사설화에서도 진표의 전기적인 서술 내에서는 용신의 면모가 드러나지 않고 다만 용신이 불교로 교화되는 대상으로 언급되고, 용신을 교화시킴으로써 진표의 불교적인 성취는 한 단계 높아지게 된다.

진표가 금산수의 大淵津에 있는 용신만을 교화시키는 것은 아니고 계속해서 水界의 토속신들을 교화시켜 간다. 「관동풍악발연수석기」에서 대연진의 용신이 금산사를 창건하는 불사를 돕고 진표에서 옥가사를 바치며 그를 호위하며, 호법룡으로서의 면모를 여실히 보여준다. 진표가 명주의 해변에 가니 물고기와 자라들이 바다에 나와 溟洲지방에 흉년이 들자 진표가 계법을 설하니 고성의 바닷가에 무수한 물고기들이 저절로 죽어나와 사람들의 굶주림을 면하게 하기도 하였다. 진표에 의해서 교화의 대상이 되는 용신들은 용신신앙의 모습보다는 불교적으로 교화되어 고승들을 돕거나 중생을 구제하는 모습에 가까운 불교적인 호법용이 되고 있다.

고승들이 불교적인 영웅으로 발전해 가는 설화적인 서사전개에서 용신은 고승들에 의해서 불교적으로 교화되는 대상이 되므로 용신호법형 창사설화에 내재한 용신들은 용신신앙의 본래적이고 고유한 특질을 드러낼 수 없게 되며, 다만 불·보살들이나 고승들의 지시에 의해서 신력을 나타낼 뿐이다. 부석사, 금산사, 작갑사의 창사설화에서 의상, 진표, 보양 등이 불교적인 영웅으로 성장하여 가는 데에 조력자로서 용신의 성격이 변모한다. 고승들이 왕권과 결합하여 중앙세력의 지지자가 될 때에 용신호법형 창사설화의 용신은 부석사의 선묘룡의 예에서 보듯이 민간신앙을 제압하는 조력자가 되기도 한다.

　용신호법형 창사설화의 구비자료는 대개 용신신앙을 중심으로 전개되는 양상을 띤다. 구비자료가 주로 민중의 전승물이므로 그들의 신앙인 용신신앙의 면모가 뚜렷이 드러난다. 용신이 불교세력에 의해서 제압당하고 구축당하는 모습이 설화의 중심주제가 된다. 금산사의 구비전승을 보면, 금산사의 터는 원래 용추이고 진표가 숯과 소금으로 메우고 금산사를 창사했다고 한다.9) 구비자료는 문헌자료와는 서사의 주체가 서로 대조적이다. 문헌자료가 고승이나 불·보살이 서사의 주체라면 구비자료는 용신이 주체이다. 금산사의 "가마솥"에 대한 인식에서 문헌자료는 "입불상을 안치하였던 須彌座"로 보고 있으나 구비자료는 "龍宮"으로 인식한다. 미륵상의 좌

---

9) "금산사의 창사이야기" (1986. 7. 8 이준곤 채록. 금산사에서) 제보자 : 승정 토향보살(여, 53) 제보자는 금산사의 미륵전에서 입장료를 받고 있던 신도였음.
　"금산사, 모악산 금산사 이렇게 되었거든요. 말하자면, 연못을 메웠는데, 흙으로 메운것이 아니라, 숯하고 소금하고 메웠어요. 결국은 저 좌대를 들어놓은 거에요.(제보자가 미륵상 아래 쪽에 있는 가마솥이 있는 좌대를 가리키면서) 저 좌대를 드여놓은 동기는 왜 들여놨냐 하면, 이 물 복판에 솥구멍이 있잖아요. 이 솥구멍을 틔워주어야만이 위로 물이 안 스며 오거든요. 그래 법당이 유지해 나갈 수 있지요. 그래 저걸 없애면 위에서 수분이 올라오니까 결국 법당이 유지를 못해나가요.
　그러니까 그것도 있지만요 좌대가 있는 동기는 여기 도량을 눌리기 위해서라도 저 좌대를 들여 놓은 거예요. 명칭을 가마솥으로 이름을 지었지요. 그거이 용궁이지요. 부처님의 좌대도 되고 용궁도 되지요. 부처님이 딴 데서 오시는 분이 아니라 용화세계에서 오신 분이라 그래서 미륵불을 저 좌대위에다 모신거에요.
　진표율사님이 기도를 해서 저 가마솥을 들여놓았거든요. 옛날에는 환자들이 자기의 소원을 이루려는 사람이 저 가마솥에다 빌어서 이루고 갔다는 점이 유명해요."

대 아래에 위치한 "용궁"은 불교세력이 복속당한 용신신앙의 위상을 상징적으로 보여준다.

작갑사의 이목이 보양의 눈을 피해서 득천하기 위한 주술을 부린다는 구비전승에서는 용신신앙의 제의양식이 드러난다. 암자에 있던 상좌인 이무기가 밤이면 중 몰래 나가서 대비못에 가서 용이 되어 득천하기 위해 산에서 돌을 후리쳐 내리다가 중에게 들켜서 용이 못되고 이무기가 되었다는 구비전승이 있다.[10] 문헌전승인 『삼국유사』의 「보양이목」[11]에서는 이목이 서해용의 아들로서 보양을 돕는 호법룡이지만 구비전승에서는 용이 되어 득천하기 위해서 보양 몰래 주술을 익힌다. 여름에 날이 가물면 이목이 사는 용소에 돼지를 한 마리 묶어서 산 채로 넣는 기우제의 모습을 구비자료에서는 전승되고 있어서 용신을 신앙하던 민중들이 용신신앙의 구체적인 제차의 형식을 설화에 담고 있다.[12]

용신호법형 창사설화의 문헌전승과 구비전승은 전승하는 계층의 신앙인식을 대조적으로 드러낸다. 문헌전승에서는 주로 고승의 일생을 기록하는 전기 속에서 용신을 교화의 대상으로 삼아 호법의 용으로 인식하고 있으나, 구비전승에서는 불교세력에 구축당하는 용신으로 본다.

용신구축형 창사설화는 어떤 양상으로 드러나는지 살펴보기 위해서 통도사의 자료를 살펴보자. 통도사의 문헌전승으로 『삼국유사

---

10) 한국정신문화연구원, 한국구비문학대계(경상남도편) 8-8 밀양군편(2), pp.304-305 [상동면 설화14] 참조.
11) 『삼국유사권』제 4 의해 제 4 「보양이목」 참조.
12) 한국정신문화연구원, 한국구비문학대계 8-8 경산남도 밀양군편(2). pp.510-518 [산내면 설화1].

』의 「자장정률」의 기록을 보면 자장의 전기적인 서사전개이다. 자장이 불교적인 성취를 이루어가는 단계를 시간과 공간의 순서에 따라서 서술하고 있어 고승의 일반적인 전기의 형태를 띤다. 탄생→출가수도→득도→창사→교화→입적의 단계로 전개되는 전기적인 서사에서 자장의 창사행위는 득도의 결과로 이루어지는 불교적인 성역의 확보이며, 이 성역을 거점으로 하여서 중생을 교화하고 제자들을 가르친다. 전기적인 문맥에서 창사의 단계는 불교적인 세계관을 펼치는 신앙적인 거점의 마련이라는 의미를 띠므로, 창사의 의미는 불교적인 세계관을 일탈하지 않는다. 자장정률의 기록에서 "신라에 불교가 융성하여지고 나라의 집사람으로 계를 받고 불법을 받든 이가 열집에 여덟, 아홉이 되고 머리를 깎고 중이 되기를 청하는 이가 세월이 갈수록 많아져서 통도사를 새로 세우고 戒壇을 쌓아 사방에서 오는 사람들을 제도하였다"고 한다.13) 이 기록에서 출가하는 사람을 위해서 具足戒를 베풀려고 계단을 쌓았다고 통도사창사의 의의를 둔다. 통도사의 터가 용신의 성소라는 언급은 전혀 하지 않고 있다는 점에서 「자장정률」의 창사계기의 특징이 있다. 통도사의 창사를 불교적인 맥락에서 의미를 찾으려는 데에 그 동기가 있다.

『삼국유사』의 「황룡사 9층탑」의 기록에서는 자장이 중국에서 수도하면서 문수보살의 수계를 받고 대화지 용신의 부촉을 받아 진신사리 100과, 황룡사 9층탑과 통도사 계단, 대화사 탑에 나누어 안치

---

13) 『삼국유사』 권제4 의해 제5 「자장정률」. "國中之人 受戒奉佛 十室八九 祝髮請度 歲月增至 乃創通度寺 築戒壇 以度四來"

하는 내용을 본다. 통도사 창사가 호국불교의 불교적인 실천으로 이루어지는 불사임을 의미한다. 자장이 국가적인 안위를 불력으로 해결하고자 하는 노력의 결과로 통도사를 창사한다. 「자장정률」이 자장의 전기적인 맥락에서 이루어지므로 통도사의 창사가 교화의 의미를 띠고, 「황룡사 9층탑」에서는 불교의 신앙체계로 호국을 하기 위해서 통도사를 창사한다는 의미를 띤다. 이 문헌전승들의 특징이 불교적인 세계관에서 통도사의 창사가 이루어지고 있다는 점에서 같은 범주에 속한다.

통도사의 구비전승은 "통도사의 구룡지",14) "통도사의 구룡지"15) 등에서 보면 서사의 주체가 용신이다. 아홉 마리 용과 그들의 주처인 용지가 먼저 전제되고 자장이 그곳에 절터를 잡는다. 용신 신앙과 불교세력이 대립되는

〈양산 통도사의 구룡지〉

형세가 설정되고 두 세력의 충돌이 일어난다. 전승자인 화자가 강조하는 부분은 용신과 자장이 쟁투를 벌이는 대목이며, 용신이 불교세력에 의해서 패배당하는 양상을 구체적이며 상징적으로 구술한다. 龍池를 메우고 그곳에 창사하는 행위는 바로 용신신앙을 소멸시키는 것이다. 구비전승의 주제는 통도사가 창사되는 양상을 불·

---

14) 감은사에 와서 국왕이 望海祭를 드린 기록은 『삼국사기』 신라본기의 기록에는 혜공왕(36대) 12년 정월과 경문왕(48대) 4년 2월의 사례가 있다.
15) 한국구비문학대계(경남편) 8-12, 울산시설화 6, p.38. 댕바위.

보살의 성지가 세워져서 불교적인 세계관이 펼쳐지는 불교적인 시각으로 구술하는 것이 아니므로, 용신신앙의 패배와 驅逐을 확인하는 데에 있다. 용신구축형 창사설화의 구비전승은 사찰의 창사설화라기보다는 오히려 용신신앙이 불교에 의해서 패배당하고 소멸당하고 잠복하는 이야기이다. 구비전승에서는 대립적인 두 신앙세력의 갈등과 충돌이 일어나므로 발단(용신과 용지의 설정)→전개(절터를 용지에 잡음)→전환(용과 승의 대결)→결말(창사)의 극적인 구성으로 전개된다. 이 구비전승에서는 용신이 주체가 되어서 패배당하는 양상이 드러나므로 용신신앙이 소멸당한 구비역사의 전승을 담당하고 있다는 화자의 결연함이 구술하는 과정에서 표출된다.

『삼국유사』의 전승과 구비전승을 종합하면서 불교적인 맥락에서 통도사의 창사설화를 재구성하는 자료가 통도사의 寺中記인 「通度寺舍利袈裟略錄」이다.[16) 고려 충숙왕 15년(1328)에 釋瑚가 기록한 이 사중기는 통도사에서 전사되어 현재까지 전해오고 있다. 이 문헌은 통도사에서 기록되어 전승되고 있으므로 사찰 주위에 전해오는 구비전승과 『삼국유사』의 「자장정률」, 「황룡사 9층탑」 등의 자료를 모두 포함하고 있다. 「통도사사리가사약록」은 중국의 대화지의 용신을 서해용으로 신라화하고, 구룡지의 용신을 독룡신지의 독룡으로 변이시켜서 불법으로 교화시키고 있다. 구룡지의 용신을 호법룡으로 변이를 시키고 있다는 점에서 용신구축형 창사설화를 용

---

16) 중국대백과전서, 북경; 중국대백과전서출판사, 1988, p.423. 오대산. "中國佛敎四大名山之一 又名淸涼山 在山西五臺縣北部 相傳爲文殊菩薩應化的道場 方圓五百里 由五座山峰環抱而成 五峰高聳 峰頂平坦實廣 如疊土之臺 故稱五臺山 五臺之嶺 各有一峰名和寺院 東臺有望海峰望海寺 西臺有桂月峰法雲寺 中臺有翠巖峰演敎寺 南臺有錦繡峰普濟寺 北臺有葉斗峰靈隱寺"

신호법형 창사설화로 변이시킨다.

용신호법형 창사설화와 용신구축형 창사설화는 한 사찰을 두고
서 설화를 전승하는 계층에 따라서 서로 넘나든다. 용신의 성소에
사찰을 창사하는 방법을 불교적인 측에서는 호법룡으로 교화를 시
킨 것으로 보고, 용신을 신앙했던 민중의 측면에서는 불교에 의해
서 구축당한 것으로 보아, 한 사찰의 용신 창사설화가 두 가지 유
형으로 형성되어 전승하고 있다. 용신신앙을 기저로 하고 불교라는
새로운 신앙이 접목될 때에 설화를 담당하고 있는 계층에 따라서
일어나는 변이현상이다.

용신현현형 창사설화에서는 망해사창사설화를 중심으로 살펴보
고자 한다. 『삼국유사』의 「처용랑망해사」는 신라 제 49대 헌강왕이
鶴城→開雲浦→南山→北岳을 순차적으로 순행한 사실을 열거하고
순행한 지역에서 망해제와 망산제를 베푼 기록이다. 학성의 개운포
에서는 동해용신이 나타나고 남산에서는 상심이라는 남산신이 나타
나고 북악에서는 옥도령이라는 북악신이 나타나며, 동례전에는 지
백급간이라는 지신이 나타난다. 불교세력이 퇴조하자 신라의 전통
신앙의 세력이 강력해지는 현상이다. 「처용랑망해사」에서는 해신과
산신과 지신들과 같은 민간신앙의 신들이 현현한 사실에 대해서
"나라가 장차 멸망할 것을 알기 때문에 춤을 추어 이를 경계한 것
이나 국인들이 깨닫지 못하고 도리어 상서가 나타났다 하여 술과
여색을 더욱 좋아하여 나라가 마침내 망했다."고 한다.[17] 이는 전
통적인 신라의 민간신들이 현현하여서 나라의 멸망을 경계하였으나

---

17) 『삼국유사』 권제2 기이 제2 「처용랑망해사」. "地神山神知國將亡 故作舞以
驚之 國人不悟 謂爲現瑞 耽樂滋甚 故國終亡"

깨닫지 못하고 나라사람들이 퇴폐적인 유흥과 쾌락에 빠져서 결국
은 신라가 망하고 말았다는 내용이다. 신라의 불교가 쇠미해지고
전통신앙의 세력이 강화되어 가는 양상을 이 기록에서 볼 수 있다.
망해사는 개운포의 동해용왕을 위해서 지은 사찰로 불교가 용신의
하위에 위치하고 있음을 본다. 용신호법형 창사설화에서는 고승이
득도후의 창사를 돕는 조력자의 역할을 용신이 맡지만, 용신현현형
창사설화에서는 불교가 용신을 위해서 창사되는 현상을 본다.

「처용랑망해사」 기록의 이면에는 또한 신라의 민간신앙으로는
나라가 망하는 것을 막을 수 없으며, 오히려 국민들로 하여금 퇴폐
적인 생활을 하게 할 뿐이라는 민간신앙에 대한 불신도 잠재해 있
다. 민간신앙이 가지고 있는 호국성을 인정하면서도 국인들을 온전
하게 깨닫게 하지 못한 데에는 민간신앙의 신력으로는 가능하지 못
하다는 비판적인 견해도 있다. 일연이 가지고 있는 불교의식은 호
국적인 성향과 불교국가를 지향하는 면이 강하다. 일연이 가지고
있는 불교국가적인 지향은 "절과 절이 별처럼 벌여있고 탑과 탑이
기러기처럼 줄을 지으며 법당을 세우고 범종을 달아 용상과 같은
승들이 천하의 복전이 되고 대소승의 불법은 서울의 자운이 되었
다. 다른 곳의 불・보살이 세상에 출현하고 명승들이 이 땅으로 모
여들어 삼한이 합해지고 사해가 한 집이 된다"는 불교지상적인 사
회와 국가를 염원하고 있었다.[18] 불법을 받들어야 무궁한 복이 들
어오고 국가 평안하여진다는 일연의 불교국가의식은 강하였다. 용

---

18) 『삼국유사』 권제3 홍법 제3 「원종홍법염촉멸신」. "寺寺星張 塔塔雁行 竪法
    幢 懸梵鐘 龍象釋徒 爲寰中之福田 大小乘法 爲京國之慈雲 他方菩薩 出現
    於世 西域名僧 降臨於鏡 由是併三韓而爲邦 掩四海而爲家"

신현현형 창사설화 유형에 속하는 황룡사의 황룡, 망해사의 동해용 또는 처용들도 용신신앙의 신체로 인식하기보다는 불교적인 맥락으로 인식하므로 용신신앙적인 측면에서 기록되지 않고 있다. 『삼국유사』에 용신구축형 창사설화의 유형에 속하는 자료가 거의 없는 것도 일연의 강한 불교국가를 지향하는 데에 기인한다.

『삼국사기』을 쓴 김부식은 불교에 대한 인식이 일연과는 대조적이다. 김부식은 신라의 역사를 기술하고 나서 "(신라가) 부도의 법을 받들어 그 폐해를 알지 못하고 길거리에 사찰이 들어서고 평민들은 승려가 되어서 사찰로 도망하여 국방을 맡고 농사를 짓는 사람들이 줄어들어 국가가 패망하게 되었다"고 논하였다.[19] 김부식이 가지고 있는 불교에 대한 반감으로 『삼국사기』의 망해사에 관한 헌강왕대의 기록은 사실을 객관적으로 기술하려는 쪽으로 치우친다. 『삼국유사』의 기록이 민간신앙의 양상을 비교적 상세하게 언급하면서도 불교적인 신앙체계에서 일탈하지 않으려고 하는 반면에 『삼국사기』의 기록은 현상적인 기술(description)에 치중하려는 태도를 보인다.[20]

망해사의 구비전승은 용신의 성소로서 처용암에 대한 신성성을 중심으로 형성되고 전승된다. 울산의 외황강의 하구에 자리잡은 처용암은 용신의 성소로서의 특징을 갖추고 있으며, 처용마을의 古老들에 의하면 처용암에는 처용당이라는 사당이 있었다가 건너편에

---

19) 『삼국사기』 권제11 신라본기 제11 경순왕 9년. "奉浮圖之法 不知其弊 至使閭里比其塔廟 齊民逃於緇褐 兵農浸小 而國家日衰 則幾何其不亂且亡也哉"
20) 『삼국사기』 권제11 신라본기 제11 헌강왕 5년 3월. "巡行國東州郡 有不知所從來四人 詣駕前歌舞 形容可骸 衣巾詭異 時人謂之山海精靈"

있는 세죽리로 옮겨서 매년 정월 보름에는 당제를 지냈다고 한다. 처용암에는 한 쌍의 용이 근처에서 놀다가 바다위에 다리를 놓기도 하였다는 구비전승이 있다.[21] 현지의 구비전승은 처용암의 용신들

〈울산의 처용암〉

의 신력과 용신제의의 설화가 전한다. 현재는 처용리에 공장이 들어서서 공해지역이 되어버리고 말았으나 10여년 전만 해도 처용암은 주민들 사이에 성소로 인식되고 있었다.[22] 처용암에 대한 신성성은 구비설화로 전승하고 있을 뿐만 아니라 용신제의가 동제로 베풀어져 오고 있었음을 알 수 있다. 구비전승과 용신제의를 통해서 망해사는 용신을 위한 용신당의 성격으로 이해할 수 있게 된다.

---

21) 김택규, 신라시대의 언어와 문학, 형설출판사, 1974, p.262.
22) 이하석, 삼국유사의 현장기행, 문예산책, 1995, pp.27-28.
"처용바위는 지금도 이곳 세죽마을의 성지로 보호되고 있다. 10여년 전에 필자가 이곳에 들었을 때 이 마을에 살면서 처용바위 근처에서 미역을 따서 애들 학비를 마련하는 이근생 할머니(당시58세)는 '이 섬은 보통섬이 아니니까 아예 섬에 올라설 생각을 말라'고 경고했다. 이 섬을 마을 주민들에 의해 철저하게 지켜지고 있으며, 아무도 섬에 오르지 못한다는 것이다. 해마다 정월 보름에는 섬이 바로 보이는 마을 앞 도선장에 있는 사당에서 이 바위에 제사를 지낸다."

용신현현형 창사설화에 속하는 황룡사, 감은사, 대화사 등도 구비전승과 용신제의를 통해서 용신당의 성격을 가지고 있는 사찰이라는 것을 알 수 있다.

문헌전승과 구비전승의 자료를 가지고 용신창사설화의 각 유형들인 용신호법형 창사설화, 용신구축형 창사설화, 용신현현형 창사설화에 속하는 자료들을 비교하였다. 문헌전승인 『삼국유사』나 사중기의 기록들은 불교적인 세계관으로 용신을 인식하므로 용신을 교화의 대상으로 본다. 특히 고승들의 전기적인 기록에서 고승의 창사행위는 불교적인 성취를 이루어가는 맥락에서 그들의 수행과 득도에 따라 불교적인 세계관을 실천하는 것이며, 교화의 거점을 마련하는 행위이므로 창사가 불교적인 범주를 벗어날 수 없다. 이 경우에 용신창사설화에서 용신신앙의 양상은 표면으로 드러나지 못하고 다만 고승의 조력자로 나타나서 용신호법형 창사설화가 형성되어 전승하게 된다.

구비전승에서는 민중이 자신들이 신앙이었던 용신이 불교에 패배당하는 양상과 용신신앙의 제의나 용신의 신력 등이 드러난다. 특히 불교세력과 갈등을 일으키면서 전개되는 투쟁의 모습이 구체적이며 상징적으로 전승되고 있음을 보았다. 용신호법형 창사설화와 용신구축형 창사설화는 설화를 형성하고 전승하는 계층에 따라서 동일한 사찰의 창사설화로 넘나들고 있는 것도 살필 수 있었다. 용신현현형 창사설화는 구비전승에서 용신신앙의 면모가 구체적인 제의나 용신의 신력을 드러내고 있으며, 문헌전승인 『삼국유사』에서는 불교적인 문맥에서 용신신앙적인 요소가 약화되고 있었다.

2. 용신의 전승적 의미

1) 신앙적 의미

龍神은 水神이므로 용신의 聖所가 井, 泉, 池, 淵, 潭, 川, 江, 海 등의 水界를 기반으로 형성된다. 용신의 성소는 수계의 중심에 위치하면서 天界로 통하는 지점이 된다는 점에서 특징적인 면모를 보인다. 용신과 관련되어서 창사되는 사찰에는 수계가 존재하고 있다. 망해사의 처용암, 감은사의 대왕암, 대화사의 장춘오, 황룡사의 용궁, 부석사의 선묘정, 금산사의 대연진, 작갑사의 절 곁에 있는 螭目의 작은 못, 통도사와 옥룡사의 구룡지 등이 모두 수계이다. 이 용신의 성소적인 특징을 살펴보면서 용신의 신앙의 의미를 찾고자 한다.

용신의 성소를 가장 특징적으로 보여주는 곳이 감은사의 대왕암, 망해사의 처용암, 대화사의 장춘호 등이며, 이 성소들은 모두 강의 하구에 위치하고 바다와 접하고 있는 바위섬들이다. 오른쪽의 그림은 이들의 위치를 도시화 한 것이다.

용신의 성소인 A는 강과 바다가 접하는 지점이므로 지상의 모든 수계와 왕래가 가능하다. A에서 강쪽인 B방향으로 가면 江,

```
                    B
                    |
   井               |          泉
   沼               |          湫
   潭               |          池
   淵               |          溪
   津               |          川
   江               |          河
                    |
   육지 ──────── A ──────── 육지
                    |
   海               |          海
                    C
```

河, 川, 津, 淵, 潭, 池, 沼, 湫, 井, 泉등의 내륙의 수계로 이어지고 C방향으로 가면 해상과 해저로 연결이 된다. A지점은 지리적으로 지상의 수계의 중심이면서 용신의 성소로서 天上으로 오르는 통로이기도 하다. 성소A는 암석으로 형성된 암초의 형태를 띠고 있으며, 용신이 A를 거점으로 삼고 하늘로 오를 수 있다. 地上의 수신인 용신이 득천하여 하늘로 오를 때에 비로소 雲雨의 조화를 부릴 수 있는 神力을 완전하게 갖추게 된다. 昇天에 실패한 龍神이 성소인 바위섬에 핏자국을 남기고 죽었다는 이야기는 神界를 획득하지 못한 지상의 용신으로 이무기, 구렁이, 뱀 등의 水性動物인 蛇族類와 관련된 용신화의 한 양상임을 알 수 있다.

용신신앙의 성소들인 A지점의 형태상의 특징은 암석으로 형성된 암초 내지는 소규모의 바위섬들이다. 지상의 수계의 중심이며, 천상으로 오르는 거점으로 이 성소는 용신신앙의 宇宙의 軸이며, 세계의 중심에 해당한다. 용신은 성소를 축으로 하고서 지상과 천상을 순환하면서 우주의 수계를 지배하고 있다. 용신이 우주를 순환하는 과정은 수성적인 속성을 띠고 있다. 우물이나 샘과 계곡의 물이 내와 강으로 흘러들어가고, 강의 물이 다시 바다로 흘러들어 가며, 바다의 물은 대기를 타고 하늘로 올라가서 구름과 비와 눈이 되어서 다시 지상으로 내려오는 순환의 과정은 바로 용신이 지상과 천상을 순환하는 과정과 같다. 용신이 지상의 수계를 지배하고 천상의 기후현상까지도 지배하는 신력을 가지고 있음을 알 수 있다. 용신의 水神的인 신력은 농경생활의 풍흉과 해상에서의 안전과 어로의 풍흉을 지배하고 있다. 용신신앙적인 성소의 지리적인 특질을 사찰에 존재하는 용신신앙의 성소들에서 확인하여 보고자 한다.

망해사의 처용암은 울산의 외황강 하구에 있는 작은 암초로 동
해와 외황강이 접하는 곳에 위치한다.[23] 처용암의 자연지리적인 위
치와 형태가 지상과 천상의 수계를 내왕하는 용신신앙의 성소적인
특질을 전형적으로 구비하고 있다. 용신의 성소인 처용암에서 베풀
어진 용신제의가 구체적인 모습으로 드러나는 것이 바로 신라 49대
헌강왕이 개운포에서 행한 "勝事"라고 본다. 처용암이 위치한 곳이
바로 개운포 해중이다.[24] 망해사는 울산의 외황강과 동해가 접하는
개운포지역의 동해용신을 위해서 창건한 용신당으로, 신라후대에
불교의 세력이 약화되어 감에 따라 민간신앙인 龍神, 山神, 地神 등
의 세력이 강화되어 가는 면모를 상징하고 있다. 처용암이 있는 외
황강의 하구는 깊숙한 만으로 이루어져 있으며 그 연안에 處容里가
있고 하구에서 상류로 올라가면 온산면에 龍巖이 있으며 외황강의
발원지인 영취산의 동쪽에 망해사가 자리를 잡고 있다. 처용암의
용신이 處容巖 → 龍巖 → 望海寺의 수로를 따라서 오고가기도 하
고 천상으로 승천하기도 하는 길이 바로 외황강이다. 외황강이 발

---

23) 한국구비문학대계 8-12. 경상북도 울산시 · 울주군편(1), p.95.
　　울산시설화 44, 북정동. 1984. 8. 10. 정상박, 김현수 조사
　　김석보(남, 57)
　　"처용암이라는 것은 위치가 어디하고 있느냐 하면, 울산시 황성동, 울산시
　　황성동 세죽마을 하고 울주군 온산면 처용리하고 사이에 흐르는 내황강이
　　라 하는 강이 있습니다. 이 강하고 바다하고 만나는 자리, 만나는 자리에,
　　조수 이렇게 물이 교류하는 자리에, 교차하는 자리에, 조그마한 한 30평
　　가량의 암석으로 된 조그마한 돌섬, 바위가 있습니다. 길쭉하게 동서로
　　늘어져 있고, 그 섬에 돌섬에 가보면, 상록수 몇 그루가 자생을 하고 있습
　　니다. 그런데 이것이 바로 저 유명한 처용암입니다.
24)『동국여지승람』권제22 울산군 고적 처용암. "處容巖 在開雲浦海中 世傳處
　　容出于巖下"

원되는 상류와 바다로 이어지는 하구의 두 지점에 용신의 성소를 두고 있다. 처용암이 下堂이고, 망해사가 上堂과 같은 위치를 점하고 있다.

大和寺의 용신성소는 藏春塢이다. 장춘오는 대화강 하구의 북쪽 강안에 있는 石壁이다. 이 석벽은 대화강과 동천강이 만나 울산만으로 흘러들어가는 三角洲에 위치한다. 장춘오 밑의 여울은 특히 黃龍淵이라고 하는데 용신의 주처이다.[25] 이 황룡연을 龍黔沼라고도 하였다는 점에서 용신의 성소였음을 알 수 있다. 장춘오는 황룡연에 솟은 석벽으로 마치 대화강과 울산만이 접하는 곳에 선 바위섬과 같이 보인다.[26] 장춘오는 황룡연의 용신이 현현하는 장소이기도 하였다는 점에서 용신의 성소라고 할 수 있으며, 지리적인 조건도 구비하고 있다. 지상의 수계의 중심이면서 용신이 승천할 수 있는 거점으로서의 바위섬인 장춘오는 강과 바다와 하늘을 이어주는 용신신앙의 중심이며 축인 것이다. 대화강은 상류로 올라가면 용신신앙의 성소인 立巖(선바위)이 있으며, 강의 최상류에 속하는 영취

---

25) 위와 같은책, p.115.
  울산시설화 47, 북정동 1984. 8. 10. 정상박, 김형수 조사
  김석보(남, 57)
  "울산의 강이 태와사절 앞으로 흐르는 강 이름을 태화강이라 부르고, 절이름도 태화사라 그랬고, 또 그 절 밑에 있는 그 지금 여울, 물이 이렇게 도는 자리가 있습니다. 거기를 속칭 용금소(龍黔沼), 용금소라고 하고, 또 황룡연(黃龍淵), 읍지에는 황룡연이라, 못 연짜(淵) 황룡연이라고도 합니다."
26) 위와 같은 책, 같은 곳.
  "그 왜 장춘오나 하면 따뜻한 곳이기 때문에 봄을 늘 감추고 있다. 거기에 이 황룡연에 있는 용이 한 번씩 올라와서 일광욕을 할 때, 거게 와서 이렇게 일광욕을 하고 다시 물로 들어가곤 했다하는 그런 전설이 있습니다."

산 기슭으로 올라가면 용이 관련하여 창사된 통도사가 있어서 대화강의 수계 전지역이 용신신앙과 밀접한 관계를 가지고 있다. 장춘오와 구룡지는 대화강을 매개로 하여서 연결되어 있어서 大和寺 → 藏春塢 → 黃龍洲(龍黔沼) → 立巖 → 九龍池 → 通度寺의 수로를 상정할 수 있다.

慈藏이 대화강의 최상류에 있는 영취산의 九龍池에 통도사를 세우고 바다와 접하는 하구의 장춘오에 대화사를 세운 의도는 대화강의 용신신앙체계를 불교적으로 변혁시키기 위해서였다고 본다. 구룡지의 용신을 불력으로 제압하여 구축하고 구룡지를 메워서 통도사를 창사하였으며, 용검지 또는 황룡연의 장춘오에는 중국의 대화지의 용신을 끌어와서 그 용신을 위한 용신당인 大和寺를 세움으로써 용신의 불교화를 시도하였다. 내륙에 있는 池龍은 제압하고 강의 하구에 있는 海龍은 회유하여 불교화시킨 양상으로 본다. 영취산의 구룡지에 있는 池龍의 세력이 불교적으로 제압할 수 있을 만큼 약하였다고 보이며, 대화강이 하구의 용검소에 있는 해룡은 불교화된 중국의 용신으로 대체할 수밖에 없을 만큼 세력이 강력하여 회유하였을 것으로 본다.

울산지역에 있는 두 강인 대화강과 외황강의 용신신앙이 불교와 교섭을 하는 양상이 편차를 드러내고 있음을 본다. 신라 제 27대 선덕여왕 시대의 통도사와 대화사가 대화강의 용신신앙을 불교적인 세력으로 제압 또는 회유를 통해서 불교화하여 갔다면 제 49대 헌강왕 시대의 망해사는 외황강의 용신신앙이 불교적인 세력권에서 벗어나 용신의 신력을 드러내는 용신당의 모습을 띤다. 불교와 용신신앙의 세력이 서로 대립하면서 강약의 차이에 따라 다른 교섭관계를 이루고 있음을 알 수 있다.

感恩寺의 大王巖은 대종천의 하구에 자리잡은 용신의 성소이다. 대왕암 역시 동해와 대종천이 접하여 이 지역의 수계의 중심이면서 용신이 승천할 수 있는 軸으로서 용신신앙의 성소적인 조건을 갖추고 있다. 대왕암은 "東海口"라고 하여 신라의 수도인 경주와 직결되는 水口에 위치하고 있으므로 국방상의 요충지이다. 대왕암은 신라 고유의 용신의 성소이며, 감은사는 동해용신의 용신당이다. 감은사가 위치한 마을과 산의 명칭이 "龍堂里", "龍堂山"이며, 대종천은 吐含山에서 발원하여 동해로 빠져나간다. 토함산은 신라의 東岳으로 용성국에서 度海한 탈해가 산신으로 좌정하고 있다.

대왕암의 용신은 大王巖 → 大鍾川 → 龍淵 → 龍穴의 水路를 따라 감은사를 왕래 하였으며, 대왕암을 거점으로 하여 천상으로 승천하고 다시 동해로 강림하였다. 신라 제31대 신문왕이 이견대에서 승천하는 용을 친견하였으며, 동해에 현신한 용신으로부터 玉帶와 神竹을 얻은 일은 대왕암을 중심으로 이루어졌던 용신신앙의 제의적 상관물이라고 할 수 있다. 문무왕은 호국을 위해서 대왕암의 용신이 되고자 하였다. 문무왕이 대왕암의 용신을 위해 護國寺를 창건하고자 하였던 의도는 신라의 고유한 용신의 힘으로 신라를 지키려고 하였던 것이다. 신라의 왕성과 대왕암은 거의 직선거리로, 제31대 신문왕이 경주에서 감은사를 오가는 路程에서 볼 수 있듯이, 대종천을 따라 토함산에 이르며, 토함산을 넘으면 바로 경주에 들어서게 된다.

대왕암의 용신은 국방상의 중요성으로 인해서 불교적인 교화의 대상으로 삼기보다는 오히려 그 지역의 용신신앙을 강화하였을 것으로 보인다. 感恩寺의 龍穴은 감은사의 양 탑과 금당의 삼각구도에서 사찰의 중심에 위치한다. 용신의 주처가 불교적인 外護를 받은 사찰 형태로 해석할 수 있다. 대왕암의 용신은 경주지역 외에서는 신라 용신신앙의 가장 강력한 신앙체계를 유지하고 있었다고 본다. 울산지역의 용신신앙이 불교적인 교화의 대상이었던 것과는 달리 대왕암의 용신은 왕권이 중심이 되어 수호하였다는 점에 차이가 크다. 삼국통일의 대업을 이룬 문무왕이 대왕암을 자신의 葬處로 삼고 동해용신이 되고자 하였던 것은 대왕암이 갖는 국방상의 중요성 때문이었다.

처용암, 장춘오, 대왕암의 지리적인 위치와 형태가 용신신앙의 축으로 용신이 지상의 수계와 천상을 왕래하는 통로이며, 중심이라는 것을 알 수 있으며, 강과 바다가 접하는 곳에 있는 암초 내지는 작은 바위섬에서 용신제의가 베풀어지고 용신당이 세워졌다가 불교적인 사찰로 변화하여 갔을 것이다. 용신의 성소에서는 용신의 현현이 이루어진다. 처용암에서는 처용이 처용암 밑의 바다에서 출현하였을 뿐만 아니라, 개운포에서 동해용왕이 일곱 아들을 거느리고 현현하였으며, 장춘오에서는 황룡연의 용신이 석벽으로 올라왔으며, 대왕암에서는 문무동해용신이 출현하여서 神器를 신문왕에게 전달하기도 하였다. 이들 용신의 성소는 處容巖 → 外煌江, 藏春塢 → 大和江, 大王巖 → 大鍾川이라는 수계의 중심에 위치하여서 각각의 수계를 거느리고 있다. 이들 강이 있는 곳은 용신신앙지역이라고 부를 수 있을 만큼 용신신앙의 세력이 강력하였다고 본다.

皇龍寺의 龍宮은 용신의 성소이다. 용궁의 남쪽에 신궁을 지으려 하자, 황룡이 현현하여 사찰로 고쳐지었다는 황룡사창사설화에 등

장하는 용궁은 龍池이다. 1976년에 실시한 발굴조사에 의하면 황룡
사지에 습지대가 있고 원래는 그곳이 못이었을 것이라고 추정하였
다. 용궁이 용소 또는 용지였을 것이라는 발굴결과이다. 경주지역
은 형산강이 관류하여 많은 지류를 거느리고 영일만으로 빠져나간
다. 경주는 고대부터 용신의 성소라 할 수 있는 샘이나 못들이 많
다. 蘿井, 閼英井, 궁의 동쪽의 우물, 金城井, 鄒蘿井, 楊山井, 王宮
井 등에서 용이 현현한 사례가 기록된 것을 보면 이들 수변의 지역
들은 용신의 성소적인 성격을 가지고 있다고 본다. 경주는 구비자
료에 의하면 "산이 강을 막고 있어서 일대가 온통 물바다였다"는
이야기가 전승하고 있다.[27] 경주가 수계와 밀접한 관련을 가지고
있음을 알 수 있다. 황룡사지의 용궁을 중심으로 남북 두 곳이 전
불 7가람터에 속하고 있으며, 용신의 성소로서 용궁이 중요한 위치
를 차지하고 있음을 알 수 있다.

진흥왕이 용궁의 남쪽에 궁궐을 새로 지으려 한 시도는 용신의
성소에 대한 瀆神的인 행위이라고 해석할 수 있다. 용신이 진흥왕
을 응징하려고 현현하자 진흥왕이 용신을 위해 궁궐을 용신당으로
고쳐지었다고 본다. 황룡사는 신라 불교의 국찰로 자리잡아 갔으나,
초기에는 용신을 위한 용신당이었을 것이다. 용신당을 불교적인 신
앙체계로 편입시키어 가는 작업이 『삼국유사』의 각편인 「迦葉佛宴
坐石」, 「皇龍寺丈六」, 「皇龍寺九層塔」 등의 설화군을 형성하게 하
였다. 가섭불연좌석이라고 하는 石物은 황룡사 불전의 후면에 있었
다고 하니, 용신의 성소인 용궁에 있었을 것이다. "돌의 높이는 5-6

---

27) 한국구비문학대계 7-3, p.617. 유금이들.

척으로, 그 둘레는 겨우 세 발밖에 되지 않았으며 우뚝하게 서있고 그위는 편편했다."[28)는 일연의 목격담을 참고한다면 일종의 石祭壇과 같은 형태였다고 본다.

용신의 성소인 龍宮에 있는 석제단 형태의 석물을 過法七佛의 하나인 가섭이 좌선하던 자리인 연좌석으로 보는 것은 신라의 佛緣을 本地垂跡의 시각에서 설명하는 것이다. 부처의 法身이 化身으로 이 우주에 遍在하여 있다는 사상인 본지수적의 사상으로 본다면 기존의 민간신앙의 체계를 모두 불교적인 세계 속으로 편입시킬 수 있다. 「황룡사장육」의 이야기는 황룡사에 안치한 丈六三尊像의 유래를 인도에서 바다를 건너와 신라로 渡來하였다고 설명한다. 역시 황룡사의 불연이 인도와 바로 닿는다는 의미로 해석할 수 있으며, 황룡사를 지은 지 몇 년 되지 않아서 삼존상을 안치하게 되었음은 황룡사가 용신당의 성격을 벗고 불교적인 사찰의 격을 갖추고 변모하여 가는 과정을 보여준다. 「황룡사구층탑」은 황룡사가 호국적인 國刹로 발전하여 가는 면모를 보여주는 이야기이다. 황룡사설화군이라고 부를 수 있는 이 이야기들은 황룡사가 초기의 용신당에서 불교적인 국찰로 변모하여 가는 과정을 담고 있다. 용궁의 용신이 중국의 대화지의 용신의 長子라고 하여서 신라용신의 神統을 끊어버리고 중국적인 용신에서 연원을 찾으려는 의도를 볼 수도 있다. 황룡사설화군의 이야기들은 용궁의 용신에 대한 제압의 의도를 담고 있다. 황룡사창사설화는 진흥왕이 정치적으로 황룡을 제압하려다가 실패하고 오히려 용신의 응징을 피하기 위해서 용신당을 지어

---

28) 『삼국유사』 권제3 탑상 제4 「가섭불연좌석」. "宴坐石在佛殿後面 嘗一謁焉 石之高可五六尺 來圓僅三肘 幢立而平頂"

바치는 이야기이며, 「황룡사장육」은 인도에서 온 불상을 안치하여 불교적인 체계로 황룡사를 변모시키려는 이야기이며, 「황룡사구층탑」은 신라 龍神의 맥을 끊어버리고 불교적으로 교화되어 있는 중국의 대화지 용신의 맥을 끌어오려는 시도라고 본다.

작갑사의 螭目이 주처하였던 "절 곁에 있는 작은 못"(寺側小潭), 금산사의 大淵津, 부석사의 善妙井, 옥룡사의 九龍池 등도 모두 池龍의 성소들이다. 서해용의 아들인 이목이 보양을 도와서 작갑사 곁의 小潭에서 살면서 호법적인 역할을 한다. 이목이 가뭄에 비를 내리게 하여 天帝의 노여움을 사서 죽게 되자 보양의 도움을 받아서 살아나는 이야기는 바로 불교와 용신신앙의 상호간이 조화로운 모습이다. 金山寺의 大淵津은 호법룡의 성소로 진표가 변산의 부사의 방에서 득도한 후 대연진 곁을 지나가자 용왕이 8만 권속을 거느리고 옥가사를 진표에게 바치고 진표를 호위하고 금산수에 가서 금산사를 창사한다. 대연진의 용왕이 호법룡으로 진표의 금산사 창사를 돕고 있다. 부석사의 선묘정도 용신의 성소이다. 선묘룡은 의상을 사랑하던 중국의 처녀로 생전이나 사후에 의상의 단월이 되어서 의상를 돕고 수호하려는 서원을 지니고 화룡된 용신이다. 중국에서 건너온 용신이라고 할 수 있으며, 민간 신앙적인 면모를 지니고 있으면서 불교에 교화된 호법룡이다. 선묘가 봉황산의 權宗異部로 표현되는 민간신앙집단을 구축하고 의상의 주도하는 불사를 돕는 점에서 善妙龍은 호법룡이다.[29] 작갑사의 이목, 금산사의 대연진의 용, 부석사의 선묘룡 등의 용신은 모두가 불사를 돕는 호법룡으로 불교

---

29) 최진원, 사찰연기와 선풍, 진단학보 제42집, 1977, p.118. 권종이부를 신라의 仙風으로 보고 의상의 부석사 창건을 방해하였던 것으로 해석하였다.

적인 교화를 받아서 불교의 신앙체계 속에 편입되어 간 용신이다.

이목과 대연진의 용신이 『삼국유사』에서는 호법룡으로 나타나지만 현지의 구비자료에서는 불교와 대립하는 용신으로 나타나기도 한다. 이목이 밤이 되면 보양의 눈을 피해서 득천하기 위한 수련을 하는 이야기라든지 금산사의 터가 원래는 용추였으나 진표가 소금으로 메워서 용을 구축하고 금산사를 세웠다는 구전자료가 현지에서 전승한다. 특히 금산사의 미륵상 아래에는 "가마솥"이 있어서 용신의 성소로서의 의미를 지니고 있다.[30] 현재도 가마솥의 용신에게 치성을 드리는 사람들이 있으며, 가마솥은 금산사의 용신의 주처라고 믿고 있는 계층들이 상존하고 있다. 용신의 주처인 가마솥이 미륵상의 좌대 아래에서 있어서 불교에 제압당한 용신신앙의 위치를 상징하고 있다. 선묘정이 부석사의 영역 안에서 독자적인 자리를 잡고 있으며, 선묘를 위한 선묘각이 있어서 선묘룡이 불교적인 신앙체계 안에서 호법적인 기능을 하고 있는 점과 금산사의 용신의 성소인 가마솥이 미륵상 아래에 제압당한 형태로 존재하는 점이 서로 대조된다. 玉龍寺의 九龍池의 용신은 道詵에게 구축당하지만 다시 나타나서 옥룡사를 폐사시킨다. 불교세력이 약하게 되면

---

30) 한국학문헌연구소편, 금산사지, 한국사지총서 제8집, 아세아문화사, 1976, p.157. 1943년에 智異山人 包光 金英遂가 述하고 金剛山人 無佛 南性觀이 書한 金山寺誌에 미륵상 좌대에 있는 가마솥인 "鐵須彌座"에 관한 기록이 있다. "彌勒殿主佛像의 座下에 在한 俗稱 莫啼釜라 하는 것이다. 釜之底에 長方形의 座下에 二個孔穴이 있는 것으로 보아 立佛像을 安置하였던 須彌座인 것이 分明하다. 推想컨대 본시 開山 當時에 彌勒鐵像을 安置하였던 것인데 李朝 仁租五年 丁卯에 彌勒尊像을 塑像으로 改造함에 따라 鐵須彌座는 不必要함으로 彌勒佛像의 座下에 廢置한 것이다."(인용자가 현대 철자법으로 고침)

용신신앙의 세력이 재등장하여 성소를 찾는 양상을 보여준다. 용신신앙과 불교는 서로 대립하고 투쟁하기도 하고 또한 서로 적절한 위치를 인정하면서 조화를 모색하는 모습도 보여준다.

신라의 용신의 성소는 지상의 수계를 장악하는 위치인 강의 하구에 있는 바위섬이라는 특징적인 모습을 보이고 있다. 그곳은 천계로 승천하는 거점이기도 하며, 용신신앙의 중심이며 우주의 축이라고 할 수 있다. 엘리아데는 우주에는 천상계와 지상계와 지하계의 우주역이 있는데, 이 세 우주역은 中央軸과 연결되어 있어서 상호 건너다닐 수 있다고 한다. 이 중심축은 "입구" 혹은 "구멍"을 관통하고 있으며, 신들이 지상으로 내려오고 사자들이 지하에 내려갈 때 지나는 관문이 바로 이 구멍이라고 한다. 접신상태에 든 샤만의 영혼이 천상계 여행 때 날아 들어가는 통로, 지하계 여행 때 내려가는 통로도 바로 이 "入口"라는 것이다.[31] 용신신앙의 성소인 "바위섬"도 용신이 지상과 바다와 천계의 우주역을 넘나드는 중심축의 입구이며, 통로라고 할 수 있다.

처용암, 대왕암, 장춘오와 같은 곳이 전형적인 용신신앙의 우주의 축으로서의 성소라고 할 수 있으며, 내륙에 있는 수계도 동일한 용신의 성소로서 井, 泉, 淵, 池潭, 沼, 津, 川 등을 들 수 있다. 내륙의 용신 성소도 江과 바다로 연결되어서 결국은 용신신앙의 중심인 "바위섬"으로 모여든다. 창사설화를 통해서 신라의 불교가 용신신앙을 불교화하여 가는 양상을 보면 내륙의 용신은 제압하는 경우가 많으나 "바위섬"을 기반으로 하는 동해변의 용신들을 회유하거

---

31) 엘리아데, 이윤기 역, 샤마니즘, 까치, 1994, p.243.

나, 불교가 오히려 용신의 성소를 수호하는 면모까지도 보인다.

2) 사회적 의미

불교가 신라 사회에 받아들여지는 양상은 지방 세력과 갈등을 일으키면서 이차돈의 殉敎를 거치고 나서야 비로소 공인될 수 있었다. 法興王이 불교공인을 하고 나서도 상호간의 갈등양상이 해소되었다고는 할 수 없다. 불교의 공인은 불교의 국가적인 수용의 단초에 불과하였고, 여전히 불교와 기존 신앙체계의 쟁투는 계속되었을 것이다. 기존신앙 체계를 고수하려는 집단이 바로 이차돈의 순교를 강요하였던 지방 세력이며, 신라의 6부를 중심으로 하여 형성된 정치세력으로 종교적으로는 自然神을 신앙하는 집단이었을 것이다.

용신신앙은 재래신의 하나로 용신신앙이 불교와 만나는 양상은 중앙의 왕권과 지방 세력이 서로 관련을 맺는 상황과 같다. 창사설화를 통해서 보는 용신신앙과 불교의 만남은 세 가지의 양상으로 나타난다. 용신신앙이 불교의 下位體系로 자리를 잡아가는 모습과 용신신앙이 불교적인 신앙체계를 거부하고 갈등을 일으키면서 결국은 불교세력에 패하여 殘存形態로 소멸하여 가는 모습과 용신신앙이 불교의 우위에 서서 표면적으로는 불교적인 형식을 띠지만 내면적으로는 용신신앙이 주가 되는 양상이다. 세 가지 양상은 사회적으로 보면 용신신앙 체계에 속하였던 지방 세력이 왕을 중심으로 한 중앙세력의 불교적인 이데올로기에 대응하는 모습이다.

부석사나 작갑사, 금산사의 창사설화에서 보는 용신은 호법룡으로서 불교적인 하위개념 속으로 편입하여간 용신이다. 금산사와 작갑사의 창사를 돕는 大淵津의 龍王과 西海龍은 바로 중앙의 왕권에 흡수당한 지방 세력을 상징한다는 생각이다. 부석사나 대화사의 경우는 중앙세력이 불교화된 중국의 용신을 앞세워서 지방의 土着信仰集團을 구축하거나 회유하여간 경우이다. 부석사의 창사설화에서는 봉황산에 자리를 잡고 있던 權宗異部의 대집단을 중국의 善妙龍을 이용하여서 내쫓고 자리를 잡았으며, 중국의 대화지의 용도 자장에 의하여 신라의 대화강 유역의 용신신앙을 대체하고 말았다. 대화지의 용은 중국의 오대산 대화지에서 문수보살의 外護神으로 있던 중국적인 용신이었으나 자장이 신라의 동해안의 용신신앙 지역에 중국용신을 위한 사찰을 창사한다. 자장은 대화강에 황룡연이라는 전통적인 용신신앙의 성소가 있으나, 그곳의 황룡을 몰아내고 대화지의 용신을 위한 사찰을 세웠다. 불교화된 중국의 용신으로 전통적인 용신을 대체해버린 경우이다. 대화강은 용신의 성소인 黃龍淵 → 立巖 → 靈鷲山 九龍池로 이어지는 龍神의 江이다. 전통적인 용신을 불교화된 중국의 용신으로 대체한 것은 지방 세력을 중앙세력에 편입시키기 위한 목적에 의해서였다. 불교화된 용을 호법룡 또는 호국룡으로 인식하는 데에서 불교국가를 지향하였던 신라 왕권의 정치적인 의도를 볼 수 있다. 불교세력에 저항하며 전통적인 신앙체계를 고수하였던 용신의 모습을 구전설화에서 찾을 수 있다. 통도사의 구룡지나 옥룡사의 구룡지 이야기에서 毒龍이나 惡龍으로 나오는 용신이 불교세력과 저항하는 용신이다. 중앙권력을 배경으로 한 강력한 불교세력에 의해서 쫓겨가거나 죽거나 제압당한 채로 남아있는 용신은 바로 중앙왕권에 대항하였던 지방 세력의 모습일 것이다. 고대제의에서 보듯이 바다와 강과 못의 祭儀組織에 의해서 전 국토가 동서남북중으로 용신신앙체계가 지역적으로 연결되어 있었다. 지방의 水界에 따라 형성된 용신신앙의 세력을 불교화하려는 중앙권력의 시도는 여러 가지 방법으로 행해졌다. 용신신앙의 성소를 자신의 葬處로 삼아 化龍되어서 東海龍神이 되고자 했던 문무왕이나, 용신을 위한 사찰을 지은 후에 호국불교의 대찰로 변화를 시킨 진흥왕 등은 왕 자신이 용신신앙의 불교화를 시도하였으며, 중국의 유학승들이 나서서 각지의 용신신앙을 불교화하여 갔다. 자장, 의상, 진표 등은 당에서 귀국한 후 각지의 용신신앙의 성소를 불교화하였다.

불교적인 세계관 속에서 용은 護法神衆의 하나이다. 화엄경에 토착신들을 上壇, 中壇, 下壇으로 나누고 상단에는 주로 欲色諸天衆을 자리잡게 하고 중단에는 八部鬼衆을 자리잡게 하고 하단에는 靈祗神衆들을 자리잡게 하였다. 용은 중단의 팔부귀중의 하나이다. 용은 강우의 능력으로 甘雨를 내려서 중생들을 안락하게 하는 신력을 지니고 있어서 하단의 水神, 海神, 河神과 風神을 거느린다. 용왕은 부처에게 습복하고 불법에 귀의하여 강우로서 일체수림총림을 성장시키어 모든 중생을 안락하게 하여야 畜生의 途에서 벗어나 불·보살의 경지로 나아갈 수 있다. 용들이 불·보살을 수호하고 불법에 귀의하여 중생을 이롭게 할 때 비로소 熱沙, 惡風, 金翅鳥의 害에 자유스러워지고 축생의 윤회를 벗어날 수가 있다. 불교적인 용은 호법룡과 독룡으로 인식되어서 독룡은 악풍, 악우로 중생에게 해독을 주는 용으로 三患의 苦에서 벗어나지 못하고 축생의 윤회를 되풀이 한다.

독룡을 불법에 귀의시켜서 호법의 용으로 교화시키고자 하는 것이 불·보살의 자비라는 시각을 가지고 고승들이 또는 왕권을 중심으로 한 중앙세력이 지방의 토착 용신신앙을 불교화하여 갔다. 용신호법형 창사설화에서 선묘룡(부석사), 서해룡(작갑사), 대화지용(대화사), 대연진의 용(금산사) 등이 호법의 용으로 불·보살을 외호하는 八部神衆의 龍이다. 부석사의 예를 들어보면, 선묘는 생전에는 의상이 수행하는 시절에 그의 供養主가 되어서 의상의 수도를 도왔다. 선묘가 자신의 사랑을 의상이 받아들이지 않자, 道心을 발하여 대서원을 한다. "世世生生 和尙에게 歸命하여 大乘을 익히고 大事를 성취할 수 있도록 제자는 檀越이 되어 반드시 필요한 것들을 공급하겠습니다."[32] 선묘는 죽어서는 용이 되어서 의상이 귀국하는 항해길을 돕고, 부석사의 터를 잡는 의상을 위해서 부석이 되어 권종이부를 쫓아낸다.

> 그 여자가 다시 맹세하기를 '원컨대 이 몸이 대룡으로 화하여 배의 이물과 고물을 받들어 나라(신라)에 닿아 법을 전하게 하기를 바라옵니다' 하고 옷소매를 날리며 바다에 투신하였다. 원력을 굽히지 않고 지극한 정성이 신을 감동케 하니 과연 형상이 변하여 굽으리고 혹은 펴서 그 배 바닥을 꿈틀거리며 받치며 피안에 안전하게 닿았다. 의상이 입국한 후 산천을 편력하여 고구려와 백제의 馬牛가 서로 이르지 않는 땅에 와서 '이 곳의 땅이 영험하고 산이 빼어나 진실로 법륜을 굴릴 곳이나 권종이부가 모여 반천중이나 무리를 이루었다'고 하였다. 의상이 생각하기를 '대화엄교는 복선지지가 아니면 흥할 수가 없다'고 하였다. 이 때에 선묘가 항상 따라다니며 수호를 하다가 이 생각을 알고 곧 허공 중에 대신변을 일으켜 거석이 되어서 가로로 넓이가 일리나 되어 가람의 위를 덮고 떨어질듯 말듯한 형상을 하니 승의 무리가 놀라 사면으로 흩어져 달아나니 의상이 곧 사중으로 들어

---

32) 『송고승전』 「당신라국의상」전. "生生世世 歸命和尙 習學大乘 成就大事 弟子必爲檀越 供給資緣"

가 화엄경을 열었다. 겨울에는 따뜻하고 여름에는 시원하니 부르지 않아도 오는 자가 많았다.[33]

선묘가 의상을 위해서 귀국항해와 부석사 터를 잡는 일에 용, 부석이 되어 의상의 傳法, 闡法을 돕고 있으며, 다시 부석사 무량수전의 石龍이 되어서 부석사를 수호한다. 생전, 사후에 걸쳐서 호법의 역을 하는 점에서 호법룡의 전형을 선묘룡에서 본다. 불교적인 시각에서 호법의 外護神衆의 모습을 선묘룡에게서 형상화시키고 있다. 선묘룡이야말로 신라의 고승이나 왕들이 이 땅의 용신을 불교화시키려고 하였던 호법룡의 전형일 것이다.

인간이 종교를 가지게 되는 원인은 여러 가지로 해석되고 있으나 기본적으로 자신의 삶에 대한 의문을 풀어보려는 근본적인 물음과 삶 자체를 더 가치있게 영위하려는 의도에서 시작된다. 한 사회가 종교적인 변모를 보이면서 기존의 종교체계를 버리고 새로운 종교체계 속으로 자신을 변화시켜가는 것은 개인적으로나 사회적으로 대단한 세계관의 변화이다. 이 세계관적인 변화가 佛敎受容에서 나타나고 있다. 이제까지 지녀왔던 자연신앙적인 세계관을 불교의 시각으로 재해석해내고 다시 신앙체계를 재편성하려는 시도는 신라의 커다란 사회적 변동이었으며, 이에 따라 새로운 정치사회적인 세력

---

33) 위와 같은 책, 같은 곳. "其女復誓之 我願是身化爲大龍 扶翼軸櫓到國傳法 於是攘袂投身于海 將知願力難屈至誠感神 果然伸形 天矯或躍 蜿涎其舟底 寧達于彼岸 湘入國之後 遍歷山川 於駒麗百濟風馬牛不相及 日此中地靈山秀 眞轉法輪之所 無何權宗異部聚徒可半千衆耳 湘默作是念 大華嚴敎非福善之地不可興焉 時善妙龍恒隨作護 潛知此念 乃現大身變於虛空中 化成巨石 縱廣一里 盖于伽藍之頂 作將墮不墮之狀 郡僧驚駭罔知所趣四面奔走 湘遂入寺中敷闡斯經 冬陽夏陰 不召自至者多而"

이 형성되어 갔으며, 이 세력을 중심으로 하여서 국가적인 에너지를 충전할 수 있었다. 그들은 불교적인 시각으로 국토를 재해석 내지는 재편성을 하였으며, 왕족의 혈통까지도 불교적인 淵源을 따랐으며, 과거의 신라의 유습을 탈피하고 새로운 불교문화를 형성하고자 하였다.

그러나 자연신앙의 체계도 쉽게 소멸되지는 않았다. 불교의 신앙체계 안에서 하위개념으로 자리를 잡거나 세력이 약화되기는 하였으나 三祀의 제의 속에서 독자적인 위치를 가지고 있었으며, 여전히 서민들의 신앙 속에서 연면하게 그 자리를 확보하였다. 불교적인 신앙체계가 상위의 신앙체계로 자리를 잡아가는 중에도 국가적인 재난이나 위기가 닥쳐올 때는 자연신앙의 신들이 나타나는 이야기에서 土着神들의 존재가 심층에 도사리고 있으면서 언제라도 부상할 수 있음을 본다.[34]

신라의 중앙권력이 핵심이었던 왕권 강화를 위해서 용신신앙지역을 불교화하여 가는 양상은 동해변의 海龍과 내륙의 池龍이 두 대상에 따라 서로 다르게 전개되어 갔다. 동해의 울산지역의 용신인 대화강 유역의 예를 들어보자.

울산지역은 대화강과 외황강의 하구이며 兄山江 平野의 남쪽 지역으로 동해안의 유일한 농경지대를 배경으로 하고 있으며, 일본과 중국의 商船이나 멀리는 아라비아의 무역선이 드나들었던 국제항의 면모를 신라시대부터 가지고 있었다.[35] 이 지역은 철의 생산지였으

---

34) 정병헌, 백제 용신 설화의 성격과 전개 양상, 구비문학연구 제1집, 1994.
   백제 용신의 변천을 백제의 정치 사회적인 상황과 전개와 결부시켜서 살피고 있다.

며, 박제상이 왜로 떠나고 다시 돌아온 곳이며, 황룡사장육이 渡海한 곳이었으며, 자장이 당에서 귀국하였던 항구이다. 이 지역은 농업, 광업의 산물이 풍부하고 외국의 문물이 도래하였던 번성한 항구였음을 알 수 있다. 울산지역의 용신신앙은 용신의 속성인 농경신, 해상신의 성격이 다른 어느 지역보다도 강력했을 것으로 생각된다.

대화강의 藏春塢 → 黃龍淵(龍黔沼) → 立巖 → 靈鷲山 九龍池로 이어지는 용신의 통로는 울산지역의 풍부한 경제력을 바탕으로 하여서 경주의 황룡사의 龍宮으로 그 맥을 잇고 있었다. 사회적인 시각으로 보면 재력이 풍부한 울산지역의 지방 세력이 경주의 중앙귀족세력과 연대감을 갖고 동일한 龍神信仰的인 一體感을 형성할 수 있었을 것이다.

신라 27대 善德女王代에 慈藏이 울산 지역의 용신신앙 집단을 불교적인 중앙왕권의 체제에 편입시키기 위해서 불교적인 중앙왕권의 이데올로기 속에 이 지역의 용신신앙을 개편하려고 했던 것도 울산지역의 지방 세력을 견제하려는 의도였다. 선덕여왕대의 신라는 국내외적으로 대단히 불안정한 시기였다. 신라가 사회적으로 불안한 시기에 여왕을 세워서 국내와 국외에 신라의 국가적인 신망이 떨어진 사례를 자주 볼 수 있다. 선덕여왕의 재위기간(632~647)은 16년이었으며, 『삼국사기』의 기록에는 백제의 침공이 5번, 고구려의 침공이 2번이었으며, 선덕여왕 11년 8월에는 백제와 고구려가 연합하여 신라가 당으로 가는 통로였던 당항성을 공격하였다. 같은 해 같

---

35) 이우성, 처용설화의 일고찰, 진단학보 제32호, 1969, pp.22-25.

은 달에는 국경의 요새였던 대야성을 백제장군 윤충이 빼앗고 김춘추의 사위인 품석과 딸을 살해하였다. 선덕여왕 14년 5월에 당태종이 고구려를 공격하였으므로 신라에서 3만 원병을 보내는 등 삼국이 전쟁기로 돌입하여 가는 시기였다. 국제적으로는 선덕여왕 16년 정월에 상대등 비담과 염종이 "女主는 정치를 잘 하지 못 한다" 하고 반란을 일으켰다. 그들의 반란은 성공하지 못하였으나 신라의 국내상황도 안정되지 못하였다는 것을 알 수 있다.[36]

이런 상황에서 신라가 당과 연합하여 국가의 안전을 도모하기 위해서 對唐外交에 치중하게 되었다. 선덕여왕 12년 9월에 신라의 사신이 당에 가서 고구려와 백제의 위협에서 신라를 구원해 주기를 청하자 당태종이 三策을 제시한다. 그 가운데 세 번째의 방책에서 "善德女王이 여인이므로 隣國의 업신여김을 받으니 당황제의 친족한 사람을 신라의 왕으로 삼으면 어떻겠느냐"[37]는 야유를 받을 정도이다. 『삼국사기』의 김부식은 사평에서 "新羅가 女子를 세워서 王位에 있게 하였으니 진실로 亂世의 일이며, 이러고서 나라가 망치 아니한 것이 다행이다."[38]고 혹평하였다.

고구려와 백제가 연합한 상태에서 신라의 위치가 불안하였던 이 시기에 자장이 당에서 귀국하여 계율을 앞세워 신라의 불교조직을 정비하고 지방의 민간신앙인 용신신앙도 불교적인 신앙체계 속에 편입시키는 강력한 護國佛敎를 주창하게 되었다. 황룡사에 9층탑을

---

36) 『삼국사기』 권제5 신라본기 제5 선덕여왕 가사 참조.
37) 『삼국사기』 권제5 신라본기 제5 선덕여왕 12년 9월. "爾國以婦人爲王 爲隣國輕侮 失主延寇 靡歲休寧 我遣一宗支 與爲爾國主"
38) 위와 같은 책, 같은 곳. "新羅扶起女子 處之王位 誠亂世之事 國之不亡 幸也"

세워서 선덕여왕의 권위를 세우고, 용신신앙지역인 울산의 대화강의 상류와 하류에 통도사와 대화사를 창건하여 신라의 산업지대이며 무역항이었던 울산지역의 지방 세력을 제압하였다. 자장이 울산지역의 용신신앙을 제압하는 양상을 보면 대화강유역인 황룡연(용검소)의 장춘오의 용신은 중국의 호법룡인 대화지의 용신으로 대체한다. 이는 울산유역의 용신신앙이 강력한 세력을 형성하고 있으므로, 용신의 神統을 중국으로 연결시켜 용신신앙의 세력을 회유한 것으로 보인다. 그러나 대화강의 상류에 있는 내륙지역의 靈鷲山九龍池의 용신을 용신구축형 창사설화에서 보듯이 龍池를 메워서 용신을 몰아내고서 통도사를 창건한다.

이처럼 내륙지역의 용신신앙 또는 여타의 민간신앙을 구축하는 경우에 강경한 태도를 보이고 있음을 금산사, 부석사, 작갑사, 옥룡사 등에서도 구비전승을 통해 볼 수 있다. 그러나 동해안지역에 있는 대종천의 대왕암이 있는 감은사의 창사설화에서 보듯이 海龍神에 대해서는 불교적인 영향력이 크게 작용하지 못하고 있다. 울산지역의 용신신앙은 이후 신라의 불교세력이 약화되어 감에 따라서 세력이 강화되어 간다.

신라 33대 성덕왕 14년 6월에 가뭄이 들자 河西州의 龍鳴嶽居士를 불러 임천사의 못 위에서 비를 빌어서 열흘이나 비가 왔다는 기록이 있다.[39] 용명악거사인 理曉가 祈雨의 司祭者라면, 용신을 모시는 龍神巫라고 할 수 있다. 河西州는 蔚山으로, 용명악거사는 울산의 龍神巫라고 할 수 있다.[40] 居士는 재가승이나, 재가 불제자를

---

39) 『삼국사기』 권제8 신라본기 제8 성덕왕 14년 6월 참조.
40) 『동국여지승람』 권제22 울산 건치연역. "本新羅屈阿火村(新羅地名 多稱火

가리키는 불교적인 칭호이므로 울산지역의 용신무가 불교의 영향을
받고 있음을 본다.[41)]

신라 제38대 원성왕 11년에 당나라 사신들이 河西國人 두 사람을
데려와 경주의 護國三龍을 小魚로 변신시켜 통 속에 넣어서 가져가
려고 하자 원성왕이 하서국인들을 잡아 호국용을 내놓게 한다.[42)]
이 河西國人 두 사람도 역시 울산지역의 용신무이다. 경주에서 왕
권을 수호하던 중앙의 호국용신이 세력이 약화되어 지방의 하서국
즉 울산지역의 용신무들의 呪術에 걸리어 소어로 변하고 말았다는
것이다. 이 기사에서 울산지역의 용신신앙의 세력이 점차 강화되어
가고 있음을 본다.

신라 제49대 헌강왕의 開雲浦 巡行記事에서는 울산지역의 외황
강의 처용암의 동해용신이 왕의 행차를 가로 막을 수 있을 정도로
강력해지고 있다. 울산지역의 용신이 불교적인 영향에서 벗어나 오
히려 자신을 위해서 왕으로 하여금 망해사를 창사하게 할 정도로
용신의 세력이 강해진 것을 볼 수 있다. 울산지역의 용신신앙의 변
천을 신라 제27대 선덕여왕대의 자장이 불교적으로 개편하려는 시
도부터 제33대 성덕왕의 용명악거사의 기우 용신제의, 제38대 원성
왕대의 호국룡을 소어로 변신시킨 하서국인들의 용신주술, 제48대
헌강왕대에 처용암에 동해용신이 현현하여 왕으로 하여금 망해사를

火乃弗之轉 弗又伐之轉) 婆娑王始置縣 景德王改名河曲(或作 河西) 爲臨關
　郡領縣"
41) 황패강, 신라불교설화연구, 일지사, 1975, p.214. 維摩經에는 재물을 모으는
　거사와 집에서 도를 닦는 거사가 있다고 한다. "居士有二 一廣積資財 居
　財之士 名爲居士 一在家修道 居家道士 名爲居士"
42)『삼국유사』권제2 기이 제2 원성대왕조 참조.

창사케 한 경우에 이르기까지 울산지역의 용신신앙의 변천상황을 살펴보았다. 울산지역의 용신신앙을 중앙권력에 의해서 불교적인 신앙체계로 편입시키려고 시도하였으나 불교의 세력이 약화되면서 후대에 이르면 다시 용신신앙이 등장하는 과정을 본다. 중앙의 왕권이 불교를 통치 이데올로기로 삼고서 지방의 민간신앙인 용신신앙 체계를 불교화하여 가는 과정은 서로 대립적인 관계를 견지하면서 그 세력의 부침에 따라서 우위에 서기도 하고 하위에 서기도 하는 순환적인 변환을 보여주고 있음을 울산지역의 신앙적인 변천과정에서 볼 수 있었다.

Ⅴ. 창사설화의 구비문학적 위상

창사설화는 사찰이 세워지기까지의 내력을 풀어주는 불교적인 해석물이다. 사원연기설화,[1] 사찰연기설화,[2] 불사연기설화[3]들의 명칭으로 불리워 왔으나, "緣起(pratityasmutpada)"라는 용어가 불교적인 의미역이 넓어서 業感緣起, 賴耶緣起, 眞如緣起, 法界緣起의 四大緣起로 나누어지며, 불교사상의 핵심이다. 사찰이 지어지는 내력에 대한 이야기의 명칭으로 사용하기에는 불교적인 의미가 강하여서 본고에서는 "創寺說話"라는 용어를 사용하였다. 사찰이 지어지는 계기는 불교적인 동기가 주를 이루지만 풍수지리사상, 민간신앙 등의 불교외적인 동기에서 이루어지는 창사도 있으며, "연기"라는 용어로 칭명을 하게 되면 불교적인 측면이 두드러져서 창사에 관련되는 불교외적인 측면이 도외시되기 쉽다. 사찰이 지니고 있는 다양한 신앙의 양상들을 고찰하기 위해서는 이 이야기를 "창사설화"라는 용어로 이름짓는 것이 적합하다는 생각을 한다.

『삼국유사』의 설화자료를 장덕순이 분류한 것을 보면, 총535편의 자료에서 불교설화가 다수인 238편을 차지하고 그 가운데서도 창사

---

1) 장덕순, 한국설화문학연구, 서울대학교 출판부, 1971.
2) 소재영, 삼국유사에 나타난 일연의 설화의식, 숭전어문학 제3집, 1974.
3) 홍순석, 한국불사연기설화연구 -삼국유사를 중심으로-, 단국대학교 대학원 석사학위논문, 1979.

설화가 68편에 이른다.[4] 사찰들이 별처럼 늘어서고 탑들이 기러기의 행렬 같았다는『삼국유사』의 표현이 결코 과장이 아니고 한국의 산간계곡이나 평야와 도시와 마을들에 사찰들이 들어차 있었다.[5] 창사설화는 각 사찰들이 자리잡으면서 겪었던 신앙의 역사라고 할 수 있다. 불교가 발원지인 인도에서 중국을 거쳐 한국에 유입되어 정착하는 과정이 창사설화에 내재하고 있다. 불교가 한국의 기존신앙체계 위에 자리잡으면서 겪는 문화적인 변용의 양상이 창사설화에 담겨 있다. 창사설화는 불전설화와 한국의 신화, 전설, 민담이 서로 영향을 주고 역동적인 관계에서 형성되었다. 기존신앙체계를 바탕으로 한 한국의 설화가 불교적인 사유체계에 의해 재구성된 것이 한국의 불교설화이며, 창사설화는 가장 특징적으로 불교와 기존신앙의 교섭양상을 드러낸다. 창사설화는 불교뿐만 아니라 한국의 민간신앙의 발생과 역사와 그 변화과정을 담고 있다.

창사설화의 연구는 사찰에 따라 개별적으로 이루어져 왔으나 아직까지는 전체적으로 다루어지지 않았다. 본고에서는 시론적으로 창사설화를 분류하고 창사설화의 구비문학적인 가치를 살펴보고자 한다. 창사설화의 분류를 창사의 계기와 목적에 따라서 다섯 유형인 佛·菩薩現身型 創寺說話, 佛跡出現型 創寺說話, 民間信仰型 創寺說話, 風水裨補型 創寺說話, 願堂型 創寺說話로 분류하고자 한다.

불·보살현신형 창사설화는 불보살이 모습을 드러냄으로써 창사

---

4) 신형식, 삼국사기연구, 일조각, 1981, p.322
5)『삼국유사』권제3 흥법 제3「원종흥법 염촉멸신」. "寺寺星張 塔塔雁行 竪法幢 懸梵鐘 龍象釋徒 爲寰中之福田 大小乘法 爲京國之慈雲 他方菩薩 出現於世"

의 계기가 마련되는 유형의 창사설화이다. 불보살은 法身, 報身, 化身의 三身으로 나타난다. 불교적인 사유에 의하면 사물을 體, 相, 用의 3면으로 관찰하는 방법을 불신에도 적용하여 불보살의 삼신설이 형성되었다. 불신의 체와 상이 법신이며, 보신과 화신은 그 용으로 본다. 법신은 개념이 아니며, 三界의 육체가 아니라 수행을 통해서 證得되어야 하는 것이며, 보신은 보살들이 모든 공덕을 갖추고 아름다움의 극치가 나타나 果報愛用의 身을 볼 때에 이를 지칭한 것이며, 화신은 보다 세속적인 可見, 可觸, 可設的인 성격을 지니고 있으며 보는 자에 따라 상이한 변화가 있다.[6]

불·보살현신형 창사설화는 현신하는 주체인 불보살에 따라 미륵보살현신, 관음보살현신, 미타불현신, 약사여래현신, 지장보살현신 등의 방법으로 세분될 수 있으며, 현신의 양상에 따라서 법신창사설화, 화신창사설화로 나눌 수 있다. 의상이 관음굴에서 수행한지 7일이 지나서 용천팔부와 동해용에게서 수정염주와 여의보주를 받고, 다시 7일만에 관음의 진신을 친견한다.[7] 관음보살이 의상에게 수행처의 산마루에 한 쌍의 대나무가 솟는 곳에 불전을 지으라는 수기를 주어 낙산사를 창사한다. 의상이 수행을 통해서 경험하는 신비체험에서 관음보살의 진신을 친견하게 되어, 낙산사를 창건하는 이 이야기는 불·보살현신형 창사설화의 전형적인 예이다. 관음보살의 진신을 친견하는 경험은 의상의 득도체험이라고 할 수 있다. 득도의 과정에서 현신하는 관음이 의상에게 절터를 점지하고

---

6) 이기영, 불신에 관한 연구, 불교학보 제 3,4합집, 동국대학교 불교문화연구소, 1966, pp.271-276.
7) 『삼국유사』 권제3 탑상 제4 「낙산이대성관음정취 조신」.

창사하게 한다. 관음이 의상에게 절터를 잡아주는 것은 일종의 계시이며 의상의 득도에 대한 認證이다. 관음의 계시와 득도의 인증에 의해서 의상은 불교의 새로운 성소를 자리잡게 된다. 자신이 깨달은 불교적인 세계를 세속적인 공간에 구현시키는 일이 창사로 귀결된다. 이런 경우는 자장이 문수보살을, 진표가 미륵보살을 친견하고 창사하게 되는 경우와 동일하다.

불보살이 현신하는 양상은 고승의 수행과정에서 이루어지기도 하며, 수행자가 성불하면서 불보살로 현신하기도 한다. 관음보살의 화신인 한 낭자에 의해서 노힐부득이 미륵보살로, 달달박박이 아미타불로 현신한 후 백월산 남사에 現身成道彌勒之殿과 現身成道無量壽殿을 지어 봉안하였다는 이 이야기와,[8] 귀진의 집 여종인 욱면이 수행을 통해서 아미타불이 되어서 서방정토로 간 후 郁面登天之殿을 지었다는 보리사창사설화는[9] 수행인이 성불하여 불보살로 직접 현신하는 경우이다. 노힐부득과 달달박박은 모두 "처자를 데리고 살면서 산업을 경영하고 서로 왕래하며 정신을 수양하고 평안히 마음을 길러 方外之志를 잠시도 폐하지 않는 사람들"로서[10] 일상적인 생활을 영위하면서 수행을 하는 서민들이었으며, 욱면은 "아간 귀진의 계집종이었으나 그 주인을 따라 절에 가서 마당에 서서 중을 따라 염불하였으며, 주인이 직분에 맞지 않는 짓을 한다고 미워하여 항상 곡식 두 섬을 주어 하룻밤에 다 찧게 하여도 욱면은 초

---

8)『삼국유사』권제3 탑상 제4「남백월이성노힐부득달달박박」.
9)『삼국유사』권제5 감통 제7「욱면비염불서승」.
10)『삼국유사』권제3 탑상 제4「남백월이성노힐부득달달박박」. "皆挈妻子而居 經營産業 交相來往 棲神安養 方外之志 未常暫廢"

저녁에 다 찧어놓고 절에 가서 염불하여 밤낮으로 게을리 하지 않았다."11)고 한다. 서민과 노예의 신분으로 있는 사람들이 현신성도 하는 이야기에서 신라의 불교가 대중화되어가는 상황을 볼 수 있으며, 왕권을 중심으로 한 귀족불교가 신라하대로 들어오면서 기복적인 원당형으로 떨어지고 오히려 민중들의 불교적인 각성이 상승하고 있음을 본다.

불적출현형 창사설화는 불상, 불탑, 범종, 불경, 불사리 등의 불교적인 聖物이 출현하여 창사의 계기가 된다. 불적이 출현하는 양상에 따라 渡海創寺說話, 降臨創寺說話, 湧出創寺說話 등으로 세분할 수 있다. 도해창사설화는 불적이 바다를 건너서 와 닿는 유형으로 허황옥의 바사석탑, 전남 옥과 관음사의 관음상, 동축사의 장육상, 미황사의 석선, 유점사의 53불 등의 창사설화가 이에 속한다. 불적이 인도에서 출발하여 와 닿는 불적도해 창사설화는 이 땅이 불연지이며, 불국토라는 의식에서 형성되어서 한국의 해안가에 위치한 사찰들에서 발견할 수 있는 창사설화이다. 불적강림창사설화는 불적이 하늘에서 지상으로 떨어지는 경우로 대승사의 사면석불이 이에 속한다. 사면이 한 길이나 되는 큰 돌의 사면에 사방여래의 상이 새겨지고 붉은 비단으로 싸인 채 하늘에서 산마루로 떨어져서 신라의 진평왕이 그 바위 곁에 절을 세웠다는 대승사의 창사설화이다.12) 불적용출 창사설화는 못이나 땅 속에서 석불, 석탑, 석종이 솟아오르거나, 발

---

11) 『삼국유사』 권제5 감통 제7 「욱면비염불서승」. "時有阿干貴珍家 一婢名郁 面 隨其主歸寺 立中庭 隨僧念佛 主憎其不職 每給穀二碩 一夕舂之 婢一更 春畢 歸寺念佛 日夕微怠"
12) 『삼국유사』 권제3 탑상 제4 「사불산 굴불산 만불산」.

견하게 되어서 그 불적을 안치할 사찰을 세우는 이야기다. 굴불사, 생의사, 영탑사, 정토사, 관촉사, 홍흥사, 미륵사 등의 사찰들에서 불적용출창사설화를 볼 수 있다. 생의사, 미륵사, 정토사의 창사설화에서 보듯이 땅 속에서 출현하는 석불상이 주로 석미륵이 다수를 차지하는 것은 미륵신앙과 관련이 있을 것이다.

불적출현형 창사설화에서 불적을 발견하게 되는 경우는 꿈이나 禪定의 상태에서 불보살의 화신의 인도로 계시를 받고 석불, 석탑 등의 불교적인 聖物을 찾아내는 과정을 담고 있다. 이는 巫들이 그들의 성물인 巫具를 찾아내는 과정과 흡사하다. 무들이 신비체험을 겪으면서 무구를 획득한 후 신력을 얻어 무업을 수행하듯이 승들도 꿈과 같은 4차원의 세계에서 신비체험을 경험하고 불적을 획득한 후 사찰을 지어서 불적을 안치하고 교화를 펼쳐간다.

민간신앙형 창사설화는 불교가 민간신앙과 교섭을 통해서 이 땅에 토착화하는 양상을 보여준다. 불교는 기존의 민간신앙을 하위체계로 포섭하여 불보살을 옹호하는 神衆으로 삼고 3단의 조직으로 체계화시킨다. 이 화엄신중의 三壇作法은 화엄경 세주묘엄품과 용수보살약찬게에 39위가 있으며, 석문의범에는 104위가 있다.[13] 39위 신장은 화엄경 편집 이전 인도의 범신사상에서 형성된 신들이며, 104위 신장은 불교가 인도에서 중국과 동남아 제국으로 전파되어 그 지역의 민간신들이 포섭되어 수가 늘어난 것이다.

신중의 조직은 3단으로 나뉘어 체계있게 배열되어 있어서 39위 신중조직의 경우를 보면, 上壇에 欲色諸天衆으로 10天 2天子의 12

---

13) 한정섭, 불교토착신앙고 -특히 화엄신장을 중심으로-, 한국불교학, pp.162-164.

위가 있으며, 中壇에는 八部神衆으로 8위가 있으며, 下壇에는 19靈祗神衆으로 19위가 있다.[14] 이들 화엄신장 가운데서 현재 각 사찰에서 독자적인 신앙영역을 확보하고 신행되는 신장은 七星, 山神, 竈王, 龍王, 現王, 帝釋, 風伯, 雨師, 伽藍, 井神, 太歲, 冥府十王 등이 있다.

불교가 민간신앙의 신들을 불보살의 外護神으로 삼고 민간신앙의 신들을 불교의 하위신으로 포섭하고 있으나, 불교의 세력이 쇠퇴하면서 신앙의 축이 민간신앙 쪽으로 옮겨가는 현상을 본다. 한국의 불교에서 신라의 경우 下代에 오면 민간신앙의 세력이 강해지면서 불교가 기복화되어 가는 경향을 띤다. 그 예를 신라 제 35대 경덕왕과 표훈의 경우에서 찾을 수 있다. 경덕왕이 표훈으로 하여금 천제에게 아들을 낳게 해달라고 청하도록 하여 만월왕후가 태자를 낳게 되지만, 표훈이 천기를 누설하여 하늘을 왕래하지 못하게 된다.

이후로는 신라에 성인이 나지 않았다고 한다.[15] 표훈이 상천하여 천제에게 경덕왕이 祈子願을 청하는 모습은 당시의 불교가 自利的인 祈福信仰으로 변질해 가는 것으로 이해할 수 있으며, 표훈도 지상과 천상을 왕래하는 양상이 무속적인 사제자와 같은 인물로 보인

---

14) 위와 같은 책, 같은 곳. "上壇: 大自在天王, 廣果天王, 遍淨天王, 光音天王, 大梵天王, 他化自在天王, 他樂天王, 兜率天王, 夜摩天王, 33天王, 日天子, 月天子.(12위)", "中壇: 乾闥婆王, 鳩槃茶王, 龍王, 夜久王, 摩候羅迦王, 迦樓羅王, 阿修羅王, 緊那羅王.(8위)", "下壇: 晝神, 夜神, 方神, 空神, 風神, 火神, 水神, 海神, 河神, 稼神, 藥神, 林神, 山神, 地神, 城神, 道場神, 足行神, 神衆神, 執金剛神.(19위)"
15) 『삼국유사』 권제2 기이 제2 「경덕왕 충담사 표훈대덕」.

다. 표훈이후 신라에 성인이 나지 않았다는 『삼국유사』의 평은 경덕왕 이후에는 불교가 민간신앙적인 기복신앙으로 변질되어 上求菩提 下化衆生의 참다운 불승이 출현하지 않았다는 의미로 해석된다.

민간신앙형 창사설화는 불교와 민간신앙의 교섭관계를 드러내고 있으며, 불교가 민간신앙의 우위에 서는 경우와 하위에 서는 경우로 나누어진다. 불교가 우위에 서는 경우로는 민간신앙의 성소에 사찰을 세워서 민간신앙을 구축하거나 외호신으로 삼는 두 경우로 나누어진다. 구축하는 경우를 보면 흥륜사창사설화에서 "天鏡林의 나무를 크게 베어서 역사를 시작하여 기둥과 들보에 쓸 재목을 모두 천경림에서 넉넉히 베어 썼으며, 주춧돌과 석감도 모두 갖추었다"다고 한다.[16] 민간신앙의 성소인 천경림의 숲을 파괴하고 사찰이 들어선 것은 불교세력에 의해서 민간신앙이 소멸되거나 위축된 경우이다. 외호신으로 삼는 경우의 창사설화는 용신창사설화에서 용신의 성소인 龍池에 사찰을 세우면서도 용지를 사찰의 경내에 자리잡게 하고 용신을 호법용으로 삼아 삼단 신중의 중단에 위치시키는 경우이다. 민간신앙이 불교의 우위에 서는 창사설화는 민간신앙의 신들을 위해서 사찰을 창건하는 경우이다. 죽은 곰을 위해서 김대성이 세운 장수사, 김현이 虎女를 위해서 세운 호원사, 동해용을 위해 창사한 망해사 등의 창사설화에서 민간신앙의 신인 곰, 범, 용을 위해서 창사하였으며, 이 사찰들은 神堂의 성격이 강하다.

풍수비보형 창사설화는 풍수지리설에 의한 창사이야기다. 풍수지리설은 지리쇠왕설과 음양비보설로 이루어지며, 지리쇠왕설은 地

---

16) 『삼국유사』 권제3 홍법 제3 「원종흥법염촉멸신」.

氣의 힘이 쇠퇴하거나 왕성함에 따라서 왕조의 흥망이 좌우된다는 지리설이며 음양비보설은 지리적인 결합을 인위적으로 고칠 수 있다는 지리설이다. 비보설은 쇠왕설을 기반으로 하면서 지리적인 결함을 보완하여 지기의 왕성함과 순함을 이루어 낼 수 있다는 것으로 지맥이 약한 곳은 흙이나 바위로 북돋우어 보강하고 산형이 험한 곳은 바위를 깎는 등의 인위적인 방법을 사용한다. 풍수비보형 창사설화는 불교를 비보설에 적용시켜서 지리적인 결함을 불력으로 보완하려는 목적으로 사찰이나 탑을 세우는 이야기다. 황룡사 9층탑의 건립은 비보설이 불교와 용신신앙과 서로 결합되고 있다. 대화지의 용신이 자장에게 내린 수기에서 나라의 혼란을 산천이 험한 탓으로 돌리고, 지세의 결함을 불력으로 누르기 위해서 9층탑을 세우라고 한다. 황룡사 9층탑은 신라를 세계중심으로 보는 신라인의 국토관과 함께 선덕여왕의 위엄을 세우고 인접국을 진호하겠다는 비보사상을 형상적으로 상징한다.[17] 오대산 문수사 석탑기, 천룡사, 작갑사 등의 이야기도 풍수비보형 창사설화에 속한다.

풍수지리설의 창시자라고 하는 도선이 터를 잡은 곳에 지은 사찰을 "비보사찰"이라고 하여 고려시대에는 왕권의 보호를 받았다. 고려 태조의 훈요에 "여러 사원은 모두 도선이 산수 순역을 추점하여 창건하였다. 도선이 말하기를 '내가 점정한 외에 함부로 더 창건하면 지덕을 손박하게 하여 조업이 길지 못할 것이다.'고 하였다.[18] "는 내용이 전한다. 비보사찰이 고려의 개성에 있는 경우에는 사사

---

17) 『삼국유사』 권제3 탑상 제4 「황룡사구층탑」.
18) 『고려사』 권2 세가 권제2 태조 6년. "其二日 諸寺院 皆道詵推占山水順逆而 開創 道詵云 吾所占定外 妄加創造 則損薄地德 祚業不永"

전을 지급받았으며 지방에 있는 비보사찰은 시전을 받았으나, 그 이외의 사찰들은 신라 백제 고구려 시절에 지은 절이나 새로 지은 개인의 원당들은 국가로부터 혜택을 받지 못하였다.[19] 이런 까닭으로 전국에 도선이 창건했다는 풍수비보형 창사설화가 형성했을 것이다. 절터를 잡고 절을 짓는 계기를 풍수지리설에 의하여 결정되는 이 설화는 불교가 풍수지리설의 하위에 위치하고 있는 경우이다. 사찰이 비보의 한 방법으로 세워지는 풍수비보형 창사설화는 불교세력이 쇠퇴하고 풍수지리설이라는 새로운 사상이 풍미하는 고려시대에 와서 널리 형성되고 전파 되었다.

원당형 창사설화는 개인이나 가문의 복을 빌거나 망자의 넋을 위무하기위해서 세운 사찰의 이야기다. 왕족이나 귀족들의 각기 원당을 세우는 경향이 신라 후대에 내려올수록 빈번하여 신라 제 40대 애장왕 7년(860)에 불사의 新創을 금하고 오직 重修만을 허락하고 錦繡로 불사를 짓거나 금은으로 기용을 만드는 것을 금하였다.[20] 禁新創佛寺의 배경에는 불교의 사치와 종교적인 부패가 만연해 가고 귀족층들이 타락하여 사회적으로 혼란한 시대에 나온 것이다. 귀족층들이 각기 원찰을 지어서 자신들의 세력을 과시하고 국력을 낭비하는 것을 경계하여 불사금지령을 내렸던 것이다. 원당형 창사설화는 불교가 기복적으로 쇠퇴하여 가는 상황을 보여준다. 고려 태조는 역시 훈요에서 신라의 멸망의 원인을 귀족들이 원당을

---

19) 『고려사』지 32 식화 1. "大司憲趙俊等上書曰 祖宗以來　五大寺十大寺 國歌裨補所 其在京城者凜給 其在外者給柴地 道詵密記外 其新羅百齋高句麗所創寺社 及新造寺社 不給"

20) 『삼국사기』권제10 신라본기 제10 애장왕 7년. "下敎 禁新創佛寺 唯許修葺 又禁以錦繡爲佛事 金銀爲器用 宜令所司 普告施行"

남발한 것에 두고 있다. "짐은 후세의 국왕공후 후비 조신들이 각각 원당이라 칭하고 혹 더 창건한다면 크게 후환이 될 것이라 생각한다. 신라말에 사탑을 다투어 짓더니 지덕을 쇠손하게 하여 망하기에 이르렀으니 경계하지 않을 소냐."[21]라고 하였다. 불교가 쇠퇴하여 기복적인 경향으로 나가는 과정에서 원당의 창사가 남발되었다. 감산사, 불국사, 미타전, 중생사, 무장사 등의 사찰들이 원당형 사찰들로 삼국유사에 기록된 사찰의 다수를 차지하고 있다.

이상의 논의에서 보듯이 창사설화는 단순하게 불교적인 측면만으로 해석할 수 없는 한국의 민간신앙의 변화양상을 함께 담고 있다. 창사설화는 불교가 한국에 유입된 후 토착화되어 가는 양상을 드러내고 있으며, 한국의 구비문학의 중요한 맥을 형성하고 있다. 건국신화와 서사무가적인 신화 전통을 불보살현신형 창사설화와 불적출현 창사설화에서 발견할 수 있으며, 민간신앙형 창사설화는 무속적인 당신화와 유사한 내용과 구조를 지니고 있으며, 풍수비보형 창사설화는 바로 풍수설화의 한 유형이라고 할 수 있으며, 원당형 창사설화는 기자설화, 치병설화, 효설화, 기복설화 등과 유사한 내용을 담고 있다. 한국의 창사설화는 불교가 한국적으로 토착하여 가는 과정과, 한국 민간신앙이 변천하여 가는 양상을 보여주며 한국 구비문학의 설화적인 전통을 이으면서 불교적으로 변용하는 과정도 보여준다.

---

21) 주 19)와 같은 책 권2 세가 권제2 태조 26년. "朕念後世國王公侯后妃朝臣 名稱願堂 或增創造 則大可憂也 新羅之末 競造浮圖 衰損地德 以底於亡 可 不戒哉"

Ⅵ. 결 론

창사라는 종교적인 행위가 불교적인 성소만들기로서 세속의 공간에 불·보살의 세계를 구현하는 작업이다. 불교가 유입되어 이 땅에 불·보살의 공간과 시간을 확보하기 위해서는 기존의 전통신앙과 접촉을 하지 않을 수 없었다. 본고는 山神系와 水神系의 전통 민간신앙에서 수신계에 속하는 용신신앙이 불교와 조우하면서 일어나는 상호간의 변화양상을 창사설화를 통해서 살펴보았다.

우선 용신신앙이 면면하게 이어내려 오고 있음을 전래의 제의에서 볼 수 있었다. 건국신화에서 보듯이 영웅들이 용신신앙적인 인물의 도움을 받아서 건국의 대업을 성취한다. 단군신화에서는 환웅이 풍백, 우사, 운사라는 수신적인 신력을 가진 인물들의 보좌를 받아서 단군조선을 건국하였으며, 북부여의 해모수가 수신의 딸인 유화와 결합하여 朱蒙을 낳았으며, 신라에서는 혁거세의 탄생이 수신의 성역인 蘿井에서 이루어지며, 그의 비인 알영은 鷄龍의 혈통을 지녔다. 가락국 수로의 왕비인 허황옥은 바다를 건너오며, 탐라국의 三姓始祖는 역시 바다를 건너온 인물들과 결합한다. 개국주를 보좌하는 수신의 전통은 고려로 이어져 作帝建과 龍女의 결합에 의해 왕건의 탄생이 이루어진다.

건국신화를 보면, 강우의 능력이 있는 인물의 도움을 받아야 천명을 받는 개국영웅도 국가를 통치할 수 있다는 것이다. 水神인 용신은 건국신화에서 남성인 천신과 결합하는 여성의 性으로 신화적인 전통을 이어오고 있다. 용신신앙은 후대에 와서 용신제의로 발현되어 건국신화의 맥을 잇는다. 신라의 제의 가운데서 三祀의 中祀에 四海와 四瀆을 祭享하는 의례에서 용신신앙의 양상을 볼 수 있다. 四方의 바다와 강에 치제하는 용신제의는 그 자체가 方位槪念을 전제로 한 호국적인 신앙에 바탕을 두고 이루어졌다. 사해의 제터에서 동해, 남해, 서해, 북해의 용신을 제사하였으며, 사독의 제터에서 또한 동남서북의 강의 용신을 치제하였다. 가뭄이나 홍수가 났을 때는 수시로 別祭를 통해서 용신에게 치제하였으니, 四川上祭, 祈雨祭 또한 용신신앙을 기반으로 하고 제향되었다.

용신신앙이 지역적으로 분포되어서 바다와 강과 못과 샘, 우물 등의 수계를 따라 용신신앙지역이 권역화되어 있음도 알 수 있었다. 대화강을 따라서 통도사의 九龍池에 이르는 용신지역과 大王巖에서 利貝臺, 大鍾川, 龍淵, 感恩寺로 이어지는 지역과 처용암에서 망해사에 이르는 용신신앙지역 등이 바로 용신을 신앙하는 지역이라고 부를 수 있다. 국가가 중심이 되어서 致祭하는 용신제의를 통해서 전국의 바다와 강과 못, 샘 등이 용신신앙적인 조직을 통해서 서로 연결되어 있었으며, 지방에서는 민중적인 용신제의가 삼사나 별제가 행해지는 용신의 성소를 중심으로 다시 분포되었다.

깊은 전통을 가진 용신신앙의 성소에 불교가 유입되어 불교적 성지를 확보하려 할 경우에 충돌이 일어날 수밖에 없었다. 불교적 시각에서는 경전 속의 용(NAGA)처럼 불교적 신앙체계 속에 용신을 편입시켜서 불법을 수호하는 위치에 놓으려고 하였으며, 용신신앙적 시각에서는 불교라는 외래종교에 습복당하지 않으려 저항하였다. 상이한 신앙체계의 대립적인 관계가 해소되는 양상에 따라 용신창사설화의 유형이 드러났다. 용신호법형 창사설화, 용신현현형 창사설화, 용신구축형 창사설화의 유형분류는 이러한 배경을 가지고 이루어졌다. 용신호법형 창사설화는 기존의 용신을 불교적으로 교화하여서 불교적인 신앙체계에 편입시킨 후에 용신의 성소에 창사한 경우이며, 용신현현형 창사설화는 용신앙 체계속에 불교를 편입시킨 경우로 초기에는 龍神堂이라고 할 수 있는 신당의 건립에 따른 용당신화에서 출발하였다가 창사설화로 굳어갔다. 용신구축형 창사설화는 용신신앙의 터에서 용신을 구축하고 일방적으로 불교적 신앙체계를 확립하여 간 경우의 창사 이야기다.

본고에서는 용신창사설화의 저층에 잠겨있는 용신신앙의 존재를 드러내려는 의도에서 이 창사설화를 분석하고 용신이 불교라는 이질적인 신앙체계에 의해 변모된 양상을 살펴보았다. 용신창사설화의 저층에 깔린 용신신앙의 잔존물은 현재까지도 口碑로 전승되고 있으며, 불교적 신앙체계에 습복당하지 않은 채로 민간신앙의 맥을 이어오고 있음을 본고에서 확인할 수 있었다. 왕권의 강화를 위해서 佛國土思想을 앞세우고 용신신앙 지역들을 불교적인 신앙체계로 개편하여 가는 과정을 용신창사설화 속에서 드러날 수 있었던 점도 본고의 수확이었다. 一然이『삼국유사』를 편찬하면서 신라의 불국토사상을 수용하여 용신신앙과 같은 민간신앙의 체계를 밝혀내기보다는 本地垂迹의 불교적 사유방식 내에서 민간신앙의 불교화라는 관점을 가지고 창사이야기를 선별적으로 수록하고 있음도 알 수 있었다. 일연이 호법룡 내지는 호국룡이라고 불리우는 불교화된 용신을 창사설화 속에서 강조하고 있으나, 전통적인 민간신앙의 용신을 도외시한 기록태도를 삼국유사에서 견지하고 있음은 그가 살았던 시대의 혼란을 극복하기 위해서 신라의 불국토사상으로 지향하려는 결과였으며 호법과 호국을 일치시키려는 의도 때문이었다.

창사설화에서 문헌자료와 구비자료는 대조적인 차이를 보인다. 문헌자료인 『삼국유사』나 사찰의 기록들인 寺中記에서는 용신을 불교적인 세계관 속에 포섭하고자하여 호법룡으로 규정하고자 하는 경향이 강하여 용신호법형 창사설화의 유형이 주로 많았으며, 특히 고승들이 불교적인 성취를 이루어 가는 과정에서 창사하는 행위는 교화의 성소에 불교세력이 들어와서 신앙적인 갈등을 일으키고 용신신앙을 억압하는 용신구축형 창사설화가 주로 전승되고 있으며, 동일한 사찰을 두고서 형성되는 창사설화가 문헌자료에서는 용신호법형으로 전승되며, 구비자료에서는 용신구축형으로 구전되고 있었다. 용신구축형의 자료는 주로 사찰 주변의 민간인들에게 의해 구비전승되고 있으며, 용신을 신앙하던 계층이었던 그들은 자신들의 설화 속에 용신 제의적인 신앙의 면모를 구체적으로 담고 있었다. 용신현현형 창사설화는 용신신앙이 강력한 세력을 가지고 있는 지역에 龍神堂과 유사한 사찰을 세운 이야기이므로 구비전승에서는 용신신앙 위주의 이야기로 용신신화에 가까운 구조와 내용을 이루고 있으나, 문헌전승에서는 용신신앙적인 면이 약화되고 역시 불교적인 측면이 강화되어 전한다.

용신신앙의 성소는 지상의 수계의 중심에 있으며, 강과 바다가 만나는 하구에 있는 암초와 같은 바위섬이다. 내륙의 수계인 井, 泉, 池,, 沼, 津, 潭 등이 모두 용신의 성소이지만 강의 하구에 있는 바위섬이야말로 모든 수계의 중심이며 용신신앙의 우주 축이다. 이

곳에서 용은 천상으로 승천하여 신력을 얻고 지상과 천상의 水神이 된다. 이 바위섬은 감은사의 대왕암, 망해사의 처용암, 대화사의 장춘오 등의 예에서 볼 수 있으며, 용신창사설화에서는 용신신앙 지역이라고 명명할 수 있을 만큼 용신의 세력이 강한 지역이다. 용신창사설화상으로 보면, 내륙의 용신 성소인 샘이나 못은 불교세력에 의해서 구축되는 용신구축형 창사설화가 형성되고 있으나, 이 지역에서는 용신현현형 창사설화가 형성되어 불교가 오히려 용신신앙의 하위에 자리잡는 양상을 보인다.

불교와 민간신앙의 관련은 불교가 중앙의 왕권을 옹호한 반면에 민간신앙이 지방 세력의 신앙이므로 사회적인 의미를 띤다. 지방의 귀족이나 호족세력을 누르고 왕권을 강화하기 위해서 신라의 왕들이 지방의 민간신앙을 불교적인 신앙체계로 개편하려는 의도가 창사설화에서 드러난다. 자장이 신라의 선덕여왕의 권위를 세우기 위해서 황룡사 9층탑을 세우고 대화사와 통도사를 세워서 울산지역의 대화강 유역의 용신신앙 세력을 불교화시키려는 시도를 볼 수 있었다. 영취산의 구룡지에 있는 용신을 구축한 후에 통도사를 창사하고, 대화강의 장춘오의 용신을 중국의 호법룡인 대화지의 용신으로 대체하여 울산지역의 용신을 불교의 체제 속에 편입시키고 있다. 그러나 이 지역의 용신세력은 신라 제49대 헌강왕 대에 오면 망해사의 예에서 보듯이 다시 중앙의 불교세력을 제압하고 있다. 헌강왕이 처용암의 동해용신을 위해서 망해사를 창사하게 된다. 처용암의 동해용은 불교를 옹호하는 호법용이 아니라, 오히려 불교가 동해용을 위해서 외호하는 상황인 것이다. 경제적인 부를 축척하고 있는 울산의 용신세력이 경주의 불교세력에 제압당하지 않고 있다는 사회상황을 상징적으로 보여준다.

용신신앙을 기반으로 하여 용신신화가 형성되고, 용신신화 위에 용신의 성소에 자리를 잡은 사찰의 창사설화가 다시 형성되고 있으므로 용신창사설화는 복합적인 신앙양상을 내포하고 있다. 두 신앙체계가 중첩되는 과정을 분석함으로써 본고는 신앙면에서 또는 사회적인 면에서 갈등과 화해의 모습이 어떻게 나타나는가를 드러낼 수 있었다.

한국의 창사설화를 창사의 동기에 의해서 분류하면 佛·菩薩現身型 創寺說話, 佛跡顯現型 創寺說話, 民間信仰型 創寺說話, 風水裨補型 創寺說話, 願堂型 創寺說話 등 5유형으로 나누어진다. 불·보살현신형은 현신하는 불·보살에 따라서 관음보살현신, 미륵보살현신, 미타불현신, 약사여래현신과 같은 방법으로 세분될 수 있다. 불·보살현신형은 고승들이 수행하면서 체험하는 신비체험에 의해서 친견하는 불·보살의 계시나 수기를 받고서 창사하기도 하고, 민중들이 수행을 통해서 직접 불·보살로 성불하는 경우가 있다. 이런 차이는 귀족불교가 대중불교로 변화하여 가는 과정에서 형성되었다. 불적출현형은 출현의 공간에 따라서 바다를 건너오는 불적도해, 못이나 땅 속에서 불적이 솟거나 발견되는 불적용출, 천상에서 지상으로 불적이 떨어지는 불적강림 등이 창사설화로 세분될 수 있다. 불적출현형은 건국신화의 건국주들이 지상에 나타나는 양상과 서로 유사하다. 민간신앙형은 불교가 민간신앙과 영향을 주고받는 과정에서 형성된 창사설화로 사찰이나 불탑을 비보의 수단으로 삼는 경우이다. 원당형은 불교가 기복화되어 가면서 왕족이나 귀족들이 원당을 세우면서 형성된 설화이다.

창사설화는 위에서 보듯이 여러 유형이 있으며, 각 유형마다 한
국의 구비문학적인 특질을 지니고 있다. 창사설화를 통해서 특히
불교와 한국 민간신앙의 관련양상이나 변천과정을 고찰할 수 있으
며, 그 형식적인 구조에 있어서도 한국설화 문화의 맥락을 이해하
는 데에 중요한 위치를 지니고 있다. 본고에서 용신창사설화를 중
심으로 한국의 창사설화의 한 단면만을 살폈으나 위에서 제시한 유
형별로 심도있는 연구가 진행될 때 한국 창사설화에 대한 전모를
밝힐 수 있을 것이다.

〈參考文獻〉

1. 資料

三國遺事

三國史記

高麗史

東國輿地勝覽

東京雜記

海東高僧傳

擇里志

通度寺誌

金山寺誌

雲門寺誌

許筠全書

朝鮮金石文總覽 上·下

朝鮮寺刹史料 上·下

韓國寺刹全書

韓國口碑文學大系 7-3, 7-10, 8-9, 8-12, 8-13

2. 單行本

金承鎬, 韓國僧傳文學의 研究, 民族社, 1992.

金烈圭, 韓國民俗의 文學研究, 一潮閣, 1973.

_____, 韓國神話와 巫俗研究, 一潮閣, 1977.

金泰坤, 韓國巫歌集(韓國巫俗叢書Ⅰ) 1·2·3·4, 集文堂, 1972.

金宅圭, 韓國民俗文藝論, 一潮閣, 1980.

金鉉龍, 韓國古說話論, 새문사, 1984.

羅景洙, 全南의 民俗研究(韓國民俗文學叢書3), 民俗苑, 1994.

朴湧植, 韓國說話의 原始宗教思想研究, 一潮閣, 1984.

徐大錫, 韓國巫歌의 研究, 文學思想社, 1980.

成耆說, 한국구비전승의 연구, 文學思想社, 1980.

孫晉泰, 韓國民族說話의 研究, 乙酉文化社, 1947.

申瀅植, 三國史記研究, 一潮閣, 1981.

辛鐘遠, 新羅初期佛教史研究, 民族社, 1992.

이필영, 마을 신앙의 사회사, 웅진출판, 1994.

林在海, 民俗文化論, 文學과 知性社, 1986.

張德順, 韓國說話文學研究, 서울大學校 出版部,

崔德源, 多島海의 堂祭, 學文社, 1983.

韓國佛教文化研究院, 韓國의 寺刹, 一志社, 1976.

韓國精神文化研究院, 三國遺事의 綜合的 考察, 高麗苑, 1987.

미르치아 엘리아데, 이재실 옮김, 종교사개론, 까치글방, 1993.

3. 論文類

金東旭, "新羅行者念佛 및 說話", 震檀學會 第23輯, 乙酉文化社, 1962.

金文泰, "三國遺事所在 龍傳承研究 -徐事構造와 變貌樣相을 中心으로-", 成均館大學校 博士學位論文, 1991.

金奉烈, "朝鮮時代 寺刹建築의 殿閣構成과 配置型式 研究 -敎理的

解析을 中心으로-", 서울大學校 博士學位論文, 1989.

金相鉉, "萬波息笛 說話의 形成과 意義", 韓國史研究 第34輯, 1981.

金善豊, "龍의 民俗과 象徵", 열두 띠 이야기, 서울: 集文堂, 1995.

金承鎬, "佛敎的 英雄考 -僧傳類를 中心으로-", 韓國文學研究 第12輯,
　　　　韓國文學研究會, 1989.

金烈圭, "處容傳承考 -民俗學的인 立場에서-", 大東文化研究 別輯1,
　　　　成均館大學校 大東文化研究院, 1972.

金煐泰, "萬波息笛說話考", 東國大學校 論文集 第11輯, 東國大學校,
　　　　1973.

_____, "彌勒寺創建綠起說話考", 馬百文化 創刊號, 圓光大學校 馬韓
　　　　百濟文化研究所, 1975.

_____, "新羅佛敎에 있어서 龍神思想," 佛敎學報 第11輯, 佛敎文化
　　　　研究所, 1977.

_____, "新羅佛敎의 現身成佛觀", 新羅文化 第1輯, 東國大學校 新羅
　　　　文化研究所, 1984.

김지연, "『三國遺事』「紀異」篇의 神聖表出 樣相과 類型 研究," 숙명
　　　　여자대학교대학원 석사학위논문, 1995.

金洪哲, "韓國 蛇龍說話 研究 -淨石寺 創寺綠起 善妙龍說話를 中心
　　　　으로-", 成均館大學校 博士學位論文, 1990.

羅景洙, "韓國建國神話研究", 全南大學校 博士學位論文, 1988.

_____, "아담說話와 無爲自然論의 比較" 龍鳳論叢, 全南大學校 人文
　　　　科學研究所.

朴焌圭, "韓國歲時歌謠의 研究", 全南大學校 博士學位論文, 1983.

徐大錫, "百濟神話研究", 百濟論叢 第1輯, 忠南大學校 百濟文化研究

所.

宋孝燮, "三國遺事의 幻想的 이야기에 대한 記號學的 研究", 西江大
　　學校大學院 博士學位論文, 1988.

李基白, "三國時代 佛敎傳來와 그 社會的 性格", 歷史學報 第6輯.

李惠和, "龍思想의 韓國文學的 收容 樣相", 高麗大學校 博士學位論
　　文, 1988.

印權煥, "古代說話의 佛敎的 考察", 高麗大學校 碩士學位論文, 1962.

_____, "佛典說話의 土着化와 韓國的 變容", 文化批評 第3輯, 亞韓
　　學會, 1969.

_____, "新羅觀音說話의 樣相과 意味", 新羅文化研究 第6輯, 東國大
　　學校 新羅文化研究所, 1989.

林在海, "說話의 現場論的 研究", 嶺南大學校 博士學位論文, 1986.

張德順, "三國遺事所在의 說話分類", 人文科學 第2輯, 1959.

田英鎭, "三國遺事 所在 緣起說話 研究", 國文學論集, 檀國大學校大
　　學院, 博士學位論文, 1989.

鄭炳憲, "백제 용신 설화의 성격과 전개 양상", 口碑文學研究 第1輯,
　　1994.

趙東一, "삼국유사 설화 연구사와 그 문제점", 韓國史研究 第38輯,
　　1982

曺善雄, "三國遺事 佛敎說話의 形成過程", 韓國文學史의 爭點, 集文
　　堂, 1986.

池春相, "全南의 民俗놀이에 關한 調査研究(1) -줄다리기를 中心으로
　　-", 湖南文化研究 第5輯, 全南大學校 湖南文化研究所, 1973.

崔鎭源, "寺刹緣起說話와 仙風", 震檀學會 第42輯, 1977.

表仁柱, "全南의 堂神說 研究", 全南大學校 博士學位論文, 1994.

許慶會, "韓國의 王朝說話研究", 全南大學校 博士學位論文, 1987.

韓定燮, "佛教土着信仰考 -특히 華嚴神將을 中心으로-", 韓國佛教學
會 第1輯, 東國大學校 韓國佛教學會, 法輪社, 1975.

洪潤植, "三國時代의 佛教信仰儀禮", 崇山朴吉直博士回甲記念論文
集, 韓國佛教思想社, 1975.

_____, "三國遺事와 塔像", 佛教學報 第17輯, 東國大學校 佛教文化
研究所, 1980.

黃仁德, "佛典系韓國民談研究", 忠南大學校 博士學位論文, 1988.

찾아보기

저자 약력

공주사범대학 졸업
고려대학교 대학원 문학석사
전남대학교 대학원 문학박사
현 목포해양대학교 교양과정부 교수
중국 산동성 연대대학교 명예교수
중국 해양대학교 해양문화연구소 특별연구원
목포대학교 도서문화연구소 연구원
전라남도 문화재 위원

주요 논문

「도선전설의 연구」, 「한국의 창사설화 연구」, 「삼학도전설의 변이양상」, 「명량대첩설화의 연구」, 「비금도설화의 의미와 해석」, 「자은도설화의 의미와 해석」, 「흑산도전승설화로 본 면암 최익현과 손암 정약전의 유배생활」, 「한국 매향비의 내용분석」 외 다수

주요 저서

『서남해의 도서지역의 해양설화와 해양문화』, 『목포의 역사와 이야기 100선』, 『도선연구』, 『선암사』 외 다수

韓國龍神創寺說話의 歷史民俗學的 研究

인 쇄   2009년 12월 30일
발 행   2010년 1월 5일

지은이   이 준 곤
펴낸이   한 신 규
편 집   이 은 영
펴낸곳   도서출판 문현
주 소   138-210 서울특별시 송파구 문정동 99-10 장지빌딩 303호
전 화   Tel.02-443-0211 Fax.02-443-0212
E-mail   mun2009@naver.com
등 록   2009년 2월 24일(제2009-14호)

ISBN   978-89-94131-01-6 93810 정가 15,000원